大方
sight

积木书

赵松 著

中信出版集团 | 北京

图书在版编目（CIP）数据

积木书 / 赵松著. -- 北京：中信出版社，2024.8
ISBN 978-7-5217-6665-3

Ⅰ.①积⋯ Ⅱ.①赵⋯ Ⅲ.①长篇小说—中国—当代
Ⅳ.①I247.5

中国国家版本馆 CIP 数据核字（2024）第 112274 号

积木书
著者： 赵 松
出版发行：中信出版集团股份有限公司
（北京市朝阳区东三环北路 27 号嘉铭中心 邮编 100020）
承印者： 河北鹏润印刷有限公司

开本：787mm×1092mm 1/32　　印张：20.75　　字数：261 千字
版次：2024 年 8 月第 1 版　　印次：2024 年 8 月第 1 次印刷
书号：ISBN 978-7-5217-6665-3
定价：89.00 元

版权所有·侵权必究
如有印刷、装订问题，本公司负责调换。
服务热线：400-600-8099
投稿邮箱：author@citicpub.com

一只蚊子,老得飞不动了,就一巴掌拍了过去,没有血……

陌生人

……陌生人，也都有熟悉的面孔。从出租车里钻出，你就陷入那些陌生重叠的高大建筑物的缝隙里，茫然四顾的瞬间，忽然闻到空气里弥漫的麻椒香味……那些被时间过度催熟的脸，没了原形，也没有定型，而你又不能称之为过渡状态的脸，只是知道，离最终定型还要很久，或许是它们的主人瞑目之时……那个时刻到来之前，它们将始终在缓慢变形中，正如身体其他部分所经历的……看上去都还柔软，虽有些松弛的迹象，但还未至失控的地步，不会因某种冲动或突然的挫败而崩溃，这说明它们的角质层里已累积了足够的经验，眼部尤为明显。无论如何，他们的眼睛比以往任何时候都小，还会更小……或许，你也可以将此理解为习惯性的眯起，为聚拢光线，为重新审视眼前的世界，只是其中的光泽是混浊的，而亮度也会随时微妙地改变……那只是他们留在世界上的前哨，貌似随意，实则充满了警惕。他们还活着。这哨所可以搜索同类的信息与迹象，他们会将这种活着概括为还能保持些饥饿感和新鲜感……也知道，这是难的，比以往任何事都难。所以，要慢下来，慢慢地，留在某些偶然的发现里，再慢一些。其间，有个黑瘦的男人，始终都没出声，只是有些拘谨地听着。他没有任何表情，像暗淡的木雕。直到最后他离开时，都没有人介绍他是谁，似乎也没人真正注意到他的在场。他拘谨地跟每个人握手道别，每个人，右手，又瘦又硬，有些湿冷，像被火熏黑又被冷水浸泡过的木头。嗯，整个人都像。

鸟

……飞机抬起头,离开地平线,探入了空中,像道银光的痕迹。它静止了,停在那里。这是怎么回事呢?透过车窗,他细看那些流动模糊的远近景物,跟此前一样,它们继续摇晃颤动着各自的轮廓,在空气里划出数不尽的律动波纹,可是飞机却悬停在那里,在离道路尽头的地面不过几十米高处,而车正向它驶去……它就那么悬着,无声无息的,像只身形凝固的大鸟。这是下午,空气干爽,天空明净,阳光平和得令人出神……公路像柔软的黑带,车在其上波动,像粒灰尘,偶尔还会跟鸟声节奏相应,当然鸟是在看不到的地方,是那种喉咙里藏着金属小笛的鸟,在他的印象里,它们总是喜欢把巢搭在工厂车间的屋檐下面,甚至是水泥柱子上的孔穴里。

失眠症

……不会有人像他那样谈论聊斋里的人物。可在逐渐清醒中，他也不知该如何描述之前的梦境……女妖们唱着歌，跳着舞，从桌面那些狼藉的水果后面浮现，穿着黑纱衣裙，没人能听懂她们在唱什么……她们像蛇似的吐露细长的舌头，展示身体随意扭动翻转的技艺，做出令人意外的造型，就像传说的那样，眼光锐利而诡异，变幻无常，时而动人，时而虚无，与此相应的是那些魔咒般的低吟轻唱，驱使着无数各色光线交织动荡，在暗夜里生成种种涡流，卷入一切，将那些沾着水珠的水果变成石头，将发呆的人们变成鸡或猪……她们切开那些石头，剥出汁水流溢的果肉，用果肉擦洗那些动物的脸，还有身体，她们笑着反复吟唱，就像在深静的山林里，那些动物褪去毛皮，渐渐微缩，变成婴儿的样子……当她们要把死亡的印迹留在那些婴儿般的躯体上时，她们的脸也在发生奇怪的变化，忽然年轻，忽然衰老，她们不时去洗手，相视漠然……这时候幸亏有人长叹一声，在路口敲起了钟，那悠长沉厚的钟声里，她们四散而去，就跟什么都没发生过一样，让身后的一切在突现的晨光里迅速复形。他讲完这个梦，别人已睡着了。他听到外面的鸟声。那些微光是从它们的喉咙里透露的。从那以后，他就再也没做过梦。在每个夜晚里，他都无比清醒。他终于明白了，这就是人们常说的失眠症。

说时

　　……等待着想象中的某些人。阴冷的下午，树荫深处，几只猫，眯着眼，分散而卧。时间像退潮，留出灰亮广阔的沙滩，每粒沙子都闪着光，凌乱交织成模糊的背景。暗中发光的还有屏幕。可重要的不是那些提示或误导的文字，而是我们仿佛从中跳脱出来……是它给我们留出了位置，用来说话，对另一些人。他们从哪里来，他们是谁，为何而来？这些瞬间里你没法向他们提问，即使他们已逐次浮现眼前。他们是来自异度空间的陌生人。有时候，你无法知道彼此是否在使用同一种语言，尽管你们互相点头致意，甚至握手微笑，他们浮现时你就在预计他们消失的时刻。他们来之前，你更在意的是这敞开的房间里各种东西出现的位置，散发的气息，以及与他们之间可能的关系。一只黑猫，抖着蓬乱的毛，穿过树丛。会唱歌的人，懂得乐器的人，喜欢魔术的人，即将去北方的人，嗜酒的人，会包粽子的人，戴黑边眼镜的瘦高年轻人，因为遗忘而未能到场的人，晚餐开始时才会出现的人，容易呕吐的人……时间确实在倒退，我们在傍晚进入秋天深处，路口的大风吹得人脑海里不时泛白。说话令人体内空旷。这是化学现象。我们喝酒，似乎就是为了证明某些化学反应的清空作用。柔软的皮囊，可以对应的是坚硬如玻璃酒瓶的夜晚，听不到其他的声音，除了心跳，因为沉到了深处，而灯光只能在瓶口摇晃，像点燃嘴唇的火焰。凌晨两点，他们还在路上。不是来的，而是回去的。而之前临近午夜时，他们还在末班地铁里说着过于严肃的话题，它们就像浮动在夜海上的沉船碎片，令人沉默。倒头睡下，然后醒来，在黑暗里听着电脑机箱里风扇的响声，发现外面树冠里某些鸟是整天都在叫的……而直到重新听见雨水管发出的异常清晰的流水声,以及不远处传来的空洞的轮船汽笛声时,你才意识到,时间已恢复了常态,正向前方而去,同时也在推动你,经过黑夜深处。

身体是暖的，柔软的，很轻，走过哪里都是飘过。还不困，有点像跑到了时间的前头，而留在身后的时间呢，跟猫一样，倒在书店里的旧沙发上，覆盖了正午的日光，眯着眼睛。桌上的轻响，一小簇盛开的绿。日光在水里。只是短暂的……

路口

……等在路口的幽灵般的人。出租车司机眼神迷离,半梦半醒,跟这午夜相契合。那张脸有三分之一被繁密树冠里透射出的街灯光芒染成淡金色,略显粗糙扭曲,仿佛漂浮水上的塑料泡沫。车里有他的小宠物,一只蛐蛐,一只蝈蝈,后者就在挡风玻璃左侧的小竹笼里,而前者则不知在哪里藏着。它们叫着,各有声部。这样听着,不困吗?不会,他的脸部轻微抽动。应该在挡风玻璃下面种上一片草,这样开着车窗时,风吹进来,闻着草香,听着它们的叫声,就会觉得自己一直在郊外行驶呢。听了这话,你笑了笑。听着它们那过于单调的叫声,是不是有些人眼里会升起雾呢?然后睡意就漫过来了,随着眼睛的眨动不断浮现、变浓,又不断脱落，黑夜的碎片，一簇簇的绒毛，落到下面，变成了粉末，慢慢地累积，直到把你整个都埋没。

积木书

……离家太远了,又这么晚,他只能就近投宿。那些弯曲而寂静的街道都很熟悉,在亮金色街灯映衬下显得洁净而光滑。看不到路牌。那些扭曲的梧桐露出湿润的明暗色泽。偶尔疾驰而过的车辆都有些闪烁,就像忽然变大的发光昆虫,带着嗡嗡的振翅声,转瞬即逝,在空气里留下几缕微苦略涩的尾气味道……转弯就变成了星星,还在变化的瞬间抖落下几抹柔腻薄粉,闪着荧光,浮动在半空中。他推开铁栅栏门,走进幽暗的巷子里。最里面的那幢小楼顶层,住着患失眠症的友人。这时候,友人通常都在按时玩着积木游戏。那个房间里堆满了各种类型的积木。最近友人喜欢玩一种极为微小的积木,需要借助高倍放大镜和最纤细的镊子。友人下来开门，打开手机里的灯光。腐朽的木台阶在脚下沉闷响动。他点了支烟，疲倦地坐在一旁，看着友人继续搭着放大镜下的积木。偶尔说几句话。说到忽然变冷的天气，温度这样低，会让人失去愿望。说到某位朋友最近得了梦游症，以至于家人不得不在天黑时就将其反锁在房间里，在最近的几封邮件中，其忧郁地描述了自己反复梦到被人囚禁的生活。后来，友人还说起自己正写的一本书，关于如何玩积木的，他搜集了古今中外的所有关于积木的资料，做了系统的研究，主要线索甚至涉及宗教变迁与某些艺术风格转变的隐秘关系，他要把这本书献给某位远方的姑娘，她怕冷，怕风，平时以种花为生。

消息

……这个消息，是他没有料到的。表情忽然凝固，眼睛略微张大，马上又缩小了，以便掩饰并恢复常态。但这还只是第一波。随后，是某种笑的欲望，从心里膨胀到血肉里，随着血液和神经电流向四肢百脉漫延，不可阻挡的洪流……一个难以克制的笑立刻就要发生了，他意识到必须制止，在得知老对手遭受挫折的表情时，自己竟会忍不住要笑出来，恐怕没有比这更尴尬的了，哪怕只是沉默出神也要好得多。他动用了全部力量来终止这个笑，不让它出现在脸上，一点也不能有。他几乎做到了。而从旁观者来看，这却是个复杂微妙的局面：任何运动的东西都有物理惯性，你根本无法即刻终止它的运动……于是反映到他的面部肌肉中就是这样的——它们在不经意间已发生了一次又一次的轻微抽搐，要是你眼光足够敏锐，就能看出那皮肤上最轻微的颜色变化，发现他的脸其实是悄然趋于发红的……这个场景，让人联想到安装在高楼顶端四角的那些警示飞机避免碰撞的红灯，在夜色里，它们总是缓慢地闪烁，一亮一灭，一灭一亮。

庇护所

……那个冷漠的年轻收票员，在我们手臂上盖了个深蓝色小章，然后才放行。三个年轻人转头看后面的人。那枚章只有指甲大小，是英文字母，盖上它，你就归入了某类人、某种生活，因为触及肌肤，就意味着某种关系已然发生……当然，等你离开时，它已模糊，甚至被蹭掉了，但在此后相当长的时间里，那个已无任何痕迹的位置仍会被你不时想起。而且，也只有在你离开这里时，才有可能意识到，它其实更近乎一个隐喻，关于这个特殊的被那种声音所把控或影响的身体。只不过，与它的安静形式相比，这个声音生成的世界有的是极度的喧嚣。弯曲的地下通道里回荡着来自深处音响的重低音，从拱形墙壁上反射到耳鼓里时合为混沌简单的音效，那感觉就像是你正行进在自己的耳道里，所有声音都涌现自你体内深处，而不是别的地方。你完全可以想象着耳朵里的结构走向深处，这样你就能将人们跟随音乐随意摇摆的那个地方理解为隔膜的所在，而把那个打碟的DJ从容专注的样子投影其上，就像幽暗壁画里的人物……他是这里的主宰，那些有些粗糙的手指头的每个动作都在操控人们的神经……像个影子，他站在那些音响设备后面，戴着黑色耳麦，偶尔喝口啤酒，随着新的节奏晃动身体，眼睛始终盯着笔记本屏幕上的声音波谱，而不会去注意那些被重重阴影和迷幻光线不断缠绕的扭动的人们，他清楚每段声音会在那些身体上产生的效果。我们经过时，他前面的空场里还没有人。刚到午夜，还不是人们渴望在声音刺激下扭动身体的时刻。里面狭长空间被墙壁分成了左右两部分，右侧的像走廊，而左边的则像那种老式小火车站里的候车厅，当你刚好坐在入口时，就会发现，那些陌生人坐在那里，面向前方，对新来的人漠不关心。空间里弥漫着潮气，有各种味道，但掩盖不掉木头的霉味。用不了几分钟，你就会发现那些人和沙发座位都有种明显的舞台效果，而他们就像话剧里的人物，每个层面都是一场戏的片段，你可以设想这些片段是一层一层展现的，当这一层的人物开始说话时，其他层面的人物声音就会消失，你只能看到他们的嘴巴在继续动着……所有的台词都可用贝克特剧本里的对白替代，没头没脑的，缺乏逻辑的，陌生的，清晰的，而不是含糊不清的。冷气开得很足，冰镇啤酒瓶壁上缀满水珠，玻璃杯里含酒精饮料里除了冰块还有鲜薄荷叶。坐在第一排的那个健壮年轻女人一直在抽烟，偶尔喝口啤酒，两鬓剃光了，留下的头发就像红黑相间的大逗号盘踞头顶，而逗号的尾巴则甩到了肩上。她始终侧歪着身子。旁边坐了位中年白人，他的右侧是位小伙子，有点像罗马尼亚人，或保加利亚人，谁知道呢，反正表情有点忧郁，目光呆滞，不时走神，肤色好像落了层很细的灰。他们后面那排座位上，有个中年女人和一个年轻人正亲密交谈。再往后，是五个年轻男女，声音很高，笑得很响，还会忽然静默。最后面那两排座位里，人们互不关心，似乎都在等什么，有些无聊，但比通常的乏味要好些，其中混杂了些古怪的味道，与那不断触及身体的声波对应。等到大多数座位都空了，就意味着属于中厅的扭动时刻的开始。那里很暗，很多人挤在一起。来到音箱前，你发现上面悬挂的液晶电视里正直播DJ打碟的场景，他把重低音推到了极致。声浪震荡空气，有形的物质，它所勾勒的正是身体的轮廓线。有个瘦高的外国老男人来到音箱前扭动，还有个高大中年老外背靠方形水泥柱子，拿了瓶啤酒，注视着DJ，扭动身体，也只有在这个位置上你才能看到他，每次DJ抬起头看到他，都会给他以职业的微笑，而他则举起右手大拇指。你偶尔回头，看那些动作僵硬的人们，发现有个戴白头巾、斜背挎包的人正像猴子似的在其间缓慢穿行，那样子让你觉得别扭，但其他人则根本不在意，他们正在不同的声音强度里体会不同的状态——声波操纵空气以什么样的形状和力度触及身体不同位置，在哪些点上发生共振，并使某些郁积多时的东西被忽然释放出去……但这不是件容易的事，还需要点运气，因此当人们的眼光偶尔相遇时，还是能感觉到某些游离悬浮的状态的。

或者，他可以尝试让重低音声波增强到仿佛外面正遭受飞机轰炸时的效果，那样此处就能恢复其本来的防空洞状态，而这留给一小部分人的狭窄安全空间，就更像个包含了微弱希望的胶囊，尽管色泽青黄的马赛克瓷砖看上去有种碎裂琉璃的感觉，但你仍会觉得，即便如此那墙壁也说不定什么时候就会融解。当人们都扎到中厅里去跳舞时，那些空了的座位就像"二战"期间巴黎拉丁区的咖啡馆。潮气和空调冷气都保持着稳定的浓度。你每次被声波追逐着从中厅返回这里，都会有种蒙太奇的感觉，这里用的是固定镜头，有人回来，然后离开，还有人留在镜头的后面，抽着烟，手指轻轻敲着低矮的桌面。明明是位老朋友，看上去却像是某部电影里的人物，告诉你旁边那位是个新朋友，还不知道他叫什么，他微笑着，露出洁白整齐的牙齿，还有形状新奇的小胡子……这让你觉得仿佛又进入了另外一部片子的场景。有两个朋友找不到了。他们躲在某个地方抽烟，想着以什么理由在这困倦时刻跟大家道别，回家睡觉，这纷乱喧嚣的地方对于他们来说已无法进入，他们的表情太过严肃……你来到外面，在闷热的人群里找到他们。据说有人打过架，两个保安把一个老外按在车门上，打得专业。很多老外聚在那里抽烟喝酒，几个职业乞丐穿梭其间，摇着金属茶缸，里面的硬币发出跳动的响声……再往外面一点，就是那些等待散场的出租车，直到凌晨四点钟左右，它们还会在那里等着，挡风玻璃后面那些暗淡油脸，就像忘川边上的摆渡者，睁着蒙眬睡眼，木讷地待人上船，却从不关心来者是谁。当你把这里的结构与效果摸索清楚，其神秘感也就稀释殆尽了。而道别前的最后一个故事，是关于两位朋友初次见面的。他们现在又坐到了一起，然后趁你们还没离开，就把那次见面过程重讲了一遍。他们很多年前就在网上认识，但从来都不知对方的真实名字。直到去年……在那次人数众多的聚会上，他们碰巧挨着，然后自然地聊起来，问了彼此名字，一位说的是真名，而另一位报的是网名。前者觉得很巧，这个名字竟然跟自己那位网友一样，但他没去追问。而后者则从没听说过前者的真名。他们聊了很久，觉得一见如故，还留了联系方式，约定有空再喝酒。而真相还得等到后来，他们的女友作为网友发现彼此竟是大学校友，等她们说到男友的网名及经常出没的地方时，又发现原来他们也是早就认识……当然接下来，在让各自男友欣赏朋友与恋人的照片时，他们惊讶地发现，彼此竟然就是在不久前见过面且喝过酒的，确实，他们真的早就认识。好吧，说到这里，终于可以道别了。这对朋友再过几天就要去美国了，而那对朋友呢？可能很难再碰到了。大家身处不同的空间，在这里碰面，只是个偶然。我们穿过蠕动的人群，在通道尽头处转弯，上了很陡的水泥楼梯。很多人在进来。你会觉得，后面的一切已重新闭合。钻进车里，感觉着闷热，听着发动机响起，冷气重现……随着车子开上高架路，你忽然觉得，自己就像一只刚刚吹满了气的气球，又要重新回到那种安静的低空飘浮状态，停在哪里，就不想再动了，要是有风来，那就继续向前浮动，在某一时刻里，有可能会不知去向。

描写

……在门外垃圾桶旁的下水道那里,他撒了泡尿。不远处高耸空中的强光灯,把院子里的积雪映射得灿烂如金。听着尿液冲进下水道口的响声,他感觉过了很长时间。雪是硬的。他始终没想好该如何描写这场景。他不会像她那样执着地观察每个细节。在短信里,她告诉他,她正在雪地里散步,很湿润的雪,深过脚面,雪还在下。她描述雪地里的景象。那里有成群的麻雀,它们飞离树冠时,树枝都轻微地弹起,抖落成块的雪。实际上她用了很多形容词。这很危险,他提醒她,无论如何都要删去,要用最朴素的方式描述。他还告诉她,不要想当然地歪曲事实,下雪怎么可能是有预谋的事呢?最后,他补充道,永远不要企图把个人感觉包裹在事物的表面。这是傍晚时的事。天黑后,他又一次来到了外面。站在树丛跟草坪之间,他仔细观察着散落着淡金色灯光的雪地。他俯身,伸手戳破坚硬的雪壳,握了些柔软的雪,用力握成团,然后站直了腰身,感觉它在手里慢慢融化。她的最后一条短信,是午夜之前到的,只有三个字:还有吗?他想了想,回复道:不要混入那些声音刺耳的字。说完又觉得,自己今天说的这一切,其实都是陈词滥调。

失眠

……饥肠辘辘的人,越过那些水泥柱子的阴影,看到那个老人正在很大一堆垃圾旁边出神,旁边有条狗,瘦得有风吹过就会抖动。他摸了摸衣兜里的那些银杏树的种子,慢步走过那里。老人在翻找的是些空瓶子,而不是那些腐烂的苹果。一些人的影子浮动在并不宽阔的临时停车场上,而制造了长长阴影的高架桥上不断传来嗡嗡的车流噪声,还有阵阵冷清的灰尘落在坚硬幽暗的灌木叶子上。他挥了挥手,那辆送他来的车子就转弯消失在不远处那个湿漉漉的路口。穿过那些映射着附近灯光的空车之间,他来到旅馆里,把那些银杏果实掏出来,交给前台那个表情忧郁的姑娘。她送他到走廊尽头的房间里,然后就走了。最近一段时间她被失眠症困扰着。他告诉她，把这些银杏果放在微波炉里转一下，就可以吃了，它们可能会帮她一点点找回睡眠。她把它们搁在了抽屉里，继续透过那道玻璃门注视着外面。他在床上躺了会儿，然后起来，从背包里掏出个苹果，放在床头边的小桌上，这样就能闻到它的淡淡清香了。那把精致的小刀也搁在了那里，还有一盒火柴，几份报纸，一本袖珍词典，吃了一半的面包，以及半瓶矿泉水。他数了数烟盒里的烟，还有六支，这时肚子里的那只小动物又开始嘟哝了，他就喝了几口水，可是没用，它还在那里发着幼稚的声音，蠕动着……他决定每隔半小时抽一支烟，这样在等待的过程中就不会太过焦虑。还有什么东西忘了呢？他想了很久，也没能想起来。他晃了晃头，感觉脑袋里似乎起了雾，已弥漫开了，什么都看不清楚。他把房间里所有能放东西的地方都看过了，可是什么都没有发现。那么明天呢？他始终都没有想好应该去哪里，自己到底还能做点什么。

一个人有几个影子，在夜里，穿过空街，它们彼此不熟，互相好奇，追逐着，有时重叠，有时散去。但都没注意到，在不远处，有条瘦狗，轻踮着足尖，左右摇着头，像在跟随什么，它只有一个影子，始终都在……

三叠

……履霜，坚冰至。睁开眼，直到出门前，你都没想到外面有如此强烈的日光。耳朵里有只风铃在深处晃动，以正爆裂的冰块的振动频率……弯曲的人工河岸边，暗红的橡胶步道被阳光覆盖。那风铃声化成了水滴，一次又一次地浮现，又消失在有些膨胀的身体里……像肥硕的家禽，你晒着太阳，慵懒地走着，毛发蓬松……强光会让万物变傻。当然此刻也不需要动脑子，不需要想象。最好把自己挂起来，随便哪里，像晾晒的被子那样，用藤条抽打，在荡动中沉闷地呻吟。她们两个从电梯里出来，是为对应早上从电梯外进来那个场景而设计的？姿态与神情几乎没有任何变化，像电梯间里的广告海报里的。你也一样。两次都是从左侧经过她们。滑行的通道敞开。滑行的通道关闭。

说话

……下雪前一天,他搬到了这里。随身带着的,除了那些绘画用具和一些日常用品,就是那三十六本书,不多不少。看上去像船舱的工作室里,四处透着寒气,待上一会儿就冷得透骨。可他并不在乎,至少他说他不在乎这些。他要在这样的环境下把那些书逐一读过。几周前,医生告诉他,你必须停止工作,只能休息,否则身体随时会出问题……不是哪个部位,是任何一个。他自嘲道,唯一没坏的是那里,因为早就不用了。他喜欢说话。你们抛给他任何一个话题,他都能轻松谈上个把小时,直到新话题出现。一个年轻人有些惭愧地告诉他,某天您在某校举办的艺术讲座,我有事没去成。他立即将那天讲座的内容完整地复述给年轻人听,整整用了一个半小时。让人不得不赞叹他的记忆力。他笑道,是啊,我什么都记得清清楚楚,只是不知道这算是好事还是坏事。于是你们就说,当然是好事了。他沉默良久,忽然又笑道,不知道,谁也不知道。他六十岁了,总是希望自己能忘掉些不想再记得的东西,却始终都做不到。他说,我更希望能像你们那样,年轻,什么都可以不记得。他生在上海,工作在澳门,后来在新西兰定居。据说,他家院子的外面,走出去不到五十步,就是海滩了。而且,那里的每户人家,都有自己的沙滩。

D&E

……那时候,我们,六个男人,年轻的、不那么年轻的,都爱上了她。唯一例外的,就是老V,对她毫无反应,但对她始终都很客气。他跟谁都很客气,永远客气,谈笑风生。有时候,他这种状态也会让我们有些别扭。她初次现身,是在我们园区首个艺术展的开幕酒会上。男人们的眼光追随着她的身影四处转悠。她是开奔驰来的。后来,她老公也来了,一个面无表情的精瘦中年人。老V不能理解的是,她为什么每次都要穿得那么暴露?即使在冬天,她也依旧如此。她喜欢这样。我们也喜欢。有时我们叫她阿D,偶尔也会叫她阿E。因为她的中文名字中间那个字是"得",可我们偏偏喜欢把它的拼音字母拆开了用,以示亲昵。当然这让老V觉得我们都有些病态。她住的地方离园区不远。碰到我们从她那里出来,老V会忍不住指着自己的脑袋,无奈地晃晃头。后来,她搬到了园区里,整整搬了三天,谁都不清楚她到底有多少东西。鞋盒子,就有三百多个。到了晚上,园区里漆黑一片,连个人影都没有。她那里就成了我们的活动中心,后来甚至开会都在那里。老V开始时还没觉得有什么不妥,后来发现,凡是他有什么动议的时候,我们都会不自觉地回头看她的表情。似乎她点头,我们就会同意。老V私下里说,你们这帮家伙,被她洗脑了。没办法,我们喜欢她。当然,她是个艺术家。她不认为自己是,但我们坚称她就是。每到周末,我们晚上就会到她那里聚会,然后喝个通宵。她老公跟她分居后,我们甚至醉了就直接睡在她的客厅里,甚至在那个简陋宽敞的阳台上。我们迷恋她的身体。仿佛那就是整个世界的火源。而她呢,似乎对自己的一切都毫不在意。她喜欢我们。喜欢让我们围着她转悠,或是为她而忙碌。有几次，深夜里，我们醉倒在她的客厅里时，她甚至冲完凉就直接光着身子穿过客厅，从容走到自己的卧室里。以至于我们都觉得这是个幻觉。她喜欢随意找什么材料做作品，好像没什么东西不可以用。比如说她会让人把一百多双各式各样的高跟鞋悬挂在客厅里，我们要走动的话，就只能在它们之间穿行。再后来，老V忽然失踪了。一点消息都没有。过了一个多月，他又出现了。是下午，他跟她关上门，聊了三个小时。次日我们才知道，他要给她做个大型个展。她答应了。一个月后，展览如期开幕。来了很多人。她像女王一样光彩照人，穿着低胸露背的海蓝长裙。后来，我们跟很多人开车去了海边的一家超豪华酒店，庆祝展览的开幕。当然都喝醉了，以至于完全不知道怎么回家的。又过了两天，我们才知道，她在开幕的第二天就搬走了，所有的东西都搬走了，包括那些高跟鞋。

地平线

……他终于还是被手机铃声叫醒了。黑暗里，手机屏幕亮了又黑。那边传过来的声音，是醉后的，不用细听，就知是谁。几乎是大叫，怕他听不清楚：起来……外面……看外面……非常……漂……亮……天红了……快过来……我们马上……就去……找个能看……地的……地方……他开了台灯，才四点多。他探身掀开窗帘的一角，发现外面天色果然有些发红，不知何故。关了手机，他想继续睡，又睡不着了。他是两点多才躺下的。就知道他们不会放过他，一定会打电话叫醒他。关了灯，他靠着床头，窗帘缝隙里透着微红的光线。好像有些虫子在脑子里飞舞，嗡嗡响。电话的另一边，其实是两个人，都醉了。他们勾肩搭背，晃到了大门外，叫了辆出租车。司机问他们去哪儿，他们说，地平线！司机侧歪着身子，琢磨了一下，没听说过有地平县啊？次日，午后一点多，他们醒了。发现自己躺在草丛里，在野外。他们仰望着晴朗的天空，无论如何都想不起是怎么到这里的。他们摸了摸自己的钱包，其中的一个里夹了张出租车票，时间是早晨五点十分的，还有找零的钱。正仔细观察周围的场景时，他们看到有架飞机在缓慢升空。他们认出来了，这是在郊外的机场附近。没错，这里的视野很开阔，站在这里，往远处望去，确实是能看到地平线的。

微笑

……他酒量一般,但喜欢喝。喝醉了,也不闹,不多话,喜欢坐在那里微笑,不声不响的。他热情,乐于跟朋友在一起喝酒,喝不动了,醉了,就跟大家打个招呼,自己打车走了。其实,他不是不想陪大家,但在微笑中睡意会迅速袭来,让他睁不开眼,他也不想在大家面前坐着睡去。那天就是这样的,他的眼睛开始眯缝了,微笑也模糊了,有人就提醒他,先回吧。他点点头,略睁了下眼,跟在座的每个人都认真点了下头,然后就起身慢慢走了出去。在酒店门口,他站了会儿,看了看手机上的时间,零时零三分,就发了个短信。这时一辆出租车停在了路边,他摇晃着走过去,拉开车门,然后关上。晚上,这样寂静的时候,用力关车门,声音会很响。咕哝着说出地址之后,他觉得终于可以安稳睡了。一个多小时之后,大家喝完酒,从餐厅里出来,发现他正坐在马路沿上,低垂着脑袋,睡着了,面带微笑。

光亮

……透过布满大朵罂粟花的窗帘,阳光射到眼睑之前,能听到很多鸟在外面叫个不停。而在眼睛刚张开即被喧哗的阳光刺得闭上片刻时,甚至会觉得所有的光都是从那些鸟的喉咙里涌现的,它们不断纠结膨胀着,扭成了金银闪亮的绳索,然后忽然爆燃,散成无数细小火星,而每个都在继续碎裂成更细小的光点,聚集成更为强烈的光,仿佛白炽状态的烟雾弥漫了整个空间。在一天开启时,眼睛总是需要重新适应世界……适应那明显隆起的淡蓝色,适应那几只走在建筑阴影里的母鸡咯咯声,以及它们那摆动的头,自然也会适应那棵矮小枯硬的樱桃树,那十几只麻雀就落在上面,姿态都不一样……它们的声音重叠交错,没过多久,不远处,一只公鸡忽然打鸣,把它们都惊飞了,中午都没再回来,只剩下这棵黑枝杈的矮树,像个笔画过多、样子古怪的陌生繁体字。

记不住名字。每次遇到他们,都不得不聊上很长时间,绕很大的弯子,为了知道他们的名字。起初人们只是觉得他健谈,慢慢地,又觉得他只是喜欢漫无边际地说话。他说话时,他们总觉得好像还有个人,无形的,在他们之间,看着他,听着……

风

……天灰白，寂静。那些书都被他重新理过。印象里的位置上没有它，别的地方也没有。淹没了。这部藏有神秘咒语的书，已不在感知范围里。不过此前他也是刚知道这个秘密，关于那些咒语。尽管不可思议，也还是被淹没了。想到这里，他甚至开始对它有些厌烦了，有些恶心。他憎恶这种莫名反常的东西。这时候，起了风，很大的风，从半掩的窗口涌入，整个室内都为之震动，似乎这里的一切马上就要变成灰，他自己，那些书，还有各种物件。他觉得，这风或许就是那部失踪的书引发的。来到窗前，抬起那扇窗的固定杆，关上了。还是有风在钻入。是上面的通气窗开了道缝。他爬上去，关严了它。风从窗户缝里渗透进来。把手伸过去，有点像笔记本电脑散热口的感觉，有点温热的风。外面的世界变成了动荡晕眩的灰白，隐约有无数碎片被尘埃涡旋裹挟着浮动。拉上窗帘，开了台灯，他继续看床头的那本灰色的书，里面夹着书签的那一页上，中间一句是这样写的：它在外面，就会变成风。

诅咒

……嘴角渗出的白沫仿佛凝固了。他保持郑重的表情，声音节奏与语调也没变。他总是能把头绪繁杂的事情梳理得很清楚，但这也无济于事。烟头掐灭在烟灰缸里，最后那缕烟，还在他那花白头发里缭绕。他轻松地反驳了对方所有观点，掌控了局面，却没有丝毫获胜的感觉，有的只是冷。或许，他知道自己可以揭示一个错误的本质，却无法战胜它，因为经过成长，它已是另一种东西。这成长，也是他促成的。他注视着它，而它正渗入另一个世界，已跟他没有任何关系。天色渐黑，过了半个多小时，他才想到去开灯。太过刺眼的灯光，让之前被黑暗遮蔽的物体忽然浮现，棱角分明，如同废墟里新出土的文物，让所有人都感到意外。最后，他并没有去制止那个老女人对他发出诅咒。

沙发

　　……坐在沙发上，背对有黑条格纱帘的南窗，能看到长方形客厅的尽头，那里的窗口露出还有积雪的北山，那是连绵起伏的长白山余脉的局部，无论是有雪的地方，还是裸露的岩石，都是灰调的。两只大鸟在高空盘旋，腹部是白的。是岩鹰吧？他以为是鹳。河没结冰时，它们偶尔会静立浅水中。当然也可能不是这样的。从来都没在近处看过它们飞起的样子。换气小窗半开着，发出呜呜的响声。东北风，能把头吹硬。客人发现木纹地板上落了很多灰。一周前他打扫过，没用拖布，那样很麻烦，要等拖布干些才能拖地板，不然会留下水迹。现在留下的灰迹，也是一道道的，不规则的。这里每面墙都是空的。还有很多东西想买，他说。可都还没买呢。搬来有半年多了，他在不知不觉中保持了这里的原有状态，毫无变化。他有点后悔，不该急着买下这套房子，它有很多地方是他不喜欢的。他的女人在娘家两个月了，可能再也不回来了。他希望她不要离开，但这愿望也并不算强烈，他很苦恼。他的低沉语音仿佛是从喉结里发出来的，很少是清晰连续的，似乎每个音节都有可能坠落到虚无中去。

状态

……他觉得自己的状态还是好的。七年前他也这么说过。他承认,这是一条过于漫长的弯路,让他付出了代价。他的书多数都没了。不是卖了,就是送人了,他留下的很少。还好,附近有个图书馆,不算大,可是书已够多了。人能看多少书呢?很少。办借书证要两百块,他办不起,还得再等等。最近他感觉有些精力不济。或许跟每天骑车都要超过三个小时,每晚劈很多柴有关。在这么冷的天气里,他劈好柴,做好饭,再把炕烧热,就累得不行了,只想钻被窝里睡觉。不久前,他重读了契诃夫的《萨哈林旅行记》。喜欢之余,忽然又想,就算真能写出这样漂亮的作品,又能怎样?有人会看吗?不会有的。而更让他沮丧的,是他暂时还写不了这样的书，这些年里他看了太多的报纸，它们把他之前对文字的感情与欲望都破坏了。那个女人消失了一段时间，又重新出现，可他不像以前那样迷恋她了。这个冬天太冷。有一次他没骑车，挤上了公交车，人多得都动不得，人们呼出的热气，像雾一样弥漫着，然后又变成霜，凝结在睫毛上……某个瞬间，他恍然觉得，大家都在被慢慢冻死，所有人，包括他。从那以后，他宁肯骑车在寒风中吹上个把小时，也不再想去坐公交了，累死，跟冻死，毕竟是两回事。

早餐

……我们很久都没吃早餐了。以前，附近有过一家包子铺，山东人开的，有小米粥，有芋根头咸菜丝，拌了葱丝儿和香油的，要是你不喜欢吃包子，还有花卷儿。后来，山东人走了，他老婆得了抑郁症，无法在这里生活。他们回了乡下，说是在弄一个不大的果园。他老婆是个文静的女人，比他文化高，他是初中，她是高中，他没毕业，她是毕业了的。他比她大十三岁。她毕业就跟他跑到了上海。她的兄弟们把他的家拆了，把能搬的东西都搬走了，搬不走的，一把火烧了。过了两年，她才开始给家里写信，但从不留发信地址。后来，她生了个儿子，把照片夹在了信里寄给他们。没过多久，她就病了。除了孩子，她不跟任何人说话。去了几家大医院，都没能让她恢复。有专家建议他，最好能把她带回家乡的环境里，有可能会恢复。没办法，他只好托朋友回乡找到她的家人，说明了情况。过了些日子，她的两个兄弟来了。他们让她和孩子出去转一转，然后把他关在房间里，狠狠地揍了一顿，但没有打脸。他们告诉他，在他家后面的山上，有一个果园，是留给他的。他知道那里，翻过山，就能看到那个湖了。那湖里有一种小白鱼，喜欢成群出没，尤其是在夏夜里，有明月的时候，它们就像从月光里分解出来的生物，你看着看着，它们转眼就没了，像梦。山东人走了之后，有人在那里开了个水果店，但生意不好，没两个月就关了。然后那个地方就一直关着。后来，有对苏北来的年轻人，在门口摆了个早点摊子，卖吊炉饼和豆腐脑。不知道他们是兄妹，还是恋人或夫妻。他们都是胖子。吊炉饼很干，除了面味和芝麻味儿，没有其他的味儿。豆腐脑做得还好，只是卤子实在乏味。尽管如此，每天还是有不少人去，因为实在没别的选择。如果我们出来晚了，就会看到他们已把摊子收拾妥当，坐在那里，慢悠悠地吃剩下的吊炉饼。看他们咀嚼的样子，就知道那东西真的很干。我们经常不吃早餐，没多久，就变成下午两三点钟吃第一顿饭，然后又变成晚上七点左右吃。有时我们也会想，这样下去，是不是过不了多久，就会恢复正常的早餐呢？但就现在来说，需要有个前提，就是我们得先把晚上总是不想睡和睡不着的问题解决了。比这个问题更令人焦虑的，是我们之间越来越少说话了。

晚餐

……没有多少时间了,他说,整个世界都在加速旋转,要是感觉不到这个,那就只有一个结果,被那股不可遏制的离心力卷起来,变成一个微不足道的分子,飞到外太空去,就像那些太空垃圾,在真空里,独自享受那些没被过滤稀释的纯净阳光,还有空寂的黑暗。那个孩子低头吃着碗里黏稠的白粥,就着暗红的香腻肉皮,还有吸满肉汁的豆腐干。是那个老人在给孩子夹这些东西……冷冷的空气里,即使有灯光也无法看到那只苍老的有些颤抖的手,他们看不到它,只看到那个沉默的孩子。那只大白狗伏在门外,做作地哼叫着。她拿着一把扫帚,推开门,打它的背,直到它不再哼叫了才住手。园丁下午来过了,她说,那些树都还活着,每棵树都仔细检查过,那棵石榴也活着,还特意掐了根枝下来,让我看,里面还是绿的……都活着呢。那个老人睡着了,那松弛的眼皮看上去就像棉布帘子,把冷风挡在外面,上面满是皱纹。之前说话的那个人,停顿片刻之后,重新开始说话了:有那个人的消息吗?还是没有。不能就这样算了,不是这样的方式,去找找熟悉的人吧,看看能不能找到他家里。

天黑

……天黑前,他想起去看个熟人。事先也没打声招呼,他就出了门。直达那里的公交车,他以前没坐过,十多站。车上没开灯,他就只好抱着书,看车载电视里的广告。晃晃悠悠的,就到了。他睡着了。突然响起的报站声吓了他一跳。下车走出几百米,才发觉转错了路口。不过估计从前面再转过去也没多远,就继续走了下去。其实还是挺远的。没到最后那个路口,他就觉得又饿又累了。路旁有个新疆饭馆,亮亮堂堂的,烤肉串的香味儿扑面而来。很多人在吃饭,好像多数是新疆人,纷纷抬头注视着他,以至于让他有种错觉,自己好像不小心转到了新疆某地。羊肉汤,肉串,拌面。茶总是很糟糕,装在那种白铁壶里,浓浓的,散发着陈旧味。八点多,他结了账。还去不去呢?要不,还是算了吧。以后再说。他从另一个街口转了出去。又是一条陌生的弯曲暗街。他走着,想着跟那个人的几次见面。一次是机场,一次是在婚礼上,还有一次是在葬礼上。这样想来,他跟这个人其实不能算熟。记住这个人,不是因为那种丑陋与衰老,而是因为那种习惯性的沉默和无所事事的自在,那神情,会让人觉得,这人之前的生活,大抵是个悲剧,但已经结束了,所以,他现在是活在喜剧里的,只是没有剧情而已。

礼花

……我现在什么都不看了。每天晚上？看电视。跟老家的两个漂亮的年轻人视频聊天。从地铁出口到那个餐馆，上升右转，再左转，一直向前，再右转，上升的过程。出口处拐角的书店里，手机没有信号。五分钟能找到什么？在那些书里找到一粒沙子，或是一块玻璃碎片，然后装入囊中，继续上路，而之前那个停顿，就像悬于路线下方的水珠，始终都不会落下，在你迅速远离中仍能感到它在那里颤动着，但不会滴落，这种念头有点偏执，像那些堵在路口的车辆，或坐在餐馆入口等位的人们。清汤不会增加身体的压力，不会产生令体内脏器有任何偏移的动力。而想象力在随着冬天的深入逐渐减弱，不会超过地铁出口五百米以外。这巨大的城市不过是根自然弯曲的湿漉漉的粗绳子，缀了很多小灯泡。在周围那些淡漠的灯光边缘，能看到些黑色粗糙的陨石……它们似乎都没有能量再发生化学反应了，哪怕遇到合适的另类分子刺激，也不为所动。它们充满了疑惑，在濒死的沉寂里，默默观察着外面的动静。任何表达都近乎自然脱落，可又看不到什么在脱落，裸露的东西似乎跟原来也没什么区别，但又确实是裸露后的样子……有时你会想，与其不断地把砖石垒起来，不如什么都不做，只是在那里等着，等它们自己出来，那些能破解石头的泉水里的活性分子纷纷跳出来，碎裂成无数细微可观的银白礼花。

为什么要把指甲涂成深蓝色？问之前，他观察了很长时间。最近换了新被套，蓝色的，掉色，她说。每天醒来，指甲都被染蓝了，很难受，所以干脆就都涂了蓝色。他松了口气……

缓慢

……如果只是静态的雪,是不用担心的,只需短暂的凝视,就会被静落的雪花引入惬意的时间停顿……持续的重复与变化融为一体,在这里,重复就是变化,而变化即是重复,要是定格,每个瞬间都会有所不同,当它们是匀速运动的整体时,就没有任何不同,没有哪个瞬间能从中分割,要是非得说有,那也只能说它们整体就是个瞬间,无始无终的、弥漫无际的瞬间。如果世界从未出现倾斜,就不会有任何气流涌入这个瞬间,将这种近乎完美的封闭状态破坏,但这几乎不大可能,因为任何随意萌发的念头都会导致世界的倾斜,转眼即是四处漏风的世界,无处不在喷涌雪,那正从空中疾落而下的,也仿佛不过是刚被气流抛入夜空深处又重新飘落的雪,看起来它们根本不像来自天上,而是来自地面,来自那些看不到的孔穴缝隙里,由于力量反常,它们每个被抛到空中时都会破碎成粉末,迎着新涌上来的雪花笼罩着,就跟雾似的……电话响了很久。灯亮着。窗帘左下角没完全收拢,露出一小片黑暗,带着玻璃上的水汽,还有外面阳台玻璃上厚厚的霜花,而外面旋涡般的黑暗,则仿佛无限膨胀中巨大无边的黑气球,它吸满了冷湿的气息缓慢摇晃着,还能再吸纳更多的,以更为缓慢的方式,越来越慢地摇摆着,在那里,不远处。隔壁房间里,那个男孩正对着闪烁的电脑屏幕浮想。电话不响了,像是刚从液态变成固态的某种东西。而孩子的母亲正推门进来,刚洗过澡,头发湿的,之前结过冰,现在正融化变软,有些发丝贴在脑门上。没人知道电话响过很长时间。而打电话的人,是坐在窗前的六十多岁的女人,她之所以拿起电话,只因一直在看外面的风雪,陷入了忧虑,或许觉得世界并不只是略微倾斜,而是在继续倾斜下去,从一个方向,到多个方向,她需要对某些东西有点把握,哪怕只是一点点,于是她拿起电话,听着,等了很久。当然她不可能知道,在远处,另一条电话线路上,正在通一个漫长的电话。一个年近七十的男人,在跟一个四十岁的男人不停地说着……他谈到生活,需要一天天地过,谈到物价与利息,还有在这城市里毫无安全感的生活意味着什么,什么样的底线是不能放弃的,只能自己承受自己的错误,当然他避免用这个字眼,其他的他都不能允许……奇怪的是,他没谈天气,没提下雪的事,这么大的风雪,对于他来说仿佛是不存在的,即使正在发生也没有任何意义……似乎在他的世界里,不管是什么样的天气都不会影响其思考进程,他只需要清晰的东西,比如一天就是一天,一小时就是一小时,一分钟就是一分钟,一秒就是一秒,仅此而已……当然,实际上他很少会用小于"天"的单位来计算时间。他是个现实主义者,对于他来说,想象只能意味着混乱。

舞蹈

……车就一直往前开吧,他靠着椅背说道,不要转弯,也不要找方向,不要找出口,就这么开下去,最后开到哪里,就停在哪里,然后下去喝酒,吃夜宵,也不用回去了,就这样待在外面,非常好。这是个令人有些兴奋的想法,尽管还只是个想法。它能让你转瞬就想象出路的尽头,灯光暗淡的街道,临街店铺多数都已关门闭户,只有一家小店还开着,提供简单粗糙的食物,还有冰凉的啤酒,一点都不好喝。你们是不会挑剔这些的。但车子始终没有离开高架路,空调已把车内温度降到二十度左右,足以让人清醒了。他有些疲惫,很长时间都不再说什么。这个很会讲故事的人,今天没有要讲故事的意思。一点都没有?没有。之前的黑暗里,看着那个倾斜的舞台上,他们近乎刻意地翻转身体、变化姿态,从上面投射下来铺满舞台和身体的是变幻的光影图案,有一会儿,好像是很多蜜蜂,像灰暗的斑点,在白亮光影里排列着神秘队形,在空中散布着嗡嗡的响声。有时某些类型的现代舞会令人停止思考和想象,你的意念被那些舞者的身体吸引,然后被彻底驱逐,替代他们的身体突破了空间的局限,离开那里,再也不用回去。所以,还会有种舞蹈是寂静不动的,就像坐在飞奔的车里,失去了时间感,飘着,远离那些被遮蔽的地面,然后再慢慢滑落,就像每个都包裹着凉薄金属壳的灰尘。不管什么舞蹈,都不是用来讲故事的,而是用来驱逐故事的,把身体变成东西,无休止地涂抹着,直到舞台空空如也。最初的那一段,他们在黑暗的舞台角落里,从一束灯光开始的时候,其实就说了谎的,用身体。

老人

……公交车摇晃着加速，车内灯熄灭，外面各种光线错落而入，不时形成多重光影和明暗斑点，随着车身的晃动转换形态。一位老人，有六十几岁，之前一直在跟旁边那位中年女人聊着什么……她清瘦，语音温和。过隧道前的那一站，他们彼此道别。她下了车，身影消失在夜色里。老人侧着脸，注视着车窗外，黑暗摇晃了一下，但他的目光并未追随她的身影，脸上也看不出有什么变化……他的身体在不时地抽动，主要是肩膀、手，帕金森综合征的表现……后来他抱紧双臂，可仍旧抽搐不已，无法遏止，不过没关系，他显然不在意，或许对于他来说，这抽动不已的身体，只不过是像抖动的公交车身一样，并不是他本身，真正的他，只是身处其中的体验者而已,或者就像海面的波浪,而他是变动不息的海本身,不需要在意这抽动,以及在周围所引发的微妙变化,除了外面的夜色,时隐时现的灯光,忽然明亮的隧道,他似乎什么都看不到,或者说视而不见。不知什么时候,他闭上了眼睛。身体继续抽动,外面金黄色路灯光圈不时落在右肩上,在某个转弯处,还照亮了他那光秃秃的头,那一小簇摇晃的光仿佛是从他体内浮出并短暂停留在那里的……他闭着眼睛,微皱眉头,面部皮肤与肌肉还是平和的,即使细看,也看不出有局促或松弛,就好像它们在他无意识时自行达成了某种和谐。其实抽搐的还有脖子和左眉,它们是贯穿了整个身体里的抽动动作的末端。不知过了多久,他睁开眼睛,看着窗外,就慢慢地唱起歌来,声音很轻,也很低,无论怎么仔细去听,在这动荡的车厢里,都不可能听清他唱的究竟是什么。

失踪

……像住在箱子里。他翻了个身,继续睡。黑暗里有股浮力在不经意地轻推他的额头,而细微的气流则跟波浪似的掠过眼睑。他又一次蜷缩起来,把被子拉到眼皮上。听不到与时间有关的任何声响。感觉自己像裹在很多纸屑里的黑陶杯子,像被随意丢在库房角落里的礼物,挨着那盏通体白色的台灯,只要用手指头碰一下,它就会变成一团毛茸茸的白光,但现在只是黑暗里的影子,或是刚吸满血就被他随手拍死的蚊子。发麻的左臂,还有左腿,他闻到了一丝血腥味。中午起来,他继续想着。箱子打开,外面是满地阳光和枯叶的冬天。那些卷曲的硕大杨树叶子,还是不要踩到为好,就任由它们在缓慢焦灼的状态里随意散漫吧。那些空疏的树冠……他买了两份报纸，还有两包不同牌子的香烟，然后拦了辆出租车。司机的反应有些迟钝。他从后视镜里看到那双混浊烦躁的眼睛，周围布满油腻的皱纹。说地址时，他觉得自己的声音有些诡异。司机没出声，只是点了下头。车驶入主干道后，就堵住了。这才是中午啊。他很快就睡着了，阳光晒得眼皮发痒。隐约听到司机重新发动车子时的咒骂声，好像是前面有人在随意变道插队。再次睁开眼睛之前，他又想起了那只红色的旅行箱，搁在旅馆房间里的窗台前，或是某个办公室的桌子旁边，而且，他有点搞不清楚，它到底是他梦到的，还是昨天偶然间看到的？接着出现在他耳畔的，是低声细语式的描述：她出差了，是个临时任务，去会见一位重要客人……后来她就失去了联系。有人看到她离开旅馆时是空手的，穿了身黑呢绒大衣，手插在衣兜里，短发，瘦。车到了那个园区里，走不动了，到处都是人。他有些恍惚地下了车，进了那家名为"观察"的小书店，忽然想到自己是没洗脸的。他揉了揉眼睛,又用手指梳拢了几下头发,有些发黏。书店里没几个人。有个服务员在柜台里记账。两个年轻人,坐在书店南端挨着落地窗的位置上。他看了其中那个姑娘几眼,装作翻书的样子,靠近了。她很年轻,很明亮,白色的。她对面那个男的有些慵懒地看着窗外,不怎么说话。偶尔说了,就会是描述刚看到什么。比如有几个人,站在马路对面的长椅上合影,欢快的表情明显夸张了,像刚从精神病院里跑出来的。或是跑到马路中间的一只瘦狗。一个不会倒车的高大女人。还有个神经兮兮的中年瘦男人,在那里四处乱拍照。她其实一直没明白,这男的说话、描述,似乎只是为了不让她把话说下去。他看着他们这样重复着那种古怪的状态。她看上去有点像个毛茸茸的玩具熊,只是眼睛很漂亮。那男的问她,现在有没有吃饭的愿望呢?她晃了晃头。那要不要听个八卦?她问那个男的。不要。她说你知道你是个多无趣的人吗?他听着他们这样说着,退到了远一点的地方。他觉得这样看着,他们就有点像八音盒上的那两个脸贴脸的孩子,不那么讨厌了。后来,他坐在书店外露天座位上抽烟。感觉脑子终于清楚之后,他重新梳理了昨天发生的事,每个细节都理清了,尤其是最后的环节,他认为自己几乎是无意间就做得了无痕迹。

神经

……他坐在那里，眼光陌生，凝视着。黄昏的光从背后圆窗透射进来，他的脸成了暗影，要是不仔细观察，就看不出那面部皮肤上正泛起的阵阵抽搐的波纹……他似乎试图用思维抑制或滤掉这一切，但并非易事，他还是尽力控制着，保持面无表情的状态。他在凝视的，仿佛不是外界的事物，而是内在的，在身体里某个微不足道的角落，是潮湿阴郁的砖缝里忽然长出的毒蘑菇，他嗅到了它的古怪气味儿，舌头碰不到那里，只能在附近转悠，什么都做不成，而它正在那里伸展，拉抻周边那些细微神经，发出尖锐的电流，阵阵刺入脑海，制造无可发泄的怒火，他有时甚至觉得自己马上就要被烧焦了，整个世界都在扭曲，散发着硫黄气息……终极的思想者与虚无者在这里可以转瞬互为彼此,而满载渴望与信念的小船之名竟然是"绝望"。是啊,世界的基本元素是火,也是水,一个微小的缺陷,就足以让人坠入水深火热……午夜里,那只锯齿鸟仍在那里往复飞着。它把那些交织的藤萝都咬断了,还在那些古老的树上啄出发白的口子。你只能看着它那样忙碌,毫不在意你的眼光,你在它眼中等于无。你只不过是它印象里的某个片段,正在破碎,你重新开了灯,淡金色光线洒落地面,它无动于衷,甚至忽然静止在空中,伸展翅膀,轻轻划开空气……你喝水,含在嘴里,冰冷的水,你听到了火焰被压熄的声音,在脑海里留下黏稠的黑暗和寂静,几缕鸟毛落在那里,被粘住了,带着几丝腥味儿。啊,夏天里黑暗的海水温暖且舒展,可以把头浸在里面,长时间不动,然后再仰起来,看那明朗的月亮,沐浴其光华。但这样的时间其实非常之短促,顶多只有半分钟,甚至更少,那只锯齿鸟就喷着火飞来了,然后温暖的海水退潮了,露出尖锐的黑暗礁石，你站在上面，寸步难行……那个人对着镜子张嘴，捏住智齿旁边坏掉的牙齿，用力摇动。他觉得它是空的，腐朽多时的空壳，让人无语的风暴之孔，藏在某个时间拐角里的小骷髅。后来，他试着撬动它，甚至让它裂成了两半，可是没用，它还在肉里，掌控那根绝望的神经。医生眼神冷漠，动作自如，他轻易就清除了它，然后止血。好了，咬住纱布。其他的牙齿，在几天后也都被彻底降伏了。它们的神经，是极纤细的线。从现在开始，你再也不会有牙痛的事了。为什么？因为它们都没有神经了，不怕冷，也不怕热，甚至不怕折断，不怕打碎，总之什么都不怕了。然后呢？然后找时间，给它们装上新的牙冠，跟新的一样。

牙齿的深处，就像火山底下的熔岩，慢慢聚集能量，它的气味，里面冒泡的声音。没有力气时，就让时间漫延过去，体薄如纸，命悬一线，浮游之间，无所挂系。现在相信什么并不重要，重要的是一直相信什么。值得相信的是事实，只有事实本身才能背负着。谁的破牙谁留着。你的气息，传染不了别人……

证人

……脸是粉红的,像刚出生的熊猫幼仔,像剥了皮后露出的嫩肉,看着就让人隐约觉得肉疼。这个五十来岁的男人总是很空,每天出现在小区门口,挨着小卖店的台阶,坐着小折叠椅,旁边立着一只大号玻璃保温杯,里面有一半是茶叶。好像每次看到他,手里都夹了支没点燃的烟。后来发现,他在每次要点烟时,如果刚好有人从小区门里出来,他都会停下,目送人走远,然后再把烟点上。他高且瘦,松垮的衣服围绕着他的身体,让你觉得他就是个空架子。没见他笑过。当然这没什么,很多人都不会笑。他的表情总是很严肃,有人走过他面前时,那表情会在对方眼光不经意的一扫中凝固,像个尚未完工的蜡像。每天他很早就起来,天蒙蒙亮，就站在阳台上，抽烟，俯视下面……其实除了茂密的树冠，什么都看不清楚。小区里有很多树，种类繁多，好像当初曾有位绿化偏执狂，把所有空地都种了树。那么多的鸟，天未亮时就成群飞来，落入树冠里，然后此起彼伏地叫……随着阳光出现，它们不时从稠密墨绿的枝叶间飞出又钻入。他从不像那些邻居，起来就下去闲逛，也不喜欢锻炼，他讨厌那些抓到公用健身器材就不放手的人，真是疯了，以为这样就可以晚点死，想想他就笑。他只会在九点多才下来，踱到小区门口，在那里抽会儿烟。之后他可能会往地铁车站那边走去，买三个素馅包子，一杯热豆浆，边走边吃，到了小区门口就吃完了。很多时候，他一日三顿都吃包子。没人会觉得奇怪，因为他就一个人。他有时会坐到小卖店的对面，就在那两个保安之间，表情有时生动、有时冷漠。而他坐到小卖店台阶前，挨着那几位老人时，通常会不由自主地露出孩子般的表情。这里从来没有人谈起他的过去，就好像他根本就没有过去。也没人谈他的现在。人们从不谈论他。他就像个粉红色的影子,投射在那里,在你们不远处,大家要做的,似乎就是默认这影子只是影子,而不是个日常时间里变化的人。他可以永远如此,似乎唯有如此,人们才会觉得,他是个不会让人感到不安的证人。

暴雨

……出租车司机把他丢在了邮局那里。他让司机稍等，最多五分钟，但司机让他读副驾驶座位后面的提示，要留押金的。为什么？司机的脸黑了。他从没留过押金。可我就是要留押金的，司机看着后视镜。好吧，他留了押金。可司机还是丢下他跑了。打着伞，他走到马路对面，在雨里等了很久，才打到车。雨不大。风有点大。坐到车里，收起雨伞，雨水流到了他的胳臂上，还有些落到裤子上。要去哪里？司机透过后视镜疲惫地看了他一眼。司机的脸是灰的。他说了地方。要过南浦大桥的，司机有些犹豫。会很堵吗？当然了，这个时候，下雨天，又是周五。那你先开吧。就这样，司机犹豫着把车开了出去。没多远，就堵了。随后是更大的雨。车顶传来急促的雨点声，挡风玻璃上绽开水花。这下完了，司机摇摇头。所有车辆都模糊不清地缓行。在路口转弯时，暴雨令雨刷器失去了作用，像在水里拼力划动却又无效的双桨，就那么划啊划的。他让司机在路边停下，然后付钱下了车。关门之前，司机侧着脑袋提醒他，哎，这里离地铁站还要有段路呢！他点了点头，踮着脚尖儿，快步走着，把出租车丢在了身后。那双黑皮鞋很快就湿透了。又走了几步，它们就灌满了水。他能感觉到双脚正在水里变得油腻起来，像两只被忽然塞到下水管道里的雏鸭。

恐慌

……那个沉默的家伙总令她恐慌,却又难以离开。他是推销员。在她看来,这活儿也就是整天四处游荡。无所谓。他做什么,真不重要。重要的是她不知如何化解认识他以来就有的那种恐慌。每隔一段时日,他就会突然没了踪影,没了消息。他的那个朋友胖子,就会习惯性地跑到她面前,为他的古怪添些注解。可她不需要这个。胖子说不管怎么样,他从来都没骗过自己的母亲。意思就是,一个人只要没骗过母亲,就说明不是真正坏透了的人。可是这算什么呢?她有些愤怒,然后仍旧是恐慌,就像某种气息,无论消息好坏,都不会改变其存在。每个月里,他都会回趟老家,看望母亲。他三岁丧父。从小是个话少的人,阴沉沉的,出现在哪，都能让那里冷冷清清。接触过他的人，都有点怕他。可她不是怕，而是恐慌。为什么这样？他有些不解。她也不知该如何回答。有一天，她对某个陌生人说起了这个困惑，该怎么面对这个男人，就像个阴影，总是在不经意间出现，又永远令她恐慌。他对母亲有多好，对其他人就有多冷漠。他们每半个月见一面，每次见面的最后，他都会凝视她的眼睛，低声说："你很干净，知道吗？不要变，就这样，永远都不要变，这样就很好了。"后来，有天傍晚他打电话给她。这次他会离开一年左右。他不会有任何消息给她，但会想着她。而在这漫长的空白状态里，她总是会对不同的陌生人讲起这件事。她不知他在哪里，不知他在做些什么。那种恐慌感，仍然盘踞在她心里，就像很多累积的马铃薯，生出很多苍白的芽。有个陌生人对她说，一年么，也不算长，够用了。

山

……她觉得自己会死于意外。下山时，在容易迷路的树林里，在某辆翻入山谷的大巴车里，被山上偶尔滚落的石头砸在头上。在那里，随时随地都有可能发生意外。来这里玩的人里，估计也只有她在琢磨这个。在旅馆里，她整晚都没睡意，抽着烟，把烟灰弹在摊开的那张白纸上，有时也会抖落一缕正燃烧的烟丝，在纸上灼出焦黄的痕迹。她相信预兆吗？有时是。此刻她的思维是跳跃的，不连贯的。她并不觉得自己只是在琢磨可能发生的意外。比如，她还想到远方的某个朋友，跟他探讨些具体的问题，有个男人，有个姑娘，为什么他们重逢时会像陌生人？当然指的是那个男人。他有家，有孩子，是个好人。那姑娘很想知道，他为什么忽然变成了陌生人？但很有可能，她觉得，那个姑娘再也见不到他了，甚至会在再见他之前就死于意外。这倒也没什么。她担心的并不是意外，而是意外发生后，让谁来把这个消息告诉父母。为什么不回家呢？不，不想。她就想留在这里，或是类似的地方。但她知道，无论在哪里，她都可能会意外地死去。只是不知道时间而已。她给那个从没见过的朋友发了很多短信，问如何能在第一时间将自己意外遇难的消息告诉父母？没有得到任何满意的建议。他不知道她究竟在想什么。他的信息里透露出越来越多的莫名忧虑。而这个晚上，她用得最为频繁的一个词，就是"遗憾"。凌晨三点钟左右，外面的温度又下降了。

变化

……她捧着笔记本在那里玩游戏。开餐馆的那种，简单画个房间，里面来来往往一些人，个个面目呆滞，匆匆忙忙，动作机械。餐馆里很脏，可是没人在意，人们只顾吃喝，个个都仿佛时间紧迫，无暇多想什么。她是下午从 N 地过来的。坐了三小时火车，近一小时的地铁，三十五分钟的出租车。此行目的是看望她的一个叔叔。这位叔叔其实只是母亲的朋友。十年前，她准备去英国读高中的时候，就住在他的家里。一年前，她大学毕业回国，找了份工作，还带回了男友。最近动过一次小手术，她休息了半个多月。实在烦闷，就出来转转。叔叔没有家室，一个人生活，她来住，当然也方便。当年住在叔叔家时，她才十六岁，还是个寡言的孩子，不知如何表达想法与感受。那时她已有两个家，父亲的，母亲的。她喜欢叔叔煮的粥，尤其是半夜里，就着榨菜丝吃，舒服。叔叔是个不喜欢睡觉的人。如今的她，已是个能说会道的女人。这些年里，她始终跟叔叔保持联系。在英国，在美国，游历欧洲，走到哪里，她都会发短信给他，报个平安。还会告诉他，自己经历的爱情，甚至艳遇。晚上吃过火锅，就回来看叔叔写字。是《麻姑仙坛记》，大字。叔叔说他喜欢里面的金石气，苍劲古朴，令人动容。她只是看着。十二月的夜间，即使在室内也会冷得难过。她喜欢叔叔的这个大房子，蜷缩在沙发上，玩着游戏，感觉自己可以变得很小，像个小孩子。她跟叔叔说起那次小手术的事，是很平静地说的，这样的经历很特别，没用多久就好了，一点都没痛，过了这关，自己也就长大了。

幕间

……他有点怒了。周围缭绕着变幻的光线,像从灯丝里钻出的小妖似的纷纷降临,掠过他的头顶,或立或蹲地留在他的肩头,对他吹着气儿。他应该是站在那里的,左手食指习惯性地弯曲着,慢慢转过身,靠在桌沿上,那年轻的脸上有种病后初愈般的兴奋。电话里,他试图提高声调以示愤怒。你们是如此不顾及他的感受。人在遭受误解或诬陷,还有阴谋被揭穿时,才会如此吧。你可以想象一下他的表情,那张白净的脸上,眯起的眼睛以及紧闭的嘴唇旁边浮现的皱纹,正在微颤出怎样的尴尬、不安和恼火。他并不擅长伪装、表演,但不知为什么,他却觉得自己有这天赋。这是他几分钟里接到的第二个内容几乎相同的电话,潜台词是一样的。他知道必须马上找到一种语调，既饱含委屈又充满愤怒，还要有那种无所畏惧的悲壮感……可惜，他没找到，这就使他的怒意显得犹豫不决、底气不足……他努力辨析对方的言辞，不相信他们真的会找到什么，因为他根本就没有留下任何证据。可是他不知道，在两次电话之间发生了什么。这一次，他的机敏帮了倒忙，让他犯了错，露出了唯一的线索。他只是改了八个英文字母。很不幸，他运气不够好。听着他那因为紧张而激动的声音，以及那些苍白的辩解，你会觉得，与其说他是在为自己辩护，倒不如说是在下意识地将自己移到了聚光灯下。可是毕竟，他不是贼，也不是罪犯，到现在为止他没做任何害人的事。他只是制造了一个假象，然后潜伏在那里，等待着什么。这些年里，他的霉运每次都来得恰如其分，把他从近在咫尺的虚荣与冲动营造的幻境中拉出来，丢到某个角落里，像个上不了场的小丑，下意识模仿主角的姿态与表情。他不知道自己这么长时间以来始终陷在无休止的模仿状态里。但他仿效的都是些貌似主角的丑角,而正是他们,在不知不觉中把他变得丑态百出,就像一块被他们踏碎的镜子,胡乱映现他们的身影。

他看上去很重。体量大,头很大,脸也很大。他看着你时,那双眼睛,像长在一段枯木里的,里面没有明显的光亮,只有史前的寂静。问起上次辞职的原因。他沉默了一下,然后说,当时,我父亲去世了,女友也去世了……

老鼠

……有个姑娘在隔壁画着壁画。很晚了。老鼠睡在黑色捕鼠笼里。他把门半开着,让风吹进来些,吹着它身上的干枯的灰毛。它毫无反应。他把笼子往门口移了移,它也没像往常那样惊醒。它已是僵硬的。他摇晃笼子,它滑动。他拎着笼子,来到隔壁,给她看。她画的是道教里的神仙。那些脸过于饱满了,周围有很多艳丽的花朵。她正在画香炉的细部。老鼠是四天前发现的。当时两个朋友来做客,他说起为什么最近都没有老鼠出没,其实很简单,就是放了个捕鼠笼和一张粘鼠板,在柱子下面,一左一右,躲过这个就躲不过那个。他们走后,他发现捕鼠笼的门已关上了。它蜷缩在笼子一角,尾巴弯曲着伸到笼子中央。它就靠吃那块作为诱饵的面包度日。每天只吃一点，就这样坚持了四天。面包终于吃光了。下了一天的雨。雨水从门缝里渗进来，湿了笼子下面的水泥地。可是它显然对水毫无兴趣。看着湿津津的地面，它一动不动，直到停止呼吸。房间里很安静，能听到远处疾驰的车声。偶尔还有大型客机那沉闷的破空轰鸣声。白得有些耀眼的墙壁，其实表面并不平滑，光线散布也不均匀，有细微的明暗变化。后来，有只大昆虫不知从哪里钻了进来。那肥硕的身子费力粘着墙壁，但又停不住，忽然滑落了下来。过了半小时，它出现在一叠旧报纸那里，钻进那个空塑料袋。他走过去，打量着它，想起来了，这就是小时候夏夜里经常会在路灯下捉到的那种"地蜊蛄"。要是你捉它在手，把衣襟用唾沫润湿，递到它面前，它就会咬上，死也不放。然后你只要轻轻一拉，它的头就与身体分开了，之后那身体也还是会动的。他把塑料袋卷起来，包裹着它，塞到垃圾桶里，这样，整个晚上都能听到它在里面挣扎发出的沙沙声。

女人

……楼下卖烟酒糖茶的小店门口，竹椅上的三十多岁女人，看着雨，抽烟。他把伞放在门边。有点面熟，或者说他暂时还想不起她像谁。她把那包烟递给他，还有绿色的一次性打火机，然后坐回竹椅。高且结实的女人。你住附近？她看着自己的指甲，吐了口烟问。他摇头。那你怎么在这儿下车了？不想堵车，他答道。这天气。不知道后天会不会还这样，她把烟头丢到了雨里说道。谁知道呢？这种风雨天，抽烟没有味道。他把半截烟丢到雨里。过了十多分钟，雨小了，他就打着伞走了出去。她指给他地铁站的方向，然后就抱着双臂坐直了身体，看着他走远。几个娇艳的女人，从隔壁玻璃门里张望，发出古怪的笑声，雨真的小了啊。他朝地铁站走去，脚趾头间滑腻腻的，随着脚步有点要发酵的感觉。天很快就黑了。地铁里人很少。要坐到终点，才能换另一条线。这倒不错。终点站是个体育中心，他从没去过。或者可以到那里吃晚饭呢？就这样一个念头，让他升上了地面。天完全黑了。是个小广场，在那个体育中心外面，空空荡荡的，什么都没有。只有路口那边，站着一个保安模样的人，像弃置不用的家具。那时，雨已经停了，湿漉漉的地面暗光斑驳，风里充满了青草的腥涩味道。

表妹

……有天晚上，他忽然对她说，有个表妹，要过来家里住几天。她从没听他提起过还有个表妹。他说表妹最近状态很不好，刚离了婚，又辞了职，跟父母也闹翻了。但表妹是个营销高手，刚好可以过来帮他打理艰难起步中的生意。本来她是坚决反对的，但听他这么一说，也只好答应了。表妹是个样貌平常的女人，二十六岁。给人的印象，就是冷，总是面无表情。平时话也不多，怎么都看不出是个擅长交际和营销的人。表妹住在客房里，每天早出晚归，晚上吃了饭，就躲回房间，关上门，在里面跟人打很久的电话。她呢，是个秀气的女人，跟他同居一年多了，彼此恩爱。他对她向来是言听计从，只有在表妹住家里这件事上，他做了回主。有天下班回家,她开了门,就看到他跟表妹挨坐在沙发上,同时回头看着她,表情似乎都有些不自然。她就生气了。很生气。他耐心地跟她解释,他们是在聊天,真的没什么的。她想了想,也觉得不大可能有什么,他怎么会喜欢表妹这种冷冰冰的貌不出众的女人呢?而且,表妹跟前夫还是时有联络的。不过从那以后,表妹就经常会出现在客厅里,不像以前那样吃过晚饭就回房间了。三个人坐在客厅里时,她是不说什么的,只是看电视。他跟表妹会聊很长时间,话题广泛。表妹的神情是轻松的,没有了平时那种莫名的冷。真正让她崩溃的,是某个周末的下午,她给他打了很多遍电话,他都没接,也没在公司,失踪了似的。她就打车回了家。他的手机在沙发上。他的裤子、钱包、笔记本包,都放在了门边地板上。她就坐在沙发上,默默地等,也不开灯。表妹的房门是关着的。过了一个多小时,门开了,表妹慵懒地从里面走了出来,随手半掩了门,但并没关上。表妹梳弄着散开的头发，坐到她对面的沙发上，闭着眼睛。她感觉自己浑身骨头关节都在隐隐作痛。她注视着这个陌生女人，直到这人睁开眼睛之前，她都觉得自己仿佛得了失语症。她问，知不知道你哥去哪了？不知道啊。可是很奇怪，他的东西都在呢。不知道，我一直在房间里，没听到有人回来。表妹平静地看着她，就像在看一位莫名来求助的不速之客。一个小时就这么过去了。她表情黯然地离开了家。半小时后，她回来了。他坐在她原来坐的位置上，正在平静地跟表妹聊着公司业务问题。过了两天，他同意了她的要求，让表妹搬了出去。但他不同意让表妹离开公司，因为表妹确实帮了他很多忙。他对她依然很好。他们仍旧过着跟以前差不多的恩爱生活。她再也没见到过那个表妹。只是偶尔从他那漏音的手机里，听到表妹那种特别随意的声音。有时他还会语重心长地对她说，你不知道，表妹其实是个很幽默的人。

眼睛

……他有九只眼睛。这样想着,她没有看他的脸,而是故作漫不经心地观察着他的左手,那根食指,正以缓慢的节奏轻敲着桌面。昨天下午,来了两个陌生人,要跟他谈谈。他也是这样坐着的,用那根食指轻敲桌面。他没请他们坐下,而是若无其事地继续注视着电脑屏幕,把所有网页逐一关掉,直到屏幕上那个白脸小丑的背景图案浮现。他按鼠标的动作有些过于缓慢了,但他们并没有不耐烦,而是身板笔直地站在那里,嘴角略带笑意,等着他完成最后的操作。他说自己记性不好,忘了之前有没有见过他们了。他们表示没关系,实际上也并不影响什么。而且,其中一个补充道,等我们走后,你完全可以马上忘了我们来过,我们没来过。这样说来，他有些迟疑道，我也可以认为，你们以前来过了？他们笑了，当然可以，还不止一次呢。他们就像一对双胞胎兄弟，不只高矮胖瘦一样，穿着打扮一样，就连语气和表情都一样。他忍住没有说这个，担心说出来会笑场，但嘴角还是露出几丝诡异的笑意。你在模仿我们吗？他们眯起眼睛问道。她端着两个纸杯，蹑手蹑脚地过来，杯子里装满了热水。把它们放在桌角上，她看了他一眼。他觉得她有点像个木偶。他请他们坐。他们没动。他说你们想了解什么，就说吧。他们有些肆无忌惮地打量着他，尤其是他的光头。这让他有些恼火。我们来找你，其实也没什么要了解的，他们慢条斯理道。其实你的情况，我们都清楚，你在琢磨什么，你喜欢跟什么人来往，喜欢去哪里，什么时候喜欢一个人待着。你们读过卡夫卡吗？他出了会儿神后，忽然想起来似的问道。他们有些不屑，希望他不要有意岔开话题，这样做是没有用的。好吧，他说。你们要把我带走？他们笑了笑，我们没这个义务，你多虑了。不过，可能从今天开始，每天，或许每隔两天，也可能三天，五天，我们就会来看看你，像现在这样，找个什么话题，也可以不需要什么话题，聊上一会儿。他说你们干吗不带走我呢，那样不是省事些？或是就直接宣布点什么？你这么说，就显得太悲观了，他们用怜悯的语气说道。以我们对你的了解，你应该是不大会在乎这些的。你不是对朋友说过吗，我们就像马戏团的，穿着可笑的紧身衣，只要站在那里，什么都不用做，什么都不用说，就会让所有人都忍不住大笑起来？这种对话要是不及时打断，说到天黑也不会结束的。这时候，她有些局促地来到他身旁，在他耳边轻声说道，查询过了，那东西，有点贵。他表示没关系，关键是要有足够的清晰度。不经意间，他发现他们正在看她的屁股。可是，她几乎没有屁股。那，买几个呢？她小声问。他想了想，九个吧。这么多？！她有些惊讶，声音忽然变大了。对！他大声说。他觉得自己的声音有些怪异。他们低头看着手机，身体保持着笔直的姿态。就这样,一个多小时后,他们悄无声息地走了,连声招呼都没打,临走前只是默默地看了他一会儿。现在,隔了二十四小时,他已想不起他们的样子了。她来是要告诉他,工人们会在天黑前安装调试完毕。他什么都没说,又恢复了之前的姿态,左手食指轻敲着桌面。晚上十点左右,他才回到家里。洗完澡,他并没有按事先想的那样去翻出卡夫卡小说,重温一下开场的情节,而是打开电脑,点开那个软件。按照她发的操作指南,完成了登录。九个画面铺满了电脑屏幕——办公室里所有灯都亮着,每个画面刚好可以看到两个办公位,正好十八个桌面,每个桌面都是乱糟糟的,堆满了书籍和五颜六色的袋装小食品。从明天开始,他将不再去办公室。坐在那里,抽着烟,他的眼睛始终都没离开过电脑屏幕。午夜零时。有两个人,出现在靠近门口的位置上。他们手里都拿着手电筒,其中一个还扭过头来,举着手电筒照了照,晃到了他的眼睛。他们走到最里面的位置上,四处看看，又走了回来。在门口站了会儿，他们就消失了。他打开微信，想跟她说一声，每个画面都很清楚，从明天开始，没有特殊情况，他就不去办公室了。却忽然发现，她在朋友圈里刚发的一句话：他有九只眼睛。

芝加哥

……其实，她并没有像上次回来时那样胖得惊人，虽然仍旧是胖的。这都要怪美国，怪那个芝加哥。在那里，半年时间，她总是在工作时吃公司提供的那些免费垃圾食品，后来就胖成了这样。正像一位老友形容的：人的重要性与身体的重量，竟然会如此巧合地同步生成。那是个经常刮风的城市，很大的风。有条河，从城市中曲折地穿过。城边还有个湖，因为风，湖面总是布满波纹。但那一天，她竟意外地看到了平滑如镜的湖水，一丝波纹都没有，跟九月里晴朗的傍晚天空对应着，夕阳刚退去光芒，给这里留下暗淡的宁静，仿佛只用了几秒钟就创造了一个简明的人间幻境。是他开车带她来这里的，告诉她，只有这个时候，这里才是最美的，整个芝加哥，就像一堆玩具，在那里慢慢进入夜晚。他们认识得有点晚。过几天她就要搬去纽约了。他们又见了几面。他是个留恋家乡的人。后来，她准备坐飞机去纽约的时候，外面下起大雷雨，还有夹杂着冰雹。在机场候机大厅里，他给她打了个很长的电话。我们必须得保持联系，他最后对她认真地反复强调。半年后，她离开纽约回国没多久，就听说他到纽约工作了。

瘦女

……对于她的瘦削尖脸来说，这双眼睛明显过大了。当她睁大眼睛，站在那里不声不响地看着什么的时候，整个瘦长的身体，似乎也就是为了支撑着这双眼睛，让它们在那里一直睁着，大大的，明亮的。见过她哭的人都知道那是个什么样的场景，大颗眼泪淹没张大的眼睛并溢出眼眶的那一瞬间，似乎人人都会不由自主地萌生某种莫名的愧疚感，就好像刚不小心做了什么伤到她的事，尤其是眼泪滴落时，她那种浑身颤抖的状态，几乎会让人产生错觉：她随时有可能整个变成眼泪，落到地上，然后消失。那时她回了趟老家，过了近一个月才回来。偶尔看到她，总觉得她就像道影子。那天晚上并没有人过生日，但还是有人带了精美的蛋糕来，在酒后大家分享，然后还有人在那里放声唱着，对着投影机射在墙上的画面。其实没几个人。在这个空旷的大房子里，后来他们围着角落里那个白色桌球台子，一直打球到深夜。她自己则继续站在大厅的中央，扶着那个立式麦克风，就那么载歌载舞的，穿了那身纯黑的衣裙……他们奇怪的是，她这么瘦的一个人，竟会有如此宽厚的声音，可以不停地唱很久。偶尔会有个输了球的人，拿了瓶啤酒，坐在不远处，做她的观众，为她鼓鼓掌。还有位喝醉了的胖子，坐在小舞台上的架子鼓后面，睡得很沉。后来，她也到了台上，边喝啤酒，边对那胖子低声说话，讲的是自己之前的一些事，比如只身去德国见一个人，然后又独自回来，在老家生病，躺了半个多月，再后来就不停地丢东西，什么都丢，也不知道为什么……说着说着，天就蒙蒙亮了。

不想

……不想入睡的孩子，九岁，或是十岁？她反复扎起头发，再解散开，就这样一直玩到午夜来临。她甚至忍不住把练舞鞋也穿上了，而当客人们要她跳个舞时，她又放弃了，看着他们费劲地把搬开的茶几又搬回来，她笑个不停。她的脸蛋比红苹果还红。这些她不认识的人在那里有说有笑，比电视剧里的场面还要热闹，可爸爸非要她尽快上床睡觉。因为他们都在抽烟。其实她只是想多看一会儿这些陌生人，并不是要听他们说什么，也不想知道他们为什么会忽然笑起来，或者，她只是喜欢看到爸爸坐在他们中间的那种样子？她想留在这里，什么都不说也可以，怎么都行，她实在是毫无困意。她仿佛能看到另一个自己，马上就可以飞起来……

其实她根本不想趴在床上折叠纸房子,尽管那个温柔的姐姐耐心地问过一位叔叔折叠的方法,然后再耐心地教她,她只是想找个不睡的理由,时不时地透过门缝,看到外面,看到灯光里的那些人,他们的脸上都是油光闪闪的。

沉默

……可能只有几分钟,太阳从云层里出来,空气青涩。有些地方是湿的。现在没有阳光了,下午。她皱着眉,微耸双肩,站在小广场中央,翻那个粉红挎包,就像要从中找出另一个自己,用更为明朗的样子替换此时的半梦半醒。对于她来说,白天似乎只是碎片般的睡眠世界那不规则的明亮边缘,在那里的停留总是缺乏稳定感,好像随时都可能因偶然的波动而脱落,所以她有时留给人的,就是那种努力睁大眼睛多看一会儿白昼世界并有所怀念的感觉……就好像有个缓慢晃动的钟摆,悬在内心深处,而光线只能抵达它的两侧,并随着它的摆动时明时暗,只是在它回落到最低点时,就会没入幽寂的水面。远远看去,她就像连环画里的线描人物，每个瞬间都画在了几乎透明的薄纸上，不断重叠，当她招呼远处朋友过来时，这些图景里的人物就重叠成后来的人群，而她的脸，则仿佛只是其中一小块空白。她有限的话语听起来好像并不是向外的，而是向内的，或者说只是向内发声后的回响，到唇齿间就被忽然含住了似的，比通常的语音低、有些含糊……就像每说一句话之后她都会下沉一些，若是说得多了她可能就会沉没，眼睛看着别的地方。她再次浮现时，是在另一个广场上。她回头看了看那个浮动电梯。在黄昏阴晦的天空下，灰白的广场显得光滑，她并不知道背后不远处就是一座森林公园，甚至也没有注意到东西两侧各有一幢巨大的建筑，它们的影子映入围绕广场的幽暗水面，她转过身来，看到远处有人在招手。没人放风筝，平时经常会有，现在马上就要下雨了，偶尔有雨丝飞落。零散的行人被出租车载走，空洞的关门声过后，广场上更加空寂了，就像那有棵小树的低矮山顶，也可以放在某部纪录片的结尾，替代过于喧哗的背景音乐……说来话长，曾有太多的声音围绕着她的额头，像副热带低气压一样让她的脑子频繁陷入缺氧的状态，她唯一能做的，就是让自己尽可能地收缩，透过指尖呼吸，用凌乱细微的掌纹代替眼睛，制造出最大的距离，就像走在地球上的太空人，仍然保持在月球上的走动状态，全然感觉不到引力。她是个容易厌倦的孩子，喜欢让那些白纸保持空白状态，而把铅笔小字轻轻地写在背面，尽量不发出一点摩擦声，就像没写一样。

有个男人，爱上了一个女人。他觉得就像打一次长途电话，在公用电话亭里，投币，是最后一块硬币。他爱她的声音。后来她嫁了人。又过了一年多，她来看他。在桌子的另一面，他安静地看着别处，听着她说话的声音，觉得这其实是两个梦，在钟摆两侧晃动……

烟草

……最近她经常失眠。要是他还会在后半夜来电话,那她就会告诉他,自己在犹豫,是不是要学会抽烟。这也需要学?是啊,需要,什么都得学了才能会。其实她平时无法忍受任何人抽烟。那种臭味,就像有人把腐烂的破抹布搓成细绳从鼻子里穿到肺子里然后再经嘴巴抽出。但奇怪的是,她喜欢"烟草"或者"烟丝"这样的字眼,像烟一样的草,像烟一样的丝,听起来都会令她有种能神游一下的感觉。经常的,听到电话里传来打火机的声响,她就会这样想象一番,然后从他的呼吸声想象吸烟的整个过程。她特意抄了贺铸的那句词"一川烟草,满城风絮"贴在床边的墙上,用的是那种黄色即时贴,很小的铅笔字,写了两行,小得像扎堆的黑蚂蚁。那么,以前她跟他深夜通话时都说了些什么呢?他们都是话少的人。他有时会在沉默后对她说,再多说点什么吧,随便说点什么。他说喜欢她的声音,说什么都可以。她不得不违背原则,不时讲讲隔壁那对恋人的事……他们的分分合合,吵吵闹闹,说说笑笑,还有那个女孩子的愤怒和诅咒,反正他们总是回来很晚,有时他们会聊到天明,有时会在床上折腾很久,各种声音响动……那个女孩抽烟,只要在家,几乎烟不离嘴……一个最常见的场景,或许就是这女孩倚着门边的墙抽烟,穿着睡衣,眼圈黑黑的,薄嘴唇有些干瘪,一头烫得焦黄的乱发……后来呢,那女孩就把那男的赶了出去,然后在房间里哭了一个晚上。她忍不住给这女孩弄了条热手巾擦脸,那女孩就抱着她哭。过了几天,那男的又回来了。楼下的一辆轿车里还等着个姑娘。他们下楼去,钻进车里,三个人抽烟,聊了很久。过了段时间,他们在家里做起了生意。每晚都会有些陌生人来买东西。那些天里,她始终没有接到他的电话。每天晚上她早早就躺在了床上,灯也不开,很久都睡不着。那些人都喜欢抽烟。那种古怪的烟味儿从门缝里透进来,她觉得它们是淡绿发白的颜色,像混合了很多草汁的过期奶茶被倒入雨后地面的积水里。他们的生意很好。每晚来的人络绎不绝。通常都要到凌晨两点左右才会安静下来。听着进进出出的脚步声和说话声,她有时会莫名紧张。她很想写封邮件给他,问他最近怎么了,然后顺便告诉他这些无聊的事情……比如那个女孩几次在夜深人静时问那男的,要是隔壁的小姑娘听到怎么办?"听到就听到了,能怎么样?"后来他们干脆就坐在门厅里聊生意上的事,大声说话。在黑暗里,她用被子蒙了头,感觉那两位就站在她的门边,故意说话让她听到。又过了两天,他的电话终于来了。当时已是凌晨三点多,听他用疲倦的语气简单描述了过度忙碌的近况之后,她把声音压得很低,她想离开这个城市,去找个靠海边的地方,比如……青岛……正在这样说着的时候,她通过他的呼吸声知道,他已睡着了。她就那么听着,听他的呼吸声,听了很久,才把电话挂断。

失踪

……不知她是哪里人。往那儿一坐,嘴角就自然微垂,眼光冷冷,但还是很美。也有人认为好像她有点问题,年纪轻轻的,走起路来却像个熟妇。这是否跟她身材较高且结实有关呢?她的实际年龄,比大家以为的要小。每天打完卡,坐下,她的头件事就是补妆。她的脸总是很白。留的是长发,直的。她看什么都是冷眼旁观的样子,就好像凡事都跟她无关,哪怕你叫的是她的名字。她的上司说她家境富有,星期天会开着跑车到江边兜风。他是个瘦子。整个人瘦得就像没了身子的长颈鹿,尤其是在办公区走来走去的时候,他的身体姿态和表情,都像那安静惬意地吃着树梢嫩叶的家伙,而跟他比起来,我们这些人似乎更像一群懒散的犀牛，总是一动不动地待着，额头都被密集的灯光晒得黑黝黝的。她刚来的那几天，他有些兴奋。遇到有人问她的情况，他就露出很得意的神情。还说那几个司机真是流氓啊，没事儿老去前台那边晃悠搭讪。只有那个小L除外，瘦子说，小L真是正经人。小L比瘦子还要精瘦，个子也不高，但精神，每天都是西装革履，一尘不染的……走路轻快无声，面无表情，目不斜视，任何时候都从容淡定，而且车开得好。瘦子跟小L经常一起喝酒，晚上出去玩儿。小L嘴严，喝多少酒，都不会乱说话。瘦子则相反，每次喝酒时必口无遮拦。据说小L收养了几只流浪猫，还有两只街头捡来的杂种狗。而最让大家听了肃然起敬的，还是他收养了一对孪生弃婴，都是女孩，已经五岁了。大家都觉得，作为未婚小伙子，这确实不容易。他唱歌很好，还参加过一些选秀比赛，拿过名次；做过婚礼主持人，还参加过自由搏击比赛，喜欢瑜伽。前台美女每周都会有几个相亲的过来碰面。有时中午，有时傍晚，在附近的咖啡馆，或者餐厅。她对小L说，就是例行公事。小L是善于倾听的人，若是他坐在你面前，看着你，就会让你觉得应该说点什么。所以最先知道美女抽烟的人，就是他。他知道美女最不喜欢的人，就是瘦子。长颈鹿总是喜欢隔着灌木丛看着对面林中，咀嚼着什么，露出贪婪的神情。去过小L家的人，只有两个，一个是美女，一个是瘦子。美女说那两个孩子很可爱。那天午夜，他们去的时候，是小L父亲开的门。她看到了熟睡中的孩子。后来，有人透露消息，小L和美女要订婚了。过完春节，他们都没上班。她是休年假，他是请了假。又过了一周，瘦子有些慌。小L辞职了。几个同事围住了瘦子，原来小L跟他们分别借了钱。瘦子的额度最大。其余的人，则按信任度依次配额。接下来的消息，就是小L失踪了。有位同事，上网搜了一下他的名字。最前面的信息，就是寻人启事。一年前的事了。所有的形貌特征，都与他相符。四月末的夜里离的家，之后再无消息，只是给家里寄了份简短的遗书，说是欠下巨额赌债，不想再苟活于世了云云。很多人在找他。此前，此后。只有美女没找他，她已回来上班了，只字不提小L的事。谁都没好意思去问她，只是都变得客气了。她每天照常上班。用他们的话说是，坐在那里，就像块灰冰。

为了使影像世界得以清晰地呈现,总是先要使现实中的光消失。只让光存在于那显得无比切近的影像的世界里……面对影像,身处现场的影子们仿佛转瞬间也变得虚无,差不多成了影像世界的可有可无的斑驳点缀……

拖 船

……就像一条拖船，傍晚时慢行在黏稠的江水中，她从广场侧面走过，穿过那个咖啡馆外露天座之间。她的身体有些僵硬，习惯性挺直身体，尽管那身米色薄麻衣裙看上去有些飘飘然的……船是空的，清理得很整洁，没有任何凌乱的迹象，甲板上空空荡荡，驾驶室里也不见人影……这是指她的眼睛，像驾驶室的挡风玻璃……她神情严肃，但眼神里流露出意识流动时的明暗变化，很可能它们本不值得她去想，但就是自然浮现了，还有随之而来的人脸，她侧歪了下头，像在避过什么扑面而来的无形东西……她有三十五六岁？或许，但她无疑有这个年龄最重要的品质，就是面无表情的淡定，即使是在无所事事没人理睬时、早上看到镜子里陌生的自己时，还有在某个瞬间忽然清晰地感受到各种下坠感时……她的身后，跟着男孩和女孩，都是六七岁的样子，都有一头乱糟糟的卷发。这是傍晚，她带着他们，慢悠悠地走过广场的西侧。左侧是咖啡馆，右侧是喷水池及树木。天黑时，他们刚好走到广场的中央，忽然模糊了的三个影子，尤其是那两个孩子，就像小船，尾随着她，在灰暗的水面上不时地摇晃着。

影子

……刚下起小雨时，就看到了那个女人，在高架桥上的转弯处，抱着熟睡的孩子，拖着一只布面行李箱，漠然地走着。一辆红色的轿车，远远地就放慢了速度，从她旁边经过，又开出百十米远，才逐渐加速，消失了。很多车辆飞速驶过她的身旁，带起的风尘不断改变着她那深褐色齐肩头发的外形，好像丝丝都在自动弯曲打卷。她就那么走着，在这漫长的高架桥上，原地踏步似的走着，就像终于找到了一条不会有终点也不会遇到任何人的路。透过通往露台的那道玻璃门，能看到晦暗天空下的几把阳伞，还有些椅子，而在露台尽头，则是一道两米多高的墙，上面的水渍像影子似的，每天都在改变形状。感觉有点睁不开眼睛时，就站在那道玻璃门前，看外面的景物。电话里对于场景的描述充满了停顿，但即使是能听到呼吸声时，也听不到汽车发动机的响声，就好像车子不是在行驶中，而是停在了什么地方……除了声音的间隙，所有借助声音出现的场景都像影子似的飘浮在那里，再过几分钟，它们就会微缩凝固在视界的边缘。两个运动中的事物该如何来分享某些静止的瞬间呢？不管怎么说，空白要么产生浮力，要么产生下坠的重力，而稀薄的空气……困倦的人们从来不会被随意收容，也摆脱不掉千丝万缕的关系，他们只能磕磕绊绊地走到角落里，看着某些影子般的东西，感觉自己其实是处在飘浮的状态，可整个身子又是那么重，像灌满了铅。那些从遥远国度带回的画册里，有几百幅画都是以脸为题材的，男男女女的脸，要是长时间地翻看，就会让其中没有的一张脸慢慢出现，疲倦的旅行者，在提高车速的过程中驱逐睡意地不断纠缠，她能感觉得到某种轨道的存在吗，就像星辰那样？就连那个踩着滑板车飞奔的男孩也有轨道，在那个下沉式小广场里，在很多影子间穿梭来去，远远看着那个陌生人，有时他会把那个小滑板车丢在广场上，不声不响地走过来，看那人的脸，然后又忽然转身离开，找回它，继续飞快地滑行，在那个渐渐蓄满黑暗的广场上，寻找着散碎的光影，滑过它们。其实很多想象最后都可以回到原始的起点上。

鱼缸

……透过玻璃,她看着那两个孩子在阳光下奔跑。这里只是几幢高楼围出的空场,正午的阳光刚好垂直照射下来,石头地面被晒得滚烫耀眼,哪怕看上几秒钟,也会让你在转头时眼前发黑。坐在餐厅的幽暗深处往外看,你只能眯起眼睛……怪的是那几棵小树,在阳光里像透明的。除了阳光,还有几条明亮的长方体石头,上面有几个泉眼,水流不断涌现,一个小男孩,光着上身,脸挨着涌泉口,用力吹水。她的两个儿子很快就厌倦了。这不怪他们,天太热了,要是走在太阳下面,停下,似乎呼吸和心跳也会停下。他们各自找了把椅子,坐在了阴影里,只是把腿伸到外面的阳光里,白亮的小腿像鱼,不时摆动。室内的幽暗令人惬意,有某种溶解力,就像能将任何东西溶解成别的什么,比如把玻璃杯变成纸巾,把叉子变成木纹,或是把她变成玻璃的局部……不,是所有玻璃,围绕着这个阳光满溢的炙热所在的,就是她自己,她就是玻璃做成的,包围着那两个正被无聊和酷暑折磨得有些疲倦的孩子,没人注意到她的存在,她是透明的。

纠正

　　……她们一胖一瘦。胖的头发染成金黄，瘦的染了栗子色。前者脸是方的，双眼圆睁、声音洪亮，后者脸尖瘦，细长的眼睛，细声细气。她们脸部的线条都像木刻那样确定，而表情则像浮动的明暗光影。她们如同木偶剧里的人物，简单地动作，抖落了声音、光影——它们迅速脱离脸的线条，被四周凌乱的日常光线淹没。她们的声音就像一种程序，自动播放，无限反复，仿佛隔了层薄玻璃……她们表示，没什么是不可理解的，这是年龄的作用。她们五十几岁？或是小一些？她们无忧无虑，爱世人，不愿让任何人为难，她们给不了什么，但可以给一点小礼物，管它们是什么呢，是不是？就像她们来自光明世界，有信仰，只是跟她们说的无关,就像她们的一切与你们无关,而她们是世上新人类……似乎也只有吃饭能让她们回归常态。她们换种说话方式,内容像北冰洋里的冰山,在天光下浮现……她讲到那个方脸女人早年在部队大院里的生活,讲到南极考察船上某个喜欢说教的老男人,以及正在美国研究动物学的女儿,有大房子,有条忠诚的牧羊犬……她喜欢逛山,风景真好的,还要有灵验的庙,有求必应的佛。最后来的那个不胖不瘦的女人,只待了十来分钟。她的工作跟那些随时可能自杀或杀人者有关,他们,其实也是想抓住点什么,她觉得。哪怕只是一点点的,在别人看来,不是什么的什么……而她要做的,也就是能帮他们找到点什么,不然你能把他们放在哪里呢?哪里都是满的,监狱,医院,你得让他们有些耐心,去等别的地方匀出点空儿……她的脸粉白透红,像京剧里的旦角,说话的声音也像,她的名片上有很多字,其中有两个字让你印象深刻,纠正。

姑娘

……介绍她来的人,去了德国的黑森林度假。她想不起是否见过他。她不知道自己到底能在这里做什么,面试她的人也不知道。透过窗户,她看到对面玻璃幕墙上的白云,天空是淡蓝的。云朵很多,静止不动。她什么都不问,只是听着,就像待在一个盒子里,想不起自己出现在这里的原因。他说得没错,她就像放大版的芭比娃娃,要是把她放回原来的地方,那个水族馆里引导员的位置上,说不定她真可能被关入玻璃鱼缸里,慢慢地解体。面试的人给她拿来一堆图片,让她从中找出最特别的一张。五分钟。她把它们排开在桌面上。额头小巧而饱满,黑亮的眼珠略微内陷,光泽收敛,眉眼和鼻子做工精良,嘴唇左角有点上翘,牙齿不白也不算整齐，脖子纤细……介绍人还说，她曾在一艘豪华邮轮上待过一个多月，做那种专门负责在甲板上报时的芭比娃娃，每隔一小时就举着闪闪发光的电子钟牌，在甲板上走上一圈……人人都想捏捏她的脸蛋儿……她的手细长骨感，你猜对了，她说她没有亲人……因为大受欢迎，她只好长时间留在甲板上，举着那个报时牌，常常每天只能吃上一顿饭，但她没有怨言，甚至尝试过每隔一天吃一次饭，吃得也很少，直到她开始尝试三天吃一次时，才被制止。最后她挑了那张史前怪鱼的图片，它的样子她从没见过，那么的奇怪而又丑陋，宽阔的脸。她的腿修长，小腿肌肉结实浑圆。面试的人想到某种陶瓷的俑，是那种蓝白相关的色调。正在黑森林里度假的他，发现新婚妻子的鼻子、眼睛和下巴都是做出来的。他希望面试的人把这姑娘留下，安置在靠近天井的落地玻璃窗前的那个位置，这样她每天都能看到那些草本花和黑色石子，还有正方形的天空。面试人问她喜欢缅甸吗？她没去过。于是一周后，这人就带她去了缅甸，并短信告诉他，她拒绝留下。后来有人在南非见到过他，一个人在约翰内斯堡的街头漫无目的地走着。可是没人再见到过她，那个像芭比娃娃的姑娘。

大狗

……浓密的树荫下,她被那只大狗拖着走。小区里随处都有树荫。她拼力拉住那条大狗,修长的身体后倾并绷紧。过于茂盛的植物纠缠在一起。衣服太肥大,她这样一顿一顿地被大狗带着向前走,整个人都在衣服里晃荡。偶尔的,她消失在更为浓密的树荫里,过会儿又出现了,大狗还在用力前冲,像有什么令它亢奋的东西在前面。它伸着舌头,喘息着,但并不叫。纯黑的巨型犬,要是站立起来,它的前足能搭到她的肩上。她并不是每天都在夜深人静时出来遛狗。她出现在路灯下时,身姿很美,忽然静止在那里,双手攥着狗绳,整个人都收束了,那只狗也不跑了,一动不动地站在那里,望着灯光外的黑暗,哈气。后来,小区里有个男的,在遛狗时遇到了她。他那只狗很小，像一小团卷毛，跑起来时像在滚动，他只是摇着绳子，任由它在前面滚来滚去。他讨厌狗，不，还有猫，也可能任何小动物他都不喜欢。而她喜欢猫，对其他小动物则无感。她曾养过小猫，那种深灰花纹的，美得不行，狗看了都会莫名其妙地喜欢，忍不住去追它，直到它轻盈地上了树，那狗还会呆呆地在树下仰望半天。母的？公的。后来呢？死了。从它生下来，一直养到死。猫能活多久？不知道。反正它就活了那么几年。生病了？没有，看过医生，什么病都没有，第二天就死了。真可惜。没什么可惜的，它跟人一样，有自己的死法。他每天晚上都会出来遛狗。小狗累了或烦了就会乱叫，他不管，站在那里抽烟，直到保安顺着声音赶过来，他才带小狗离开。无论大狗还是小狗，都把屎拉在草坪上，把尿撒在树根那里。有时他会忘了这个，跟着小狗踏上草坪，结果就踩到了屎，很恼火。有一次，他忍不住问她，为什么总是这么晚才出来遛狗？她想了想说，接人。谁呢？

它爸,她诡异地笑了笑,用下巴指了指那只大狗。于是他就不再遛狗了,但经常会坐在阳台上,抽着烟,看那些树荫,还有没被遮蔽的小路。过了些日子,他又开始遛狗了。一直都没遇到她。有天晚上,他带着小狗到小区外面去买烟。没想到她也在那里,正抽着烟,看杂货店里的电视。狗呢?她回头看了看他,跟不认识似的,回过头去继续看电视。他买了包烟,就走了。他听到杂货店老板问她,你们认识?她说不认识,一个小区里的。他不知她住哪幢楼。问过一个熟悉的保安,也不知道。他还仔细上网搜索了一下,那只大狗是什么狗。原来并不是他想象的那种很凶的狗,而是温顺的。他最后一次碰到她时,她正骑着自行车遛那条大狗,在他面前一闪而过。他闻到了洗发水的清香。小狗被惊得一阵乱叫,他用力踢了它两脚,叫得更响了。他点了支烟,站在那里出神。一个保安走过来,问这狗怎么了?他说是被他踢的。然后递了支烟过去,保安接了,夹在了耳朵上,四下里打量着,提醒他早点回去，以免打扰到邻居休息，都这么晚了。后来踢小狗似乎成了他的习惯，当然有时用力有时不用力而已。这次是来了四个保安，围住了他。其中一个还拿手机录像，警告他再这样就发网上，说他虐狗。他笑了，抱起小狗，转身就走。认识他的那个保安叫住了他，说你难道不知道小区里昨天出事了吗？他停下脚步，转过头来，什么事儿啊，难道跟我有关？保安说，你不是打听那个女的住哪儿吗？现在可以告诉你了，就在你们家楼后面第三幢楼里，二十楼……也不知她什么时候搬走了。房东来开门，差点被熏死，那个臭，你猜怎么着？他一阵紧张。原来是那条大狗，死在卧室里了，被捅了很多刀，都生蛆了。房东报了警。警察说这种狗很贵，怪可惜的。然后？还什么然后，难道还要通缉她？再者说了，警察也不认为一定就是她杀的，也可能是别人动的手，毕竟杀的不是人……当然调监控看了，把她的样子发网上，人肉搜呗。我看你也小心点吧，保安看了看他抱着的那只神情紧张的卷毛小狗。

波纹

……天气比别人说的还要冷。后视镜里,不远处有辆红色的车,从进入高速公路以后就尾随着她的车。这种异常降温,令人不适。雨也特别黏稠,好像每滴雨都是极为缓慢地滑落下来的,在挡风玻璃上生成油汪汪的水花,裹着灰尘,它们还要过些时间才能摆脱出来。"他们就像影子,这些影子就像一个人在不同地方留下的多个切片,随时都可以彼此取代。"车在加速,他们的形象与声音逐渐涣散,像水面的油斑被大风吹过,"好像所有人都在画一个圈,在原地,不停地画……"他们好像什么都有了,什么都可能有,但你知道那是怎么回事儿,他们只不过是有本事把一切都弄得油乎乎的,把一切都变成油腻的,然后还要一切,是啊,他们想要一切,对于他们,一切永远是简单的。没什么是复杂的。没有。这是他们的本事。阴郁的天空下,她感觉到车身的摇晃。当更遥远的空间浮现在想象里时,她才恢复了平静。这两百多公里的路程,就像不断展开并重叠的过滤网,不管背后还有什么东西尾随而来,似乎最后都会被滤掉,一切都在变小,包括她自己,在车子开入地下车库停好后,变成漫游奇境里的爱丽丝,在地上随手写个什么字,都会变成一道微小的门,让她闪身而入。并非什么都能用文字保存或传达。困倦是对称的。语言的溢出,语言的窒息,多么相似啊,之间有个寂静而隐蔽的河谷。放眼望去,到处布满了透明汽化的波纹,每道不够稳定的波纹,似乎都是这条不时分岔的高速公路的折射,而她在波纹里。

有条狗,很瘦,不知从哪里来。他收留了它。他单身,每天给它备狗粮和水,准时遛它。可它还是继续瘦下去。他带它去看医生。诊断是,它可能不久就会死。他很难过。他把它交给了邻居,那对没有孩子的老夫妇。他恳请他们抚养它。他们答应了。它还在每天变瘦,走在外面,被风吹着,就像一堆移动的骨头,裹着深褐色的皮……

凝固

……尽管事前认为气温降低会更有利于行动，可最后他们还是在行动中凝固了。强烈的光线弥漫在周围，每一缕光都在分解又莫名纠结，就像雾气里刚凝结的水珠忽然变成空心冰粒，在半空中，每一粒都停留在最初的位置上，闪烁着微白冷光。当然他们的凝固过程要比这来得缓慢。他们仿佛看不到敌人在哪里，看不到那些陌生人在逼近，他们头上的空中似乎转眼就封闭了并产生强大的负压，他们头颅里有些东西正被这负压抽离，抽空了，后来他们仍在移动，可已变成空壳。那不断飞来的球体，只有两次变成了炸弹，他们根本听不到爆炸声，也看不到闪光，他们的动作越来越慢，空气是如此黏稠，纠缠着他们的小腿，向上攀爬，像文身似的爬满手臂和脖子,最后把触角伸到了脸上,开出深灰的小花朵,随即碎成了粉。敌人并未再发起什么攻势,就像跟他们有某种共同梦游般的默契,似乎看到了他们身体正在凝固,甚至看到了皮肤表面的冰层正闪着有趣的光泽,但并不想去用任何方式唤醒这些梦游人,只想等最后的时间。黑衣人叼起了哨子。他们终于完成了凝固的过程,脸是黑色的?不是,他们都变成了一个个黑洞,被那些永不知疲倦的鲜绿草叶托举。

戏剧

……如果只是像通常那样，一群不熟的人，再加一些过熟的人，围坐在长桌旁边，那么可以肯定，这将是毫无戏剧性的场面结构——熟人就近拉着熟人说话，于是女主人很快就意识到现场已分裂，不在掌控中。当然，她并非那种真喜欢在人群里掌控点什么的人，只是希望大家能尽兴，仅此而已，其他事没那么重要……挺着隆起的腹部，她在人丛中轻盈地走来走去。几个男人在咖啡馆门外抽烟。有风。她不能抽烟了。但你们可以。她若有所思地跟刚碰到的某人聊了几句。她的悠闲自在，让所有人都感到轻松。那对黑衣年轻人，身体挺直地坐在那里，男的还戴了顶小圆边的黑帽子，左下颌有个痦子，有着跟周围环境不相融的庄重。他的衣服其实是浅黑的，有点像冬装，或秋装，很多个闪亮的扣子，领口露出一抹洁白的衬衣领子。他女友则是把头发紧贴着脑皮梳拢到脑后，额头上还有美人尖，她的表情时常是诙谐而又诡异的，跟男友的庄重刚好对称。不仅如此，这种对称也在向外延伸，使他在所有人眼中成了特殊的存在。显然，他们享受这种状态，甚至让某个人忽然喜欢上了他们。在人群中，喜欢点什么是不容易的。那对黑衣人，就在眼前，他们的声音却是遥远的，有着动人的单纯。还有其他几个孤单的人，夹杂在几个小群里，某个疲惫困倦的人，某个带来一小袋大麻油饼干的人，某个拿出一幅线条简单可是图案夸张（精液喷出如星星般散落的阴茎）的刺绣的人，某个带有黑眼圈的走神的人……他们与周围人没有关系，要是你觉得那对黑衣恋人就像在舞台上被追身光照得耀眼，生成了某种戏剧状态，那么，那些人就像观众席上的空位，构成了另一面。

……夜里，他们从书店里出来，站在马路边上。三人并未站在一起，都要离开了，其中一个甚至已叫到了车，但没说。而那两个外地姑娘仍想找个地方喝酒。并不难找，比如不远处某条街上就有，都不用开车。他说出来，大家就跟着他走。五个人走了好多条街。随便找了家安静的小酒吧，里面没人。她们却都不喝酒。他们叫了红酒，慢慢喝。话题不多，气氛轻松。这里不让吸烟。想吸烟的那个人就坐在门槛上点了支烟。其中一个姑娘谈到了广告关键字的问题，很多字都不能用了，能想到更合适的吗？三个人在谈论此事，两个人沉默。这样的时间却没令人焦虑。午夜，时间还有很多，就像散淡的灯光，轻轻笼罩着他们，每个人都有层薄薄的膜。不知过了多久，那个时而健谈时而沉默的姑娘想到了一个只有深夜才开的日料店。于是他们又穿过几条马路，钻进另一个姑娘的车里。那家日料店要是没开着那扇低矮的门，这条宽阔脏乱的街道就会让人觉得不舒服，像演出后的空场，有些乱扔的杂物，看不到人影。店里坐满了年轻人。他们坐在角落里，吃着陆续上来的食物，没喝酒。东西不好吃，但都吃光了。大家心情似乎都不错，即使不说什么也不会尴尬。不容易。他不时在想着她们那个湖边城市，以及她们为什么会觉得那里一切都很无趣，他没去过那里，只记得有个朋友的姐姐在那里做生意，后来死了……那里就像那湖的投影，而她们开车来到这里，觉得这里才是有意思的地方。这里有什么？他不知道。最初看到她们时，他觉得她们差不多有三十岁了，随着时间推移，他觉得她们越来越小，最后看上去像两个小姑娘。后来，他钻进她们的车里，一路上不时看着飞逝的景物，那些串联起来的灯光，觉得以这种方式作为一天的收场也不错……他偶尔说几句，也听到她们对未来的一些想法。她们的脸安静而单纯，越来越熟悉，他意识到，自己将在某个陌生的地方下车，跟她们道别，然后再叫辆出租车，回去。

空室

……这里原来有很多人,坐在各种形状的办公桌后面,对着电脑,敲打着键盘。他们来自五湖四海,随后又四散而去。如今这里只剩下很多办公桌椅。大理石地面闪着暗光,有种异样的感觉,就好像身后不远处灯光里的办公区属于另一个世界。每天这里来往的人很少。有时候,在本以为不会有人的地方又会忽然冒出个人影,可转瞬就没了,像个幻觉。中央空调的那些出风口发出呼呼的响声,仔细听,好像还有别的什么声音混杂其中,像有些金属丝,在摆动,不时撞到风口附近的管壁。黑暗中,有些桌面上,还留着盆栽植物,有虎皮兰、龟背竹、迎春花,还有小小的仙人球。它们都还活着。从小会议室的玻璃墙看出去，还能看到外面露台上的那几行竹子，都是深绿的，寂静不动。中午，下了场很大的雨，很大的灰白雨点。

他们

……他们每天都来。他们说这段时间没别的事，就在这里待着。他们五个人，每天早晨八点钟，她出门，他们就跟着她，不管她到哪里。她在公司办公室，他们就在安全通道里等着，打扑克牌，聊天，抽烟。他们要的，就是她的承诺，以后不要再去见一个人。她说，这人跟我没有关系了。他们也不理会，只是希望她能在一页声明上签个字。晚上，他们就跟她回了家。她开了门，他们就跟进来，坐在客厅里，很有礼貌地跟她妈妈打招呼，在沙发上默默地看电视，看到午夜才离开。一周过去了。他们依然如故。后来，那个领头的年轻人，忍不住私下里告诉她，其实每天晚上，他们跟她上楼之后，那个人都在楼下的车里等着结果。这是个多么难以理解的人啊,她倒真想再见他一面,看看他的样子,可是见不到。忽然的,她在某个晚上睡不着时意识到,他现在采用的方式,跟一年前其实是一样的。只不过那时没有他们参与,只有他自己。他每天都跟踪她,直到她出于好奇、厌倦,或是某种程度上的孤独感,慢慢接纳了这个怪人,让他进入自己的生活。现在他是在使用同一种方式。最后实在没办法,为了不再麻烦,她在那页纸上签了名,声明自己跟这个人不再有任何关系。他们果然就不再出现了。但那个带头的年轻人每天都给她打个电话,每次都透露一点关于那个人如何雇佣他们的事。后来,他又讲起自己的经历。她不再接他的电话了。他就给她发短信。不得已,她换了个手机号,可是他的短信仍旧会按时发来。换了三次号之后,她放弃了,他愿意发,就发吧。

打牌

……五个男人，一起打牌。很小的赌注，玩了整个晚上，很小的输赢。他们不时发出笑声。隔壁的黑暗中，有两个人一直在听着打牌的声音，每个人的声音都能辨别出来……后来他们开了灯，重新来到那几幅油画前，终于发现画面上多余的东西……是破碎的，却又没有隐没的某种颜色，不确定的，其中一位认为，是因为那个画面实际上是个诸相裂解与重聚的双重起点。另一位听着，没说话，看着画面的细部，也可能只是做出凝视的样子。后来说话的那位去睡了。他还在盯着画面。他听到他们在笑，又突然没了声音。他看着，某个点。可是怎么也想不起刚才那人说过的那句令人费解的话。他不可能去敲开门，问一下到底是怎么说的。凌晨四点多,他们结束了牌局。他能听见他们起身推开椅子,然后穿好衣服,带上各自的包,轻轻关门,坐电梯下楼。他们钻进车里,重重地关上车门,砰的一声,然后发动了车,离开了。

地铁

……他们来到地铁站里，犹豫了几分钟，然后又返回地面，走到一公里外的公园里，不声不响地散步。有个人，瘦高的个子，站在树林边，抽着烟。后来，他来到他们附近。他们各自看着什么地方。有只野猫从草丛里闪现，晃动柔软腰身，走在花坛边沿上，然后随意地转弯，就不见了。他们在那里站了十多分钟。那个瘦子在离他们只有几米远的地方站住，双手揣在夹克衫的兜里。头发厚密而有些卷曲。后来，他离他们只有不到一米远的时候，他们才转过头来，看到了那个人，像个雕塑似的，有些夸张地侧歪着身子，一只手臂弯曲着停在那里，不知是在伸开还是在收回……他的表情非常安静，仿佛梦游者，眼睛眯缝着,正在着迷地看着不远处的那些偶尔会有枯叶坠落的树。他们各自点了根烟,然后继续注视着这个人,他一动不动。

幼儿园

……谁也不会想到,他们会在幼儿园里碰面。那应是个练舞的地方,光线暗淡,地板是那种原木吸收了很多蜡质之后的深琥珀色调。没有其他人,而外面院子里孩子们的声音又不是很响,这里就显得很是空寂……窗前地板上的光影,看上去斑驳闪亮,这是午前,阳光明晃晃地在外面动荡着。他们似乎都不大清楚为什么会出现在这里,还碰到了对方。前者的孩子已在读小学五年级,而后者还是未婚,他们的孩子都不会出现在这里。那到这里来是做什么呢?他们彼此都想问这个,但都没有问。他们有些尴尬地打量着对方,同时又都故作轻松……他们试图找些合适的话题,但只有一些开头,在他们的嘴边转悠,最终说出来的,只是些简单的词组而已，顶多也是半个句子。后来，其中的一个人到底还是被自己的尴尬与不安弄醒了，本来他是想对那个人说，你想没想过，你自己，还有我，是两个多么愚蠢的人？

柔软

……他们去吃羊肉锅。自带的酒,在那个小店里,喝了很久。出来时,已是晚上八点多。有人就提议,我们去个有意思的地方吧。那里可以喝茶、看戏,还可以看相算命呢。开车不到半个小时,就到了。大家各玩各的,喝茶的喝茶,看戏的看戏,只有胖子去看相算命。临近午夜,大家才尽兴而归。在车里,看着外面光影涣散的街道,都不说话了,各怀心腹事,也可能什么都没想。后来过了大桥,才陆续说起话来。茶其实很一般,只是做茶道的姑娘清秀可人,话不多,但让人怜爱。戏呢,是昆曲,《牡丹亭》里的,那些女孩子唱腔虽稚嫩,但身姿是好的。某人感叹,年轻就是好的。众人皆笑其庸俗。胖子闷了半天。有人就忍不住招惹他,你去算命看相,是不是遇到了什么不好的结果?他摇头,意味深长地点了支烟,想了想,说:你们说的那些,都还是表面的,太轻浮了,没境界。给我看相算命的,也是位姑娘,长得如何,就不说了,单就说她那双手,就没话说……那么软的手,还没碰到过。你们知道吗,手是人体的缩影,柔软的手,就是整个的人,全在里面了……被它们握着,你就会觉着,自己就像五月里的草,被小风那么一吹,带着露水,太阳刚出来的时候,全是光亮。众人听罢,沉默了几秒钟之后,皆笑倒。笑罢,有人又问,那你算的命呢?他淡定道,不重要了。

忽然

……忽然的,他们又想起了我。如今他们都变含蓄了,不像以前那么直接,这就是年龄的作用,时间累积在人身上的效果。他们五十多岁时,脾气都不好,容易不满,发火,争吵,也容易恨,把钱看得比命还重,总是担忧自己的钱,觉得所有人都在盯着,不管如何积攒,等到老了可能都不够用。现在他们都已七十多岁了。记忆力退到了很久以前。所以,他们就又想起了我。可能是想到我自己在另一个城市里,活着挺不容易的,四十几岁了,还没成个家,连个伴儿都没有。没房子,也没稳定的工作,孤单单的,到了晚上肯定会对着窗户发呆,还会把眼睛冲着他们的方向,让他们睡不安稳。其实我真的没到这个地步,尽管我确实偶尔会发呆，一个人在房间里，抽着烟，翻着那些旧书，但我真的没想他们，我对他们没有意见，一点都没有。我不恨他们。我以前老想着要多关心他们，可他们不需要，或者说他们怕我关心，好像我关心的不是他们，而是他们的生活底座，会在某一天忽然伸手拆除那个底座。他们想帮我找个女人，一起过日子。你也不要太挑剔，他们对我说，以你的条件，最好找一个懂事儿的女人，哪怕带个小孩子也没什么……有个家，你也可以过得安稳些，不至于像现在这样，冷冷清清的，孤家寡人。他们轻易就唤醒了我的感情。我这人太念旧，就拎着水果，去看他们。听他们说这些话。我们说的都是好话，是为了你好。我说我都知道。他们的脸都老得变形了，眼睛混浊，说话也不流畅，当然也不像以前那么尖刻了。他们都变成了温和的人。这些年里发生的很多事，他们都忘了，或者忘了很多，让没忘的那些显得毫无意义，无法解释。比如说，他们都记不得我父亲去世那年，在老家，他们都说过些什么，做过些什么。我托他们带的钱，也不知去向，还要骂我不孝和无耻。当然也忘了五年前我因为砍人而逃了几个月，我向他们借点钱，他们连门都不开。那时他们是真的怕了我。不像现在，一点都不知道怕了。他们甚至还会拉着我的手说话，叫我小时候的名字。为什么要找个女人呢？你要知道，这样的话，你就有机会要回老家的那个房子了，你大哥就没有理由不给你那个房子了，那本来就是你的，我们都知道是你的……你大姐二姐也承认是你的，那本来就是你父亲留给你的，他知道你早晚有一天会回老家住的。你父亲是个好人啊。这些，我都知道的。可是我确实找不到女人。人家都嫌我穷。我确实很穷。我每天忙来忙去的，也就是挣点房租钱，吃饭钱。你可以把那么些书先卖了嘛。五年前就卖光了，没有了。我现在只有十几本书，还是从收废品的那里论斤买的呢。可是你总归要找个女人啊？这个，我是知道的。你不是认识个舞厅里的女人吗？那个人……五年前就没有联系了。她不是对你挺好的吗？奇怪，他们引用了我的话。因为当年他们说的是完全相反的话，她只看着你的钱来的，对你好，就是为了你的钱。可我那时也没多少钱。你看你，都这岁数了，一个大男人，什么都没有。我挺好的其实。我们啊，别的都不想，就想着帮你找个女人，过日子，这样去见你父亲的时候，我们也有话可说。他们家里都充满了药味。各种各样的药，中药，西药，好像能放东西的地方都有药。我看他们身体都还说得过去，可他们说每天都要吃不少药，要记在本子上，以免吃错了。吃药比吃饭还要多些。他们还记得当年把我从老家带出来的事儿。父亲把我过继给他们，做儿子。因为他们没儿子，也不再能生育了。我十八岁上了班，就搬到了单位宿舍，从那时起，他们就恨我。他们告诉所有的亲戚，说我无情无义，让大家都不要理我。我不恨他们。逢年过节的，我还会去看他们。每次去，他们的小女儿，我叫她二姐，都要在走廊里骂，直到我离开。二十七岁那年，我卖了国企工作，带着那几万块钱，去广州，去沈阳，开过书店（在一幢写字楼的十八层），学过理发，还卖过菜，当过家教……直到把钱都花光。他们说我是个天生的败家子。说你要饭的时候，不要到我们家里来敲门，我们不认识你。当然我没有去要饭，还是会按时去看望他们。有时不给我开门，我就把东西放在门口。三十三岁那年的冬天，我认识了那个舞女。她有两个儿子要养活。我对她很好。她对我也不错。她对我说，不要想感情，我只为了钱。其实我只能给她不多的钱。她比我大两岁。有时她也给我买衣服什么的，会领着我，在商场里转。三十五岁的春天，我去青海买枪，没买到。她就消失了。没人知道她去了哪里。他们说她是个骗子。我说不是。后来我做了送水工，每天骑自行车，送那种成桶的纯净水。每天都要骑几十公里，晚上回来，还是要翻翻书的。我习惯了。我找过她几次，都没有找到。后来有人说，她去了韩国，嫁给了一个农民。这样也不错。他们说我蠢。那也是他们最后一次这样说我。他们头发完全白了,稀少了很多。很多事他们都想不起来了,有时就会问我,我呢,并不会帮他们回忆,只会给他们能安慰其良心的新版本。他们觉得,当年奶奶住在他们这里时,过得不好。是啊,她当时已看不到东西了,可他们还是让她去了大伯家里住,因为她总是自言自语,在夜里。我告诉他们,那是她过得比较好的一段日子了。她到了大伯家里,过得才是真不好。她时常会想起在他们家的日子。就像会想起我一样。那时我是跟奶奶住在一个房间里的。现在他们的话越来越少了。我去看他们时,他们总会有一个人是睡着的。没睡的那一个,就会拉着我的手,坐在床边,很长时间都不说什么。

每天早晨醒来，他都觉得生活再次被打断了。白天里的所有努力，似乎都只是一种铺垫，为了重新回到那个被打断的生活里……

梦

……世界会有三种不同的毁灭方式。听到这句话时，天色微明，在远处，从那里到这里，能看到这细微光亮铺展中的变化。看得稍久，就会发现远处地平线在晃动，再细看，就能看出那边缘正在卷起，不是所有的边缘，而是其中一部分，就像掀起一块深褐色的粗糙地毯……那被掀开处随即涌出强烈的亮金色光浪，其下则是喷涌的火红岩浆，它们紧跟着卷起的地面奔涌而来，速度均匀，平稳有力，甚至不会令人慌乱，能让人预测到它的方向与范围，所以，对于住在高处的人来说，这与其说是前所未有的灾难，不如说是令人惊叹的自然景观。人们坐在山坡上，少数早起的人，脸庞被染成金红，都眯着眼睛，屏住呼吸，看着这一切发生。那些卷起的地面上，很多建筑、公路、树、车辆，还有逃出来的人群，都是那么的小，就像地毯上的玩具，被卷至半空中，再抖落下来，然后淹没在铺天盖地的尘土里……什么都没有了。就这样，一道巨大火红的裂缝从下面敞开，向远处漫卷过去，再看最初的地平线，新的一道卷起正在发生，每一道的宽度都有几百米，这样算下来，轮到我们这一块地方，估计还要等上很久。也就是说，我们还有时间，在这里看下去。还好，家人都在，需要做的是去准备足够的食物和水。

……中午，忽然下起了暴雨。透过窗户，可以看到每个雨道都有几米长和六七厘米宽，即使是密集落下，也能看清它们的轮廓。地面土层被击破了，每个点都瞬间绽开，周围土层随之碎裂，可以看出土层的厚度足有半米多，就这样不断破裂下去……碎裂的土被雨水变成了泥石流，向四面八方涌流而去，你知道这是一个地表剥落的过程，过不了多久，所有土层都会被剥光，露出岩石层，那样地球就会变成一个岩石球体……奇怪的是，房子还没有被击碎，里面的人还可以看这一切。就在此刻，雨意外地停了。空中弥漫着浓重的雨雾，让人欣慰的是，土层只被剥落了不到一米厚，只是余下的土层已变得异常柔软，当然所有的路都已消失了，裸露出去了皮的嫩肉般的泥土。有点意外的是，不远处的工厂里，那些生产装置的根基都裸露了出来，应该是个炼油厂，有密集的输油管线。这宁静保持了几分钟，地震就开始了。房子在剧烈摇晃，人们跑到了外面，在湿软滑腻的土层上拼命奔逃，其实根本不知该逃向哪里，到处都在失控地摇晃。人们都跑到了工厂那边，而此刻这里正发生可怕的变化，所有的管线都断裂开了，涌出大量的黑色原油、浅色的成品油还有液化气，因为瞬间压力很大，很多人被冲到了半空中，或是冲到了附近的沟壑里，没人可以逃脱，没有地方可以藏身，地面在塌陷，那些断开的管线及裂解中的装置都成了掩埋我们的东西，我们已先行坠入了黑暗的深处。

……没有光，从天上到地上，任何光源都消失了，看不到天空，也看不见地面，看不到物，看不到人，什么都看不到，伸着手走路，什么都碰不到，只有脚下还算实在，知道是走在地面上。一场灾难发生过了，可是地球并没有毁灭，不然我们也不会还走在地面上，只是没有光，就像回到了创世之前，没有风，温度在下降，空气湿润，能听到不远处有人在大声说话，但什么也看不到了，似乎所有人都在四散，始终都碰不到人，也摸不到什么建筑的墙壁，碰不到树，或者路灯的杆子，马路边的护栏，什么都碰不到，有的只是黑暗，漫无边际。你能知道的，就是气温在下降，越来越凉了。这是最后一种方式。

途中

……暮色里，那些蝼蚁般的车辆慢拥上引桥，左右远近的楼宇就像枯树逢春般在薄雾里吐露诡异的嫩芽，它们的淡漠边缘闪烁着微明的光芒，悠然浮动着，对应着那些簇拥在桥上的炭火般的虹膜，它们眨动之间会闪出黑暗的深隙，很多星辰就坠落到那里，溅起无尽的尘埃，转瞬又化作飞絮或是雾霭，弥漫在下面似乎已静止的江流上。而你们看到的，就是从这里穿越过去的气息转化而成的沙粒，它们就在你们手里的方形玻璃或圆镜子上跳动，发出古远的轻响，就像寂静深山里传出的微颤声——流泉渗入岩石的缝隙而倦鸟收拢了羽翼，柔若丝缕的晚风拂过干枯的落叶与草茎之间，让它们轻轻变换重叠的样子，还有看不到的昆虫在悄然靠近那里……除了耐心倾听，还能有什么办法足以理解这些转瞬即逝的变化呢？在电光火石般的温暖里，你们忽然觉得一切都能听懂的时候，它们就再次被彻底清空了。

瞬间

……只要能晒到太阳，随便窝在哪个角落里都可以。就那么一动不动，像冬眠的动物，任由阳光照暖半个身子。其实时间是很有限的。你听见车门沉闷的响声，感觉自己像钻进了转动的木桶里，侧歪着脑袋，慢慢摇晃，转动，在阳光里。弯曲的小路上，出租车左转，右转，载你追随着阳光的变化，时而完整，时而破碎，偶尔波浪般涌进窗内，拥抱你，仿佛要把你变成只会哼哼的白痴，将你的脸定格在恍惚出神的表情中。那些梧桐树的叶子多数还在枝头，古铜色的，浅绿的，或是轻微泛黄，阳光透过它们，洒落在暗绿的草坪上，像河沙里淘出的金子细粒。车载收音机里无论播放什么滥俗音乐都很动听。你甚至想到偶尔出声的节目主持人的眼神，以及那嘴唇的轻微颤动，看见阳光里的尘埃，就像绒毛般飘浮……直到车子驶上高架桥，它们才落在你的腿上，看着像从棉布微孔里生长出的绒毛。整个世界都是淡薄的。从早晨就弥漫在那里的薄雾好像没什么变化。对岸远处那些建筑群像正要被送入炉膛的陶瓷坯，重叠排列在那里，每个都是灰色的，如同堆在角落里的塑料物件。阳光越过它们，漫延到出租车穿过的视界里。没什么能在此时唤醒它们。临近中午，淡蓝的天空下，没什么是不能宽恕的，而眼下这点时间，这些纷纷降临的阳光，就是用来点缀这个念头的，就如同一个无声葬礼上的那些花环，不断地离开人们的手，覆盖着离开尘世的某个瞬间。

蝇

……空气里弥漫着复杂的香味儿,盛夏正午阳光使之浓郁,让其中每个分子都有无数次的爆裂与重合。要是仔细辨别,还能发现周围重叠的针叶折射的光线是怎样与阳光交织在一起的,每个层次的密度都有所不同……没有风,似乎来自空中的热浪正在凝固中……金黄的松树脂最后还是流淌过来,用了很长时间。那时它正在晒太阳,而树脂的流动异常缓慢,它毫无察觉,或许也注意到眼前正在缓慢堆积的映着阳光的东西,甚至隐约在其表面看到了自己的模糊投影……可是阳光太热了,而它身下的松枝是倾斜的,大半树干都被阳光照得白亮耀眼,谁还会想着动一动呢?何况周围又是那么寂静,即使是蝉鸣喧嚣也不过是这寂静的点缀,就像空气里弥漫的花粉,落到薄翅上也不会有异样的感觉,只会让它觉得更惬意,任何动作都是一种浪费啊,就连伸出小爪搔搔脖颈都是不合时宜的,最好的选择,就是不要有任何动作……而那股温暖金黄的液体忽然就包裹了它额头的刹那,它仍在出神,不过是温暖的积聚,而它来不及分辨其中的区别,三只单眼及两只复眼里所有小眼有生以来头一次也是最后一次获取了完全相同的图景与光亮,骤然的透明,刹那的模糊,它只来得及下意识做出伸翅并收紧身体的动作,就像要深呼吸,但是那股温热的液体已淹没了它……在里面,这只一亿多年前的蝇,仍在安静地凝视,竖着触角,没受到任何惊扰,保持着最好的状态,散发着诡异的香味。那棵松树,还有其他的树,那座森林,都已化作肌理细腻的黑亮的煤层。只有它是淡金色的。

物事

……这么大的房子，要是就一个人，在寒冬里，即使有阳光，也还是像纸做成的，而角落里的人，散乱的杂物，那条狗，都显得很小，跟哪个孩子随意丢下的旧玩具似的。后院里，背阴处有些积雪，没有融化的迹象，被塑了形，作为冬天还在的标识。偶尔经过这里的人，听到鹅的叫声，特别响亮。鹅有两只，在不远处的围栏里伸着脖子，摇晃着头颈。院子里的灌木像文物似的，枯槁多灰，看着很脆弱，似乎随手触碰，就会化为粉末。那狗有时站在落地窗前，望着外面被很多铁梁和立柱当空笼罩着的广场。那些铁梁是很久以前拆除一座厂房后留下的最后轮廓，地面停了些车，上面还有积雪，都是融化过又冻上的，像被火燎过的泡沫板残片,落了很多灰,质地硬实。难得听到那狗叫。它知道有人在那靠近大门的小间里,偶尔会走到房门边,想进去,挨着人卧着。它用爪子扒过几次门,等了很久,门才敞开。它钻到桌子下面,伸出头,搭在那人的膝上,蹭了蹭,等到了几下抚摸,才转身到旁边卧下,闭上眼睛。它那厚毛也是冷的。"就像河底的卵石,那么大的一个,沉在泥沙里,露出的部分,被流水不断冲洗,听不到水浪喧嚣,更听不到风声,自顾自地,日益坚硬浑圆,虽无棱角,却也不会变得光滑。"看过这段话,就想到井上有一的作品,那个写了很多遍的字,都是固执而自立,没有废话,衣褐戴笠的,就想到老去的松尾芭蕉漫游中的样子,在过多的日晒风吹雨打后,通体黝黑,就不免觉得自己的忧虑可笑了。此时,天已黑了。把手头的事做完,他就到高架盘旋的路口,越过往来的车灯强光,看远处楼群里散溢的灯光,正是那些人家晚饭时。寒冬里适合吃肉,要找到人多的去处,扎在人堆里,不管什么样的肉食,只要热热地烧好,带着浓稠入味的汁,慢慢地吃,就是快事。其间有远方朋友提到一种石头的名字,猪肉石。不知什么出处。就像马面草、驴筋木,无可考证。食肉暖身,走路轻快,在家中,翻看那本关于井上有一的书,读到他晚年临《颜氏家庙碑》的事,临得最好的被印成了字帖,他曾在朋友家看过多次,爱不释手,却又无处可购。他喜欢的,是那字的饱满、浑厚,笔笔都有生命的力,望之可安身心。

湖

……服务员几步赶到他们前面，把二楼的灯都开了。围着圆桌，他们坐下来，她又把其他灯都关了，只留了几只灯管。在这样的角落里，看着不远处的幽暗空间，感觉有点怪怪的，就好像六七只苍蝇落在深灰色的气球侧面。空调出风口的风向板上落了厚厚的灰，冷气从里面涌出挨上皮肤时，有点滑腻腻的。或许是这种环境让人下意识地保持安静吧，大家都不怎么说话，都注视着那个火锅，那个油乎乎的白铁盖子。水开了，揭掉它，又继续注视里面滚沸的汤里那几块暗红的羊蝎子。他们分了熟透的羊蝎子，把菠菜、蓬蒿、豆苗、芦笋、白菜、春笋、油菜、小白菜、海带、干丝、鹌鹑蛋、午餐肉、白萝卜、冬瓜等东西依次放入。后来，他把凉拌的菜也倒进去了。他们多少都有些惊讶地看了看他。其实他只是走神了。汤里泛起了微黄的沫子。有人拿着勺子，把浮沫撇到空碗里。他们频频举杯，白酒。他喝不动。只能喝点啤酒，喝得很慢。估计他们差不多就要结束这场夜宵时，他就来到了外边，向街道深处走了几分钟，然后转回来，再向十字路口走过去，最后坐在了那家火锅店对面的马路沿上。就这样，差不多又等了将近一个小时。凌晨一点半了。他们晃出来时，都有些醉了。有两个人大声叫他。问他在做什么？是不是准备要去西湖那边逛一逛啊？！他笑着想了想，还真是个好主意。就很想对他们提议，一起去西湖转转，这时候开车去应该很快就到了。他们在前面晃悠，大声说话。他跟在后面。他摸了摸脸，想起另一群人，在去年夏天，深夜喝完酒，一起跳进湖里的场景……是一瘦高姑娘讲给他的，当时她也跳了，还记着不远处就是荷花，影影绰绰的，花都开得正好，有种暗香，水是温的，只有齐腰深……她还听到鱼在水面上翻身摆尾而去的响声，有点像谁叹了口气，脚下是柔腻滑溜的淤泥，含住了脚，没过了脚踝。不过现在这时节，水温应是偏低的，不适合跳下去。关键还是前面那些老家伙，没有一个真想在这个时候去湖边的，每个人都像在梦游。他叫住了A兄，在宾馆门外抽了根烟。对于他的建议，半醉半醒状态中的A非常赞同，但表示一定要走着去，不能坐车。距离没那么近啊？我们可以打车过去。A摇摇头，坚持要步行。这么好的月亮，打车过去，有点浪费啊，兄弟，A反复说了好几遍。烟抽光了，他又去买了两包，给了A一包。最后他们还是回了房间。打开电视机，泡上袋泡茶，继续聊那个话题，为什么应该去一下湖边，在这个时候，能看到什么呢？什么都可以看到的，只要你想看……你不觉得它就像邪门儿的镜子？估计咱们都得显露原形了，在它面前，咱们没法看到它的……这些都是A自言自语的。他没回应。他的脑海里已充满了动荡的幽暗湖水，有很多虚无的气息弥漫水上。电影频道播映的是部反映二十世纪六十年代日本年轻人生活的片子,确切地说呢,其实就是关于封闭的心、爱与死的。四点多的时候,他上床倒头就睡了。而A则在关了灯后继续抽了一会儿烟,最后觉得这烟还是明显有点冲了,一点都不柔和,抽着让人焦虑。

野猪

……它们在黎明时越过边界，踏着浓重的初秋露水，进入墨西哥小镇奥希纳加。那里有1 500多公顷农场，农作物茂盛。整个白天，它们都肆无忌惮地在农场里为所欲为，不怕人。有人来驱赶，它们就大声喧哗，以集体欢快而又癫狂的方式把来人吓跑。当地人不知这到底是怎么回事儿。在老人们的记忆里，在历代传说里，都没发生过类似的事件。人们完全想象不出，究竟是什么缘故让它们忽然就出现了，这种多少有点世界末日式的疯狂状况让他们都不知该如何应对。它们太多了。这些贪吃的家伙无处不在，无所不吃。它们行动敏捷，结队行动。没人知道它们到底有多少。一定是有什么力量让它们疯掉了，满脸胡子的村长对神父抱怨道，上帝把它们放出来，是在给大家提个醒，刺激一下那些愚蠢的心灵。神父严肃地批评了他的观点，大意是，最好不要轻率地揣测上帝，把人类的庸俗意图贴上上帝的标签，面对这样的事情，我们说什么都不过是自曝愚蠢而已。"那请您告诉我，亲爱的神父，"村长有些不屑地反问道，"我们该怎么办呢？"神父注视着村长的眼睛，他们的脸上都没有任何表情。就这样看了足有一分钟之久。村长最后还是忍不住笑了一下。然后他们都没再说什么，各自回去了。每天傍晚，它们会离开这里，在暮色里成群结队地越过边境，返回美国境内。天天如此。最后出来收拾局面的，是当地政府。他们请来了一些退伍士兵，还有很多志愿者，给他们配备了武器。经过统计，共有五万多头野猪。它们来自得克萨斯州的普雷西迪奥县。一切准备就绪之后，奥希纳加政府官员对媒体郑重表示："我们将要屠杀五万头野猪。我们必须消灭它们。因为它们侵犯了我们的生活，侮辱了我们的智商。它们每天晚上

野猪

在美国睡觉,而白天却在我们墨西哥吃饭!"据调查,这些野猪并不是真正的野猪,也非产自北美洲本土。它们源自欧洲,最初是被当成宠物进口到得克萨斯州的。后来,人们厌倦了,就将它们弃之荒野,任它们自生自灭。而它们呢,就那样繁殖了起来。

多重的世界浓缩在我们内心里,就像我们不断被稀释在多重的外部世界里,在这交错的双向运动中,什么是能被提纯的呢?如果我们无法在浓缩跟稀释之间找到某种平衡的循环……

别墅

……在那幢藏在巷子深处的老式别墅里,每个物件上都落满了灰。大客厅里的几把老式椅子上铺了兽皮,毛是枯槁的,乱蓬蓬的。地面跟人倒都是干净的,刻意整理过的样子。天黑了。有条黑背狗,大得有点不像狗了,毛色也暗无光泽。主人说,它不咬人。当然,这还用说么?F先生正襟危坐,还是那样,穿得体面,戴个鸭舌帽,还扎了领带。仍旧喜欢不动声色,喜欢忽然跟人对视,就好像脑袋里装了雷达,总是能感觉到别人的眼光,哪怕是眼角的余光。其他人都是恭敬地分坐在他的左右。他右侧的女人,四十几岁,头发梳理得油光妥帖,在脑后挽了个发髻。她旁边坐了位姑娘,面相干净,神态刻意矜持。挨着她的,是个留着花白寸头的中年人，盘腿而坐，足尖从膝盖侧面探了出来，表情和善，仿佛刚练好什么内功，吐纳完毕，很是享受的样子。刚从外面进来的那位客人，并没有马上入座，而是在大厅里转悠。他看着墙上的那些画。都很糟糕，是对夏加尔的拙劣模仿。它们出自那位正襟危坐的老头子之手，那几位陪坐的，对他是言必称大师，合力在那个鸭舌帽上面造出光环，有点像个充满气的车胎，涂了金粉，悬在那里，而他则尽量显得慈眉善目些。他有六十几岁了，看上去确实像有些道行的长者（如果他没有在一小时以后的饭局上总是习惯性地伸手拍拍那个姑娘的后背或腰部，这个形象至少表面上还是成立的）。他的名片上有六个名头。每次见到新客人时，他都要把一份彩色简报掏出来，展开给客人看，上面有某位领导人在某次讲话中提及他的名字。有时他会把见过的某些客人当成初次见面的，于是客人们就不得不再看一遍，听他再讲解一回。他的助手是个画马的大师，五十来岁的胖子，喜欢在纸巾上几笔画出一匹马来，签上名字，送给在座的某位初次见面的姑娘，还喜欢带着客人们到画室里参观作品，那个别墅侧面的小平房里有张不大的桌子，上面摆着刚画的马，都是一样的，都"很有气势"，技法差得让人震惊。那位四十多岁的女人不停地介绍，教授画的马，比徐悲鸿的好多了，更像真马。最有意思的，还是那位喜欢盘腿而坐的男的，他一进到画室里，突然不知从哪里掏出一个相机，身手敏捷地给大师旁边的客人们拍照，还会突然叫一声，不要动，就这样，最好看了。他的动作之敏捷，让人想起那种卖艺的猴子，惯于保持神情严肃的样子。

消失

……消失多年的人，重新出现在电话的另一端，就像从未消失过。时间对他毫无影响，而空间的变换也丝毫没磨损他的固执。所谓的变化，对于他来说只不过是蜕去旧壳，长出跟原来一样的新壳。在这个陌生的城市里，他偶尔出现，然后静悄悄地待着，悠闲地应付工作，几乎想不起去联系什么熟人。生活在他那里，类似于某种谈判，跟自己，跟身边的人，也跟付他薪水的人。谈到孤身一人，才进入正题。任何道路都有尽头，这对他来说似乎并不是个问题。他从来不缺复杂的计划，让他琢磨很久，走很久。有些东西就像沉在河底的圆石头，在他的脑海里沉浸过久，无法消磨，也无从掩盖，他只是希望以不引人注意的方式渡河而去，而不是去研究石头的样子。下午睡醒时，他想起一个人。然后就约了那人，去朋友家碰头。那里有院子，有繁茂的树，还有几只古怪的猫。那场大雨之前，他又想到了另一位朋友。他只是想知道他们的生活，看看他们的样子，有什么变化。关于他，有大量空白的时段。很多年前，他离开了某地，去了别处，从北到南，又从南到北，他离开了某人，认识了某些人，游离在他们附近，看清了某些规律，觉得恶心。他或许会觉得自己也能变成石头，在河流深处保持大致的位置，避免了那些有可能令他被束缚塑造的陷阱。他离开了通常的道路，选了某个最隐蔽的途径，小心地慢行。奇怪的是，他的样子竟然历经多年而未曾改变，就像曾经异常虔诚的信徒，在还俗之后，仍留着虔诚的面孔。如果说生活就像个无底洞，那么他的智慧，似乎就是能适时退至洞口，然后再耐心地想着，以什么方式再入其中。他真的会为当年那些富于激情的表达而羞愧吗？最大的冒险，显然并不在叙述中，而在沉默与持续的退却里，在于对摆脱的重复与执着，在于挥之不去的缓慢裸露的动机，以及相应的貌似改变的退化征兆。

倒退

……那是缓慢的意思。剩下的两个人,跟微风似的,向后退去,了无声息,一直退到空虚的山谷里。凝视山顶,仿佛有树在那里,指示着风向。还可以继续下去,退到那棵树上,像那只鸟,睡在枝叶间,这样就可以隐去所有的名字,无须识认。难得有个山里人,却说山里没有人,要找的话,得到山外去等,要等很久,才可能遇到。他们路过这里,带着很多行李,还有马匹,都不认识你,也不知你要听什么消息。他们笑着称你为睿智者,能一个人居于山谷里,像那些鸟,可以餐风饮露。他们称自己是愚蠢的人,只知整天负重赶路,没完没了。望着那些人留下的烟尘,你想起这一切都始于一个梦境。而在更早的时候,临睡前,在眼光迷离之际,侧头的瞬间发现镜子里的自己,已变成了另一个人。

歌手

……他那副委屈的样子,就像模糊的界限,浮动在脆弱、忧郁、亢奋与颓废等转瞬即逝的情态之间,有些刻意,但还不至于令人生厌,有时还有一些诡秘,不过也不会让人疑虑。就那么瘦高的一个人,站在那里,仿佛一棵豆芽被放大了百倍,无论从哪个角度看,都有些干瘪柔弱……可他又确实是年轻的,眼光柔软而明亮,偶尔还有点羞涩,要是脸上那些细微皱纹可以忽略不计,那分明就是个大男孩的样子,哪怕他像个老烟枪似的叼着香烟,蜷缩在破旧的皮沙发里。即使是站在那里,他留给你的也是那种蜷缩的印象,那么瘦,那么高,蜷缩地站在那里……他的头发不浓密也不长,却让你觉得他整个人都在往头发里面退避,并非因为胆怯，而是由于无聊，假如你注视他超过一分钟，就会发现他的每根头发上都写满了两个字，算了。他是什么时候出现在这里的？想不起来了。你问过别人，也都想不起来。有人说是春天，也有人说是秋天。能记得的，是那时旁边有个小酒吧，里面设施简陋，但有个小舞台，五平方米左右，平时常有些无名歌手来演唱。他好像就是夹杂在这些歌手里出现的。他们来两回就消失了，而他却留了下来。他什么都不在乎，只要让他唱歌，在他唱歌时给点啤酒喝、给包烟抽就可以。他的歌都是自己写的，民谣风格，他抱着吉他，自弹自唱。后来酒吧关了，把那个小舞台和设备转让给了隔壁的你们。所谓的你们，就是指你跟唱歌的他，还有其他几个常来喝酒的哥们。区别这些人的，不只是相貌，还有醉后的表现。比如说 A 喜欢边喝酒边脱衣服，直到脱光为止，而 B 则喜欢在园区里漫无目的地疾行，C 却更愿意躺在浴缸里冲淋浴直到天明。很多人都喜欢他的歌声。要是有外面来的歌手来演出，他还会去垫场。有人曾想帮他出张唱片，哪怕就在网上卖也是好的。他话少，在你们说那些事的时候，他总归是故作单纯而又委屈的样子，抽着烟，默默听着。他总是在失恋中，尽管你们从没见过他的任何女友。每次谈及感情，就会有个没人见过的女孩刚离他而去，而他又是那么爱她。有人怀疑她们可能就是一个人，甚至忍不住在喝酒时问过他，可他根本不想回应。有时他喝多了，就说女孩子都是低级动物，你只能用不合情也不合理的方式去对她们，还要健忘，够冷，她们喜欢"石头"，只有像石头那样冷硬的人能让她们的脑袋在一击之下瞬间变形。当然了，是她们把他变成歌手的，不然他怎知伤感是什么？所有人在背后都是这么认为的。据说他的工作带有保密性质，身份不能公开。他喜欢这工作，否则他哪有时间做业余歌手。他父亲是个领导，对他管得时紧时松，总体上宽容，有时还有些溺爱。有次大家喝多了，一群男女闹过了头，被邻居报了警。你被带到派出所，关键时刻还是他爸的电话解决了问题,没过半个小时,就把你放回来了。你看重他,指望着某天他能帮你做件大事。只是你没想到这个帮助来得这么迅速和容易。近百万的赞助款,他在几个电话之后,就帮你说定了。然后他让你等他的电话,去见相关领导,签赞助合同。就这样,你等待着。从月初,一直等到月底。他始终都没有出现,也没有电话。他的手机是关机状态。然后你托朋友去核实他的身份,结果却是没这个人。但那个朋友又说,那个部门据说有很多人就是不能查到真实身份的,所以这个结果,也不能证明什么。那就等他自己什么时候再出现吧,如果他还会出现的话。当然,你觉得他很可能是不会再出现了,而且,那些貌似忧郁而脆弱的人,在本质上都他妈的是危险的。这样想着,你往地上吐了口痰。

感冒

……为了祛除感冒的困扰，Z冒雪跑了五千多米，在晚上十点半以后，用了三十七分钟。然后呢？真的好了，把寒气跑没了。他平静地说道，脸是红的，酒精和油脂还让他的嘴唇有光。这家潮州粥店里，高峰期过了，二楼只剩下他们。他刚喝了碗海鲜粥，舒服多了。推荐这里的，是F，少了颗门牙，看上去也喝了不少酒了，但口齿还清楚，不忘强调自己是个长得很正经的坏人。你对Z说，你身体真得很好。他却忽然有些沮丧，其实不好，说着又摇摇头。他看起来有四十五六岁，而F则不到四十岁，太瘦了，脸皮都有些松弛。他们每天都有应酬，谈论延续传统的那些"典故"。让老家伙们安心地养老吧。最重要的还是兄弟。他们把这样的信息自然嵌入那些颇为戏谑的话题里，营造着亲切的氛围。后来，在出租车里，借着微暗的光线，你打量着Z那忽明忽暗的脸。他讲到自己的办公室，很大，很空，当然也很破，不过没关系，本来也就是个摆设。他的兴奋度随着道路的延伸而下降。车上了高架路，有十来分钟，你们都不再说话了。他有些困倦，或是在疲惫中想到了什么。后来，他谈到十四岁的儿子，喜欢研究风水的小家伙，常会说出让人目瞪口呆的话，完全不知道他是怎么琢磨出来的……比如他会指着大桥边上的一幢大楼说，这是孤木，周围都是很低矮的建筑，只有它是高的，是死地。说到这里，他摇了摇头，我觉得我也不了解他，有时觉得，他就像上几辈的某个人，回来了……

……空气里弥漫着新鲜的雪气。黑色马路上闪着津湿的光泽，那些眼睛大小的雪花，像蛾子似的飞向地面，又轻盈，就那么一下，没了，像无处不在重复的蒙太奇画面，而不是什么完整的消失场景。这只不过是冬天消解的一种方式。在某个特定时刻里，它为某种必然萌发的力量所触动，然后就进入这无可避免的自我消解的进程中。它不再是整体的，而是无数细节，到处都在发生细微变化，只是你还看不到那些正生成的东西，它们只是能量，是气息，无形的，你所能看到的只有此起彼伏的破裂、脱落与融解。草坪上、树冠上，高处的屋顶上，积蓄着湿漉漉的雪。最有意思的就是那些树冠上的雪，你只是看到某个细枝在幽暗里微微一闪，那簇雪就已消逝在地面的黑色里，想想看，要是把这些随机发生的瞬间剪接在一起，以慢镜头连续放映，再配上远处的钟声为背景音乐，该是什么样的效果？是把它理解为让树木发芽所做的最后洗礼，还是理解为笔直而去的时间本身的戏剧化显形？前天就下了雪，不是很大，像某种小情绪。昨晚说是要有大雪，可听到这个消息没多久就睡着了，还忘了关台灯。还是今天这雪下得尽兴，根本不知该如

感冒

何描述，也不需要描述，去体验就是了。雪花融化在头发上，衣服上，而在漫天大雪里走动的人，就像跟时间没关系似的，他不会脱落，只有滑动，在平面的世界上。

盒子

……黑夜深处，沉闷的烟花爆裂声，你像个盲人，低头倾听体内的裂变声响。冰墙上的粉末在脱落。盒子打开又关闭，裹着寒冷的气息。很多盒子，在黑暗里无序打开或关闭。每个盒子都有转门，每扇门都是镜子，转动时透出微光，让出入的人与物都成了幻影，即生即灭，方死方生。它们在白昼里关闭。每个盒子都是蜂窝结构，每个孔洞之间都有可能相通的门，你无法知道下次是否会碰到同一道门。每个盒子只在黑暗里开门，每次都像从未打开过。要是你试图把一个盒子彻底打开，或是想要永远留在某个貌似温暖的盒子里；要是你想把"自己"那个盒子毫无保留地敞开，那么等待你的，则只有一个结果，一个盒子的分解与消失，以及随后到来的空无白昼……或者，当你想要找到某个盒子时，就会发现周围的黑暗转瞬淹没一切，你能触摸到的只有无形的墙壁，而没有门。这一切将以什么样的状态呈现给你，残酷或是奇妙，取决于你选择停留或穿行……当然说到底，你所做的一切都不过是在残酷表面上的不断穿行，像个盲人，在危险四伏的傍晚或早晨，独自在冰封的河面上滑冰。多么讨厌的一条短路啊，它的两端长满了岔道，而它两侧的梧桐树都被锯掉了树冠，就像扭曲的石柱，表皮斑驳，被淡金色的路灯照耀着，显露出某种尴尬的沉寂。它就像一根造成短路的金属线，被丢在了那里，等着你们从不同的地方穿街过巷而来，在走错了几次路口之后，终于通过它搭连在一起，完成了又一次的短路。那些过于光洁的橱窗玻璃，展露的只是它的局部，却像全部，那微卷的边缘露出尖锐的石头棱角，而玻璃内的那个小世界尽管被面包和意面的香气充斥着，有着木头长桌和水泥地面，有着世界上最为悠闲的气氛和人，可就是无法给你提供半点惬意，就像只穿内裤的人，尽管没被谁注意——因为大家都在吃东西或说话，却不得不反复审视自己，在一面沉默的镜子注视下羞愧不已，像个梦游人，忽然醒来，在这个永远陌生的所在无所适从地发呆……而此前的梦境里，你穿行的是另外的僻静街道，没有路灯，两侧灯光暗淡，同样的一条短路，你看到一个人在那里反复疾行，从这个路口走向另一个路口，满头大汗，神色恍惚，他好像完全疯掉了，什么都找不到，什么也不知道，只会反复疾行，如同这巨大城市里唯一与环境无关的人，只存在于一个短路中，看到越来越多的灰尘浮现。

背面

　　……没觉得那是个黑白的场景，但入了脑海就是了。无论白天夜里，晨昏阴晴，都一样，暗影遮蔽了三分之二的房间，外面是远远铺展的天光，被飘动的纱帘滤去很多，不然就是白茫茫的……海浪声里透出海鸥的叫嚷，而与此相伴的，时常是一个人影在出神，一个孩子的嫩声，还有个人，面无表情地坐在暗处。像银色金属制成的蜻蜓，闪烁着红色眼睛，对应稀疏的星辰，滑行在夜空深处。感觉不到所谓的气流，它只是滑动，在已然真空状态的世界里。飞机在夜空中盘旋，地面温度在下降。对着被灯光照亮的银杏树，哈出寒气来。在透明的外壳里，能听到空洞的回响，像心脏的跳动声，有种柔软的缓慢节奏。现在从那个仍是黑白色调的空房子里,能看到日光正把沙滩恢复为白色,把海面恢复为纯净的蓝,没有人,到处都是空的,就像刚被清场,什么都没发生过……随后出现在画面里的,是个小男孩,蹒跚地走在沙滩上,无声,没风,只有彻底的寂静,就像每颗沙粒都被包裹了光壳,隔绝了任何声息。有人在喧哗的出发大厅里谈论水。播音员的声音像工厂车间里发出的撞击声,在被很多墙壁和杂音过滤之后传到角落里,变成嗡嗡的混响。温水进入体内,会引发很多意想不到的变化,让那些原本混乱的东西各归其位,统统闭上眼睛,不需再发生任何声音,也不需颤动……只是还没来得及将这些发出,潮声般的信号忽然弱化的声响就将一切都淹没了,所有的东西都被置入封闭的罐子,骤然出现的巨大轰鸣,整个世界仿佛又一次被折叠了起来,展露出寂静空旷的背面。

俺

……暗淡天幕的落脚处，灯光贴紧凹陷的地面，风吹过，就落一层沙尘，闪烁微光，笼罩地面如薄雾。对应这一切的，除了遥远的几点暗星，就是那两个高耸入云的烟囱。云像磨平的化石，表面还有粉末。红灯在烟囱顶部闪动，像两个人在吸烟。它们始终在那里，每隔几秒钟就闪动一下的炭火，让你感受到时间的漫长、凝固与融解是如何发生的……它们近乎抽象，像这世间仅存的呼吸物，而下面那些在暮色里闪烁如碎玻璃的地方，都像轰炸后留下的废墟。早晨到来时，望着天空下被阳光重新描绘塑型并展开在江边的一切，恢复的呼吸，混合了微风，掠过江面，浮上空中，这时如果刚好有一缕阳光照亮你的脸，让你又会觉得，梦境般的昨天与如幻境的现在之间的深渊里,你能做的,就是努力把头探出激流。你没去过那个地方,只是很多次想象过……比如乘客轮在风雨交加的夜晚抵达那里,住进拥挤的山间小旅馆,在湿漉漉的气息里挨着床头灯看书,玻璃上滑动的密集水珠,有什么植物暗影在摇晃。从远处望去,那里只是墨绿的山,微不足道的寂静点,没有人的迹象,哪怕是偶尔有白色大鸟飞出或隐没,都无法改变它的寂静。每次听到别人讲述到那个岛上的经历,你都觉得在那夸张精致、光鲜而又庸俗的表象下面,还隐藏着某种深层的寂静,像沙漠下的地下河,以不可知的力量涌动,要是倾听,就会发现其声音接近于那种虔诚的念诵和声。人到那里,是寻求启示与庇佑的,为了恢复内心的宁静。与那些茂密的树木相伴的,还有蜜蜂般的游人,他们看到了,听到了,然后离开。黎明时的轮船汽笛声低沉有力,仿佛在凝止空气里探测到一个极点,然后那声音又回到了发出之处,像狮子吼之后的沉寂里忽然浮现的一声:"唵。"

他想到下午,在急驶的车中,闻到窗外涌入的被杀虫剂气味包裹的树木香涩的气息,一些蓝色的小人儿在树冠里忙碌,很多枝叶落到了地上,它们都开过花了……

L&K

……意外的不是发生了什么,而是什么都不发生。这是否意味着,观众脑子里那些根深蒂固的程序没有任何启动的机会,或说没有受到任何触动,尽管它们蠢蠢欲动而又故作淡定地搜寻着,对于始终寂静的界面来说,预置的意图变得毫无意义?透过字面,观众能感觉到的潜台词,似乎完全可能掠过五十岁的生物学家L大师跟三十岁的女行为艺术家K会面之前所营造的气息。会面是自然而然的。晚饭过后,他们走得随意,漫无目的地谈话和沉默,让观众觉得他们仿佛走在没有背景的世界里,每步似乎都在清除周围的事物,留下空白……这座过于复杂的大城的所有细部似乎也都被他们化为乌有,让观众最后以为他们与其说是走在城市里，倒不如说是走在无边的白纸上，就像两个并行的黑点，既没有画出线，也没有连成线，更没留下任何可供观察的图案……他们走到哪里都一样，就像他们的存在与位移只是为了证明空白本身，而不是为了掩饰空白的虚无。对于向来热爱古早默片艺术的L大师来说，这种状态并不是期待中的（因为他平时极少对什么事情有所期待），但刚好满足了他一直以来想让这种被遗忘的艺术"随机还魂"的念头，他满意的是，K丝毫没想把会面变成有意的"行为"，而且自觉与他分享这种空白的同在状态……就像她说的那次在北方初次滑冰的经历，尽管有些紧张和站不稳，但她很快就感受到滑行的乐趣，同时发现，寂静平滑的冰面有如此多的乐趣，除了光滑，就是什么都没有。L大师破例肯定了这个比喻。或许唯一对会面有所影响的，就是湿冷的天气。他们走着，对于温度渐渐敏感，从白纸上不可见的填空题里的两个貌似关联的"空"，变成两个答案里的词语，但这城的古怪之处，就在于它总是在你需要停顿时关上所有的门。L承认，虽然他对几何学也颇有研究，但对这里街道的空间结构完全没有概念。对于K来说，直到此刻，她对L老头的言行仍兴趣盎然。另外，观众对于K的脸部变化也是有所察觉的，在特写镜头里，那些线条已从生硬变得柔和起来。

A&Z

……年轻的艺术家 Y 从小卖店里出来，把两包烟揣到肥大的绿外套口袋里，戴着那顶红毛线帽子，像芭蕉树似的回到他们中间，一起穿过灯光斑斓的马路。在那个喧闹的小酒吧里坐下，A 注意到 Y 背后墙壁上的长方形镜子，上沿向外倾斜着，这样刚好能映出下面的人们，使这狭窄空间显得不那么压抑。他的斜对面坐的是 K，一个小时前，她邀请他到这里来坐会儿，跟朋友们随便聊聊，这里有脾气古怪的美女跟作家。他翻看着手机，密密麻麻的英文，没有图。时间很晚了，这些陌生人，让他不知说些什么。只有旁边那个男人有张似曾相识的老脸。这个人为什么那么开心还不时看着对面的 K。他们在玩着他所不知道的游戏，就是猜人名……要参与吗？无所谓了，既然来了总归要跟他们……得是大家都知道的名人，历史上的，现实中的，书里的，电影里的，都可以……对面最右边那个艺术家的脸被手机屏幕光映得惨白，加上她那身奇怪装束，那顶多角的红毛线帽子，怎么看都像正在作法的小巫婆，她的嘴那么小，眼睛眯成了缝，低声自言自语。隔着旁边这位开心男人坐着的，是那位生物学家L大师，脸泛红，大杯子里只剩下最后一点啤酒，杯沿上还有那瓣鲜艳的橙子。A估计这场临时聚会不会超过一小时。K看上去要比平时动人，从他旁边老男人的愉快眼神里就能看出这一点。K在专注地想着需要猜测的人名……是男人，死了，外国的，虚构的，身上有毛，不是现代的……对面的三个男人，还有旁边的两个女人，都在看她的表情。上一次猜测，她只用了七个问题就猜到了，但那种得意被这次的难度消解了。他们忍不住给她提示，却几乎无异于误导……他吃烧烤，吃海鲜，长时间没有性生活，喜欢写日志，对时间异常敏感……她伸手把头发扎起来，然后又重新放开。A觉得她扎起头发来感觉更好些，面部线条会更为饱满生动，尤其是嘴唇的肉感，而在头发松散开时这些特点就没了……提示还在继续，他们不时地笑，而她的思路明显混乱了，她没看A的表情，而是不时看对面男人那双混浊的眼睛……英国的，如果你知道大卫·科波菲尔就应该知道他了，他手里没有标示性物件，是有年纪的，所以才死了，他无比怀念女人，当然有过手淫，有可能也是同性恋，没有证据？应该没有，不能再提示了……A觉得，这并不算难啊，但她毫无办法，思维集中不起来……他并不奇怪她为什么表示喜欢L这种人，只是奇怪她总是要表现出对一切尽在掌握的样子，也许她知道在什么时候不去触及什么吧，她总能适时停下，出神，孤单的，让人宽容她的一切，就像她什么都没说过，什么都没做过。好吧，她最终还是放弃了。答案是，Z把打在手机上的字给她看，鲁滨孙。

早晨

　　……风灌满了耳朵,发出鸣响,空。地面坚硬,而天空是巨大的钟。悬在那里,缓慢晃动。它蓄满了风,把风注入你的耳朵,是风在发声,空。风的中心,是透明的空洞。听不懂,所以才放下心来,耐心听,空。一天很短,醒了没多久就黑了。早晨很漫长。就像随便在上面戳个洞,埋下个石子,就能长出花来。其实需要的只是它的投影,一个不规则的斑点,黑色的花瓣,或碎片的影子……然后在其中发现泉眼,看到泉水汩汩流出,你就那么听着它的声音睡着了,醒来时还是早晨,同一个。从没见过这么漫长的早晨……纯粹的灰,寂静的灰,灰玻璃,微微透光,水又一次注满了,可以再沉浸一次,更深一层,触及最基本的元素,就像在深夜里轻轻叩响某座隐秘宫殿的门，手很柔软，碰到了门上的苔藓。这毕竟不是梦境，每个瞬间都属于反复醒来时的发现，无论如何，这样一个包含了全部事物的早晨是从未有过的，那么广阔，不断张开，把整个世界都包容，变成同一个早晨，一个斑点，柔软的灰色调，一瓶水，定型的波纹。坐在窗台上，你俯视远处地面上的暗淡积水，而水面里颤动的波纹不会影响时间的凝固，这是因为早晨赶在了风的前面，所以永远都不会再有改变，就像钟声的间隙，透着微光，风在往耳朵里吹气，存下它的秘密。空时想想它，你心里就踏实了。

烟

……就像火车一样。这话在半夜里说出来，还是有些古怪。不过看着那团烟圈升起、散开，听到喉咙深处的呼吸杂音，确实会联想到有一列火车正穿越身体深处……是那种蒸汽火车头冒着白烟远去的场景，没有声音，而你只不过是点了支烟，深吸一口而已……自然的，你也想起那个长期夜间睡不着的人在黑暗中听到远方火车经过时的感觉，与他不同，你在烟的缭绕催动下，会化为火车本身，穿行在自己的血管里，而它的终点，就是那个跳动的心脏。一觉醒来，那个在房间里乱跑的寂寞孩子，已把很多东西都打翻了。你在角落里找到已在疲倦中睡熟的他，湿津津的额头上粘着发丝，在偶尔穿过他的梦里轻微抽搐。你把他抱回沙发上，盖上薄毯，把落地灯光转向那些书里，让它开着，孩子才睡得安稳。柔软的地毯上，那些被弄翻的东西，就像一群玩累的孩子，睡在那里，它们倒下时没有声响，而现在，你把它们恢复了。你在每个房间里都留下一盏小灯，让它们就像花朵一样，开在黑暗的深处。之前孩子所有的不安、焦躁与疑问，都已不在了。你醒着，把烟点燃，觉得就连那些细小的星星都有了默契。

露台

……露台上风很大，他们在跳绳。临近午夜，风没有方向感，从四面吹来，偶有间断，黑暗的风，有些湿……说是会有大雨，但并没有，天空比地面稍微亮些，很多浓淡墨色的云朵在缓慢变形，像洗毛笔时洇染水中的墨被风反复调和，而他们的脸，以及不远处摇晃的深黑树冠，近处粗糙的墙壁，甚至还有不远处某扇浴室窗子的亮光，都像是其中的一部分，不断变化色调，或明或暗……他们依次在靠近门边的地方跳绳，走廊里的灯光照不到，那一大片暗影上跳动的影子……离鸟叫时还远着呢……风把汗毛吹得竖起来，然后又倒下，贴着薄薄的汗，很快变冷。这些人像孩子似的笑，跳绳动作越来越娴熟，有人计时，有人数着……好像人人身上都带着点伤……那个昨晚彻夜不眠的人，还戴着个护腕，他很瘦，轻飘，脚尖可以轮换着地，发出咝咝的摩擦声。而黑衣女人颈椎有些增生，背部肌肉僵硬，那硬皮鞋底在跳动时发出清脆的回响。那个有腰伤的娇小姑娘跳得像个弹动的气球，而被她抡圆了的绳则成了弧形外缘。身体最沉重的那位每次跳动都能引发笑声，他感觉到身体很多部位都在下坠，他努力把它们带动起来，表情轻松，但汗如雨下，骨头缝里有沙子，轻微的痛感，细碎的，此起彼伏。L跳的时候，似乎一点声息都没有，跟他平时走路一样。茶都冷了。烟也灭了。之前有人说到某只猫，阉割后变得每天都兴奋得诡异莫测，它八岁了，是老猫了。想到它再过些年就会死，还是不谈为好。穿过走廊，通向两个房间，没开灯的是卧室，到处都是书，一个像仓库，一个像堡垒，在书桌上砌起书墙……没有轮到跳绳的人，就会在里面转悠，那种不同年代的书里散发的气息弥漫着。有个瞬间，忽然就想到这些人的骨骼，似乎都像灌足了铅，让它们离这世界的表面更近了，走起路来不得不更小心，痕迹自然也会越发明显，就像各种东西会给它们留下痕迹，透过日常的肌肉、皮肤和衣服。但没人会在这种时候想起并谈论童年，即使在离开这里，钻入出租车，挨着车窗吹着风时，也没人去想什么童年的记忆，就好像那里盖了厚实的木板，不好去触碰。过了午夜，马路上仍有很多车辆在疾驰，它们摩擦着空气和道路，整个城市都在卷曲，把很多东西都卷在里面，打上粗糙的包裹，迅速抛入某个角落……很快的，就会下起雨，很大的雨，到处都是流水声和它们那不断重叠的回响。

阳光

……他们坐在外面的回廊里，等吃的东西。正午的阳光越过屋檐，照射到他们的腿上，但要是只看不远处那浅池里的水，则会觉得阳光并没那么明亮。水是清澈的，偶尔会有波纹投射水底，它们不断掩映，很难分清谁是谁的影子，都是那么细微。水池石沿的阴影里还有那些树枝的影子。树都在那里，光秃秃的，在阳光里，清晰异常，又像某种错觉的瞬间。他家的院子里也有树，冷杉、香樟、桂树，还有枇杷树，遮了很多阳光。那幢老楼前，每天阳光只能照到很少的地方。楼下的老婆婆，最大爱好就是晒东西，各种衣物，有时只是一方手绢……阳光出现在哪里，她就把东西晒在哪里，跟着阳光移动，始终让它们在阳光里。她总是要为此花很多时间,直到阳光消失,她才把晾晒的东西收起来。听到这里,他们都有些走神,看着阳光里亮晃晃的树。香樟树是什么样的?她眯起眼睛问道。他形容它的树皮很粗糙,但你的描述则相反,其实是那种精致的感觉……它的叶子很小,很密,尤其是发出新叶的时候,特别美,是那种嫩绿中透着淡淡金黄的颜色,就像是被叶丛深处透出的光映亮的,在没有风的时候,它似乎通体都在弥漫着清幽寂静的气息。

朋友

……来到河边古镇上,他们住在一幢清末的小楼里。小楼临河而筑,木质结构,辅以青石楼基和薄砖墙壁;外有回廊,每扇门窗皆有镂空木格,乌瓦斜顶,有飞檐;楼内有天井,正方形,四周是回廊。在这样的冬天里,午时阳光会照到回廊西南面的一半,适合坐在那里晒太阳。半年前那次古旧家具展之后,那些家具还在楼下陈列着,晚上看着颇有些诡异,不宜多看,以免有什么气息从里面透出来。真正让人不安心的,其实是楼上回廊里的那顶木轿子。它是接新娘的婚轿,做工精致,四面都是镂花格子,怎么看都觉得里面像有人坐着,正往外面看。楼里悬挂的都是红灯笼,红光漫溢的,也让人易生幻想。外面天寒风紧,坐在二楼临河的厅里,开着空调,还是觉得寒气逼人。几个人喝着热茶,聊着故人往事,也不能增添半分暖意。过了午夜,对面那些小楼里已无灯光,河面漆黑,除了这里透射的几簇暗红灯影,其余地方只有重重叠叠的黑暗。多时未见的老友们,言语间有些陌生的感觉,要努力把话说下去,才不会有忽然的空落。后来一位仁兄回房取来两瓶白酒,还有几包花生米,大家吃喝起来,这才多了些生气。他说房间里比这还要冷呢,床上都透着寒气,根本不能睡觉。他说得没错,房间里备的还是夏天被褥,哪里当得起这样的冷?我们干脆就聊到天亮吧,他提议。聊什么呢?以往最容易来兴致的鬼故事,或者灵异故事,早都聊完了。还是回到现实里,聊聊最常见的却又最易被忽略的话题吧,比如说朋友。按照他的提议,我们先各说一位已不在人世的朋友。这样的才可算是永远的朋友,因为不会再有变化了。分别讲完之后发现,这五位已故朋友,都是五年内离世的。两位自杀而死,两位死于心梗,另一位是酒后把车子开到了河里。他们生前对朋友都够义气，死时都未及跟朋友们道别，年纪都在四十岁左右。自杀的，有一位特别喜欢养金鱼，另一位则爱养蜥蜴。死于心梗的那两位都是朋友众多，没有办不成的事，都有过不少女人，其中一位还自封"长乐侯"。而把车子开到河里去的那位，则最受不了不变的生活。讲完他们的事，大家就沉默了，然后就提议为他们喝一杯，算是纪念。他们抽了很多烟。

……有人提议再各讲一位奇怪的朋友。L兄讲的是喜欢上舞女的北方朋友，他爱上了她，也爱上了她的两个小孩。他把辛苦挣来的钱多数给了她，还曾隐姓埋名逃亡三年。他避过风头回去的当天，她领着他去理发，买了新衣服，吃了顿丰盛的晚餐，然后就消失了。他还在等她，以送水为生。S兄讲的是有整容癖的朋友，意外发财后，此人前后整容三次，每两年一次，后来连声带都做了手术，变了声，谁都认不得他了，而他早年的理想，是做个私家侦探。好酒的那位仁兄，讲的是位女性朋友，从妓女转行做了心理咨询师和风水师的故事，他为自己选的墓地，都是她看过风水后确定的，山清水秀的地方，说是足以保证将来三代人的富贵平安。最后讲故事的是书法家C兄，好古琴、品茶，讲的是位执着禅宗的朋友，修行二十多年，悟出了个火字诀，认为一切执迷不悟的人，都可以用火来解开迷障……后来他结识一位四处化缘修庙的僧人，就跟着去化缘，数日即得百万善款，然后又陪僧人回庙，将庙宇修缮一新，完工之日，他放了把大火，将这庙烧了个精光，结果被抓起来判了五年刑，而那个僧人则还了俗。

……这五个人里，他是最先醉倒的。醒来时，已是次日正午。怎么都想不起来是谁把他弄到床上的。开着空调，但坐了没几分钟，就觉得冷得透心。穿衣起来到各屋看看，都是空的。大厅里，桌面都收拾干净了。又到外面的回廊上，看见白亮阳光在河面上动荡着,但风还是很冷。有些小船在摇晃着行进。他努力回想醉倒前的场景,还要把它们从混乱的梦境里剥离出来。最先浮现的,是L兄有些懒散的声音,朋友嘛,也是会逐渐脱落的,是你的时间里没法补上的黑洞,是……越来越寂静的……不规则空间里的镜子碎片,供你拿来照见……让你产生幻觉,以为自己是不会脱落的……还有另外一个声音说,要是没有话题,没有要说的事,要是没了说的冲动,那还不如不聚的好……但说实话,他无法确定这些话究竟是不是他们说过的,也可能是他那些乱糟糟的梦境里的。这时候,外面传过来一阵喧哗声,有人在叫他的名字。他来到回廊上,发现下面有条小船,他们四个人从篷里伸出头来,仰望着他,牙齿都很白,嘴里都冒着气。

阉猫

……他们很晚才到,因为始终找不到一张图。之前人很多,把小餐馆挤满了,服务员端上各式比萨、薯格、油汪汪的鸡翅,还有大杯冰可乐,同时还在不时添加临时座位,随即就坐满了人。几个外卖送餐员穿梭其中。他们的制服看上去就像橙红色的软甲,还戴着有红色花纹的头盔。两个小时似乎转眼就没了。其实很漫长。桌面上摊开几份报纸,手心在出汗,不知不觉就沾上了黑色,然后又沾到了书上。问服务员,有橡皮吗?他们来时,餐馆里已空了很多,他们穿过桌椅间,放下背包,坐下。要了很多吃的。三个人,默默地吃着。他们背后是几个年轻的老外,都很漂亮,在低头说笑。后来只剩下他们三个人了,还在闷头吃东西。他说起最近每天都睡得很晚，不知怎么，就是不想睡，一直拖延，直到四五点钟。另外两位继续吃着，咀嚼的样子有点莫名的严肃。他接着讲到在后半夜认识的几个女孩，她们不同的怪癖。当然了，人人都会有点什么怪癖，不只是她们。凌晨三点多认识的那个女孩喜欢收养有残疾的弃猫，原来就有只猫，是健全的，现在共有七只残疾猫。她雇了个保姆，每天来照看它们，有个房间给它们专用。她不想让自己的猫与它们混在一起。它是公的，三岁了。从她上个月搬家到这里，它就一直处在发情期，每天竖着尾巴焦躁地走来走去。情欲会把猫变得肮脏，但也很可怜。它每天都试图钻到那间养残疾猫的房间里，但从未成功过。这个家伙到处吐毛、喷射味道难闻的液体。她只好让窗户敞开着，不然屋子里是没法待的。它是别人送给她的。这些天她谈论的主要话题，就是要不要阉了它，而这样对它是否公平？他觉得这其实应理解为一种解脱。他们吃得差不多了，就看着他。他们都不喜欢猫，他也是。在他继续讲她家里的场景时,他们有些心不在焉。她是个有洁癖的人。他都不敢穿她的拖鞋。那只猫尾随着他走来走去时,会用身子蹭他的小腿,他用脚推开它,可它还会挨过来。他们问起他女友有没有消息。他说没有。他说你们不知道我有多讨厌那只猫,你们还要吃点什么?他们摇头。他又要了两份炸薯格,自己慢慢吃着。那天晚上她送他出去时,说决定了,后天带它去做那个小手术。医生提醒她,晚上要给它禁食,也不能喝水。他们抽着烟,外面又下起小雨。他低头把薯格吃光了,然后把手机里的一条短信给他们看,是他女友发来的:在你神经恢复正常之前,请不要来找我,谢谢。

开幕

……他们钻到展墙的后面,坐在椅子上,拉起一道遮光帘,抽着烟,看着外面。他们把烟灰弹到旁边的纸箱里。外面不远处,就是光滑的江面,灰色的,看不出在流动。这座大楼周围的建筑也都是高层的,都有玻璃幕墙。在阴天下面,大楼间的草坪、灌木还有不多的树,看上去有些荒凉。侧面的公交站上,坐着一个人,很小,淡红色的,就好像整个世界就剩下这么一个人了似的,一动不动的。他们中的一个起身转到展墙后面的展厅里去了。剩下的那个人继续抽着烟。他能听得到展厅里的脚步声逐渐密集起来。后来那些脚步声消失了。估计是都到前厅去了,在那里等着展览开幕。主持人对着麦克风发出的讲话声。然后是掌声。接着是个女声在致辞。他听出来是谁了。她的作品就在这个展厅里。所有的画面都是模糊的女人裸体,粉红的,看不清面目,没有细节,跟周围的植物是一样的状态,仿佛都在被空气迅速地稀释着,过不了多久就会消失。她的声音听起来多少有些做作。她在国外的生活与感受。个人的处境。观点陈旧而且乏味。七八年前她就是这样的吗?她戴了那么一个样子可笑的帽子……之前他们从电梯里出来的时候,她似乎并没有认出他。她是戴着眼镜的。可能是因为太过兴奋的缘故吧,她的眼光被那些纷纷涌现的来宾弄得没了方向。后来她还把跟在身边的那个面色黑黑的健壮男人介绍给朋友们,是她的男友,一个工程师,还是个爵士乐队的成员,吹萨克斯。她的皮肤还是那么白皙,只是额头上多了些细小的皱纹。她的演讲激情澎湃,被主持人及时打断了。当然主持人说的也都是陈词滥调。他侧耳听着。一个人在他身边坐下。是之前在展厅里认识的大学生义工。一个天真而又容易焦虑的姑娘,有着动画片里的那种女孩子的小圆脸。他之所以跟她聊起来，只因为他忽然闻到她身上有股奇怪而又熟悉的淡淡香味儿。她觉得他对她的性格分析非常准确，还想再听他详细解释。她是顺着烟味儿找到这里的。可能是有点紧张，她的脸红红的，睁大了眼睛。他慢条斯理地说着，每句话都引来她的点头。他说你的焦虑是弥漫型的，会让周围的人无所适从，难以承受。她有些委屈地看着他，那你算一算我今年有可能结婚吗？基本上没这个可能了，他说着顺手把烟掐了，从窗户缝里丢了出去。她沮丧地看着外面。过了一会儿，她又忽然说，你知道那个女画家的事吗？他侧头看了看她。她说我听人家说，很多年前，她还在这里读大学时，曾跟两个男人同时谈恋爱……后来……她就跳了江，就是外面的这条江，之后就退了学，出了国……她跟我说，她以前有严重的抑郁症，现在完全好了，看什么都会兴奋……你喜欢她的画吗？他犹豫了一下，表示还没来得及细看，只是扫了两眼。她说我觉得她画的那些女人……好像都是同一个人,就是说,是被分成了很多片的一个女人,薄薄的,一片又一片的,看着她们,我不知道为什么,就有点难过……是不是我也可能要得忧郁症了?她的眼睛,有些往外鼓起似的。他转过头去,重新看着外面,看着远处灰蒙蒙的江面。

很多时候,你觉得需要开窗透透气,出租车里的音乐也会应景,肥皂剧里的煽情曲,在那些莽撞的空车呼啸而过时肆无忌惮地回响,路边那些不真实的花草都有些恍惚……

不动

……电话里传来的声音，礼貌的问候，跟往常不同，他们至少有两个多月没联系了，在走廊的尽头，看着电梯门上的红色数字，他听着……语气有些不自然，尴尬的，或是拘束的，也可能是过于疲惫的……这时候，有个穿酒店制服的姑娘正沿走廊边走着，端正而又瘦削的背影，步子缓慢。他停了一下，看她转弯后，才推开安全通道的门。坐在楼梯台阶上。估计在他的脑海里，空间会转换成奇怪的叠像……无论如何移动，每个空间都会把影像留下，叠置在一起……他闻到了灰尘和油漆混合的味道。她的声音断断续续，缓慢，凌乱，不时掺杂着抽泣，仿佛她被禁闭在某座空城里，在拼尽全力撞击着那道紧闭的门，筋疲力尽了，几乎是在喃喃自语，描述其在漫长时间里的各种挣脱尝试……但这一次，她被打败了，不得不放弃抵抗，自认是个彻底的失败者，一无所有的人，毫无价值，完全虚无。抑郁，他反复在脑海里写着这个词。站起来，他伸出手，去推安全通道的门，没推动。他还没来得及再试试，电话里的声音忽然急转直下，她开始诅咒，对他，也对所有人，她忽然变成了被围堵在死胡同里的困兽，不时发出失控的吼叫。他并没有挂断电话，继续听着，但开始走神了，脑子里浮现的并不是她的样子，而是刚才那个在走廊里慢慢走直线的姑娘背影……他又推了下那道安全门，没动，这时他才想起，它是那种单向的，从这一边是打不开的。十几年了，我们认识，对吗？他忽然平静地反问道。电话里安静了下来，好像出现了一条光线柔和的狭窄通道。我接下你的诅咒，他低声说道，听到了自己的回音，有点像戏剧舞台上的，你的每句话都是在捅刀子，你闭着眼睛，一刀接一刀，我是在为所有人受着，不是因为我该受着，而是我知道要是我不受着,你就不可能停下来……可能我只是在等着你脑子里的那个钟声重新响起,或许只需要一下,它会叫醒你,让狂潮终止。

饭局

……我们从地下室里上来,回到闷热的客厅里,等女主人泡茶。外面,植物在余晖里露出慵懒的华丽,区分那些枝叶表面的光色变化是不可能的,风扇吹着微凉些的风,会在潜意识生成的含糊图景里吹出一片片灰蒙蒙的空白,以至于你一次次被它们吸引,而能转移你注意力的,似乎只有之前看到的那幅油画:戴着古怪红色眼镜的光头小人儿,浸泡在蓝色的水里,仿佛来自火星。也可能是另一个场景,她把下巴搁在手背上,而双臂搭在泳池边上,身后是碧蓝的水,一只脚正拍出水花。女主人说不跟我们去吃饭了。马上要去一个饭局,她们都是些有意思的人,很有想象力,也很能喝酒,很会劝酒,要是你们过去,就会知道她们有多会劝了，保证你们不会站着回家的。她们是那种哪怕半夜里忽然想喝酒也会立即行动的人，是那种尽可能让自己活得尽兴的女人，她们不喜欢遮遮掩掩地活着，不想委屈自己……我喜欢观察她们，她们都不搞艺术，但这丝毫不影响她们喜欢带我玩儿。她的眼里流露出兴奋而又羞涩的光泽。但这很容易让人联想到她没说的，或者说这只是聚会的A面，而她省略了B面。这种略带神秘的表达，让人对那些没说的部分产生了联想。她似乎立即就察觉到听众的疑惑，就解释道：她们都是有孩子的，但还都年轻，因为孩子们都在一个小学，我们总是在不需要照看孩子的时候约会……孩子们长得太快了，在你还来不及想要用心照顾时就长大了。啊，我要先回家洗个澡，再打扮一下，换身舒服的衣裳，这毕竟是约会啊，跟她们喝酒真的很舒服，喝到微醺，然后在外面走走，累了就打车回来，好好睡一觉，就圆满了。你们真的不要跟我一起去看看她们，不想让她们检验一下你们的酒量吗？在茶几上面，摊开的那本画册里,刚好有她的作品,当然还有她的照片,是她二十多岁时拍的,黑白的,在那个她跟现在这个她之间,好像有条清晰的抛物线。

玻璃

……他辗转反侧，想要沉入睡眠里，那个隐藏在海水深处的睡袋般的世界，可是这很难，疲倦已把他层层包裹……他蜷缩身体，让左小腿跟床单的接触舒适一些，以便生成某种妥帖安静的感觉。他一次次努力让自己沉下去，但总有种力量把他托起，送回到过于泛着幽光的温暾水面上，头发紧贴着额头，他闻到汗味儿，试着变换姿势，可是没用，那种力量像无形的手，把你的身体摆成别的样子，风浪中小船里的眩晕感，然后是来自记忆深处的印象，你刚被放到婴儿摇篮里时的那种整个世界突然摇晃起来的印象，你还在睡眠里而妈妈要带你出门，在冬天里她用小棉被和毯子用力把你包紧，你不知所措地睁开眼睛，你喝得烂醉之后被人送回家，然后趴在床上睡去，而酒精的气息忽然从鼻端逆向涌入脑海，或是你在梦里睁开眼睛发现自己其实是睡在夏天的烟囱里，庆幸并没有人来烧火，而这里幽暗阴凉且烟味浓郁，你梦见自己漂浮在深夜的河里，抱着一块被烧焦的木头，随即就看到了远处小轮船射出的雪白的探照灯光束，你甚至听到了自己的呻吟，它们仿佛不是来自你的鼻腔里，而是来自小腿血管里，随着血流漫涌上鼻端并跳出来的，哦，你真想伸出右手，抚摸自己的脸庞，以便让这声音消解，可你的脸在躲避你的手，让它刚碰到就滑到了枕头边上……但愿这是最后一波了，仿佛有人在俯瞰着这一切，在替你预报这个你期待多时的结果，然后你体会到头顶上有朵温柔的水花在缓慢升起，翻出透明的花瓣，随即又聚拢，消逝……天空像玻璃。

睡眠

……睡眠在你的背后,贴着汗透的T恤,侧着脸,没有眼睛。即使是车载空调喷出的冷气近在咫尺,即使是烈日暴晒你身体让它不由自主地抖动,都不能让它离你而去。于是你只好背着它四处游荡,去看望某位久未谋面的朋友,然后再去帮另一个朋友搬家,其实只是站在太阳下面看着那辆搬家公司的货车发呆,只是把搬运工放错位置的书架和箱子重新摆对,你发现那个露台两侧是倾斜的红瓦屋顶而上面摆着房东养的很多盆植物,想到老鼠和野猫夜间定会出没在这里就不免有些紧张,而对面那幢过于切近的大楼让这里有种深渊底部的感觉,热气流从三面敞开的窗口不断涌过,你看着被遮阳篷挡着的玻璃顶想到这里有可能会在雨季出现漏水的问题，然后所有的东西都会被浸泡在水里而电源会短路，不过这似乎仍然好过原先的那个房子，它像个塞满了杂物的狭窄仓库，随时会把里面住的人吐出去丢在腐朽逼仄的走廊里……你不知道一个人是如何突然决定从那里到这里的，就像在泛滥的洪水中碰到了尚未坍塌的一段转弯的堤岸，而这里就是岸上的一块孤立的大石头，洪水并未退去而阳光暴烈地晒着它的干爽表面，有个蚂蚁正在上面爬着，晃动着触角……这个筋疲力尽的人，可能发现事情并没那么复杂难耐，虽然麻烦还远没有完。你只是在那只破旧的椅子上坐了片刻，就再次感觉到那个睡眠开始缠绕着你的脖子了，甚至后来还伸出手指头触碰你的眼睑，以至于你不得不立即扭开头去摆脱它们，于是你再次出发了，被一团冷气包裹着赶到又一个朋友做讲座的地方，司机弄错了地方可你并不介意，你恍惚地听着他解释导航的问题，没关系，你听见自己说了两次，没关系。随后没过多久，你就看到自己站在了那个讲座现场，靠着墙，把手机充电器插好，你几乎无法听清他在说什么，也看不明白投影屏幕上那些不时变换的图片，睡眠在抱紧你，在贴着你的耳边低语，你努力想着这里还有什么可能认识的人，就努力睁着眼睛，在那些陌生的背影中搜索着，视野慢慢开始蒙眬的时候，有人发来信息，我看到了你。可你过了一会儿才看到了那个人的背影，在之前你搜索过的位置，而在此之前，你残留的意识里，是结束会在哪里买到一锅热气腾腾的海鲜粥带回去，计算一下路程，到的时候应该还是热的……但是在此之前你可能还要跟着他们去别的地方，把最后一点时间泡在冰冷的啤酒里，想到这是最后一个要做的事，你甚至原谅了始终在背后纠缠着你的睡眠，然后下意识地转过头去，用脸蛋轻轻地摩挲了一下它汗津津的额头。

保罗

……有时候,身体会在时间里造出巨大的凹陷,然后滑入其中,变成黑斑,而解体的空间则变成各种屏障,你在其中寻找其他可能,一无所获。下午,有人在电话里说,保罗这个老家伙把雪茄烟头弄到了那位姑娘的腿上,这个疯子,分明是故意的,把她的丝袜烧破了,还把一杯热水倒在她身上,推搡她……这个故事在短时间里被不同声音反复描述,在你耳朵里发出空洞的回音,可还是阻止不了困倦,像温暾的海浪,带着陌生的腥气,把你推向灰亮云层下的沙滩……你背着包,乘电梯上楼,或是穿过寂静走廊,走安全通道,你感觉到,周身的筋骨、肌肉、血脉都已绵软,可以随时在哪里睡下,另一个空间在为你敞开,同时想到保罗手里夹着雪茄烟走来走去,而那个姑娘在对你做出无奈的表情,你听不清她在说什么,好像是说,所有人都知道了,这下子我可出名了……你看到办公室深处有个沙发,就走过去,躺下,头枕着包,你说我可能在发烧了,现在。好像有人在唱歌。是保罗?他从洗手间回来,拉住另一位姑娘,给她唱爱尔兰民歌,他喜欢这样,有人说他们这个民族就是这样的,走到哪里都会唱个不停,当然更厉害的,还是他说谎的本事,哦,我们完全可以做一个非常伟大的活动,你明白吗,它可以包容几十万年的人类历史,只要你想,我们就可以做到,那些阿拉伯王子都会支持我们的,他们的爸爸亲王们也会的……但是他为什么要威胁那个高个年轻人不要再说话呢?他的鼻子大得仿佛脑袋都是其陪衬,领带图案是各种马,奔跑着,都是白色的,他对它们吹气儿,就像它们真的能跑……可是你睁不开眼睛,古怪的味道。这巨大建筑在繁殖,每个空间都在生出新的空间,它们重新组合,让建筑生出建筑,而你的任务，就是在天明前住遍所有空间，像传说中的布达拉宫式无法完成的任务，但你不担心，在睡梦中，你知道所有空间只不过是一个房间的变体，你根本无须离开，甚至不需换个睡姿，只要在黎明醒来，这个任务就完成了，关键是你要及时醒来，否则所有空间将会永远关闭……这建筑好像转眼就沉入了水底，以便你不受干扰地完成这个任务。它们像花朵，不停地开放，每面墙都是花瓣或叶子，而你在底部出着汗，浑身湿透，你的汗在浇灌它们，让它们疯长，有人告诉你，只不过是一个小时，它们就有一万个了……是指空间？当然。可是，你看着那扇若有若无的门，我早就为它们准备好了深渊，只要我愿意，它们就都会被吞没……你知道我为什么能容忍它们这样出现在我面前吗？我只是希望它能安稳地在那里，不要兴风作浪，有时我也会忍不住看它一眼，还好我没有眩晕症，否则就会坠入其中，我知道它是怎么回事儿。最后，如你所料，你是跟鸟儿们一起醒来的，在天蒙蒙亮时，你知道无数个空间重新融合为一，就像你肢体的一部分，再也不会有什么意外。你可以重新睡下去，直到你愿意醒来的时候，比如说下午，两点十五分……你坐在楼下的茶几旁边，喝着红茶，冲刷梦的痕迹，而整个世界又一次变得异常清晰，就连那只白色陶瓷杯都像坚硬空洞的岩石一样回荡着某种声响，那个凹陷消失了，时间恢复了平滑表面。你随手翻开一本书，测试了一下，没错，每个字都恢复了本来面目。

房间

……阳台与卧室之间，没有隔断，像个小客厅，角落里有两个摆成直角的老式书架，一个有门，一个没门。居中的是那个绒面沙发，左侧的窗子半开着，主人跟客人都在抽烟。冷空气涌进室内。天色变暗。打印在纸上的那个关于南方的故事，是一位朋友写的，只有几页，一会儿就看完了。里面有个人物，早晨站在阳台上，看对面海员学校。慵懒，冷调，不像在夏天里。不远处，那个亮起很多簇金黄灯光的园子里，在举行婚礼，各种致辞的声音含糊不清。然后就是一些年轻人献歌。后来，有个姑娘自弹吉他唱《小苹果》，远远听起来，仿佛真有个小苹果悬在她鼻子前面，摇晃着，裹了冰糖，冷清地摇晃。这里播放的是巴赫的钢琴曲，永远在循环，有种诡异的空间效果，缀满小灯泡的风筝在被暮色淹没的空中渐高渐远，线却不在人手里，而是拴在一个慢慢滚动的铁球上。跟主人之前的那个大房子相比，这个就像是截取的局部，唯一的好处，就是朝外望时，感觉到处都很空旷，树木被推到了远处，刚好就在那个园子里，先是些斑驳的法国梧桐，接着是幽暗冷杉，没有银杏，一棵都没有。临走前的那个话题，是关于人名的消失方式的。

夜里

……听不到风声。听得见呼吸。只是勾勒不出其中的线索。比说话清楚，来自泥土深处的风，麦管里的雾。它们留下麦粒，在皮肤里发育，而黑斑似的轰炸机在艾草烟雾里逃避，没有炸弹可投。在水底腐败之前，雪菊焕发浓郁芳香，大颗汗珠被催出毛孔，像蜗牛那样爬着，留下透明的路线。不想入睡的孩子，在等待拥抱，等待爱抚，小手伸到空中，划动空气，不住地说着什么，没说什么。蜘蛛吐丝。然后下雨了，睡醒的人，透过夜色看着睡熟的孩子，看不到表情，只能听到呼吸……于是，他把小船推离岸边，感觉腿上贴满了水草，听着汩汩的水声，小心地爬上了船。

房子

……你比他们晚到了两个多小时。路上时间比你想象的长得多，因为是周五，出租车每走几分钟，就要停上半天，大半路程就是这样晃悠过去的。外面各色灯光不断变幻，有那么一会儿，你几乎睡着了，恍惚中感觉它们的芒角正编织成网，而努力向前的车子则一次次地把它拉抻变形，挣脱了就会再走段幽暗的路，然后重新又坠入了新结的网里。到之前，你还忽然想到另一个朋友Y，也是很久未见了：来喝酒吧，他们都在。Y说要晚些。没关系。你并没觉得接下来大家真的会喝多少酒，没有这个气氛，更多的还是聊天。又一次，你看到了这幢房子，跟以前一样，被茂密树冠遮掩，没法看清，除了透射出金色灯光的客厅窗户。一只猫在黑暗里尖叫了一声,就像被什么咬到了,可是看不到。隔壁院子里坐了一些人,你借着敞开的门里透出的灯光,也只能看到他们的轮廓和发亮的头发边缘。按门铃时,你也没听到那些人的说话声,真是奇怪,不知道他们坐在院子里在干吗。只是为了喝酒?即使是换了个角度,也还是看不清他们的脸。门开了。里面的人很多,直到来到堆满食物和烟酒的长桌前,你都没看清到底是哪些人。除了几个最熟的脸,认清其他人的脸,是慢镜头式的,一个个浮现的,哦,是你啊。在此之前的匆匆扫视之下,那两个陌生人却造成了一片陌生的视觉效果。六七个人聊天形成的场效应就像个大气球,能让你很自然地选择坐到边上,去面对那些凌乱的食物:几小盘冷却的饺子,两盘吃剩下的蔬菜沙拉,两盒还没打开的蔬菜沙拉,颜色很深的咖喱鸡块,还有一串紫色的葡萄,几片切开的水果,两个没有剥皮的香蕉,烤过的面包片,几听饮料,以及各种酒杯,空着的,半杯的,几包不同牌子的烟(H抽的当然是红双喜，万宝路是B的，KENT是L的），靠近后院门那边的一角，搁着两本L最近在看的书，其中之一就是那本至少名字很耐人寻味的《小于一》，它的主人L此时正端着酒杯，从这边晃到那边，但很少说什么，脸有些发红了。背景音乐很是应景，但没听出来是什么风格的。当客厅里的人数超出正常时，你会觉得这幢房子仿佛不存在了，这里变成了另一个地方。你会记不住自己说过什么，跟谁说的，也记不得别人跟你说过什么，你会不时寻找些视点，让视线停下片刻，就好像只有这样才能让原来那幢房子重新浮现出某个局部，然后再恢复为整体。印象比较深的，是S的一句半开玩笑半似真的话，大意是，我们只是熟悉的路人……原话比这个要说得好。S说有个很好的故事，已讲给L听了，现在不想重复，但可以让L讲给你听，是你无法想象的。哦。但我真的只想对她说：你确实像个巫师。当然这也是重复。类似的对话，就像是某种厚织物上的跳线，如果没有游离的习惯，就很难察觉它们的存在。后来，陆续走了些人。有两位要赶奔别的地方，其余四位则是要赶地铁。喜欢说话的人都走了。房子安静了下来。无论你看哪里，都能感觉得到空间的恢复，每个细节都复原了，当然你也可以说每个细节都是新的。但这种"新"跟留下的各位已没什么关系。疲惫感弥漫在他们之间，或者说你在用疲惫的眼光打量着每个人。任何玩笑都不再可笑。或许人们只是需要休息，在没有别人的地方。最后，你们在离小区不远处的那个十字路口排档吃的夜宵。街灯光线洒落在每个人身上，也留下了这样那样的阴影。尽管在他们的光影中你发现了某些舞台戏剧的效果，可你还是在吃了几个小馄饨和几口牛肉汤之后，困得摇摇欲坠了，钻入出租车，跟他们道别的瞬间，你感觉周围的建筑物都在以散发变幻莫测微光的方式走向了解体。

谈话

……再过几天,他们就走了。去新加坡,但要先到澳门。按计划,一周前就该走了。他不放心生意,很多事要交代,还有些重要的会面。她看上去越来越笨重了,但离预产期其实还有很长时间。想想孩子,即使疲惫不断在他脸上涂抹阴影,他仍保持着轻松的神态。他喜欢这种状态——仿佛自己眼光所到之处,能让任何人瞬间恢复记忆,意识到自己该去做什么。傍晚开过会,在酒店大堂里,那两个健谈的女人意犹未尽,而之前的谈话仿佛只是序幕。她们看出他心情不错,不想谈话就此结束。她们很想看看那个幸福的女人。随行人员早已疲惫不堪,可他还是请她们到家里坐坐。汽车灯光在别墅区里缓慢照亮树丛。靠在副驾驶椅背上,他闭着眼睛。车在路的尽头停下时,他睡着了。随行人员有些犹豫,但她们已跳下车,露出顽皮的样子,用指关节轻轻敲击车窗玻璃。院门敞开透出亮光。他醒了。穿过院子时,他脑海里还残留着之前半梦半醒中浮现的阳光,软绵绵的树影,卧在树下的犀牛,它嘴里咀嚼着石头,真是好牙口,那么灵巧的小耳朵,跟灰褐色树叶似的,不时抖动……宽敞的客厅里灯光有些刺眼。他让刚下楼的她坐到身旁。她穿着黑色丝绸睡衣,偎依着他,让肚子贴近。随行人员散落在角落里,为了驱除睡意不停地吃水果和点心。她们看着她的身子和脸庞,赞扬她的美貌丝毫没有变化,提醒她在这段时间里要注意些什么,都是老生常谈,她也只能不时点头称是,保持矜持。她们漫无边际地说着。两个小时转眼就过去了。她们谈兴未减。他半闭着眼睛,握着她的手,貌似在听,又似乎没有听。她在等她们结束,重新回到卧室里。此时,她们眼中好像已完全没有她了。她们把之前话题里的小话题发展成新的话题。她有些茫然地注视着她们的嘴。没人知道该如何提醒她们结束，只能不时刻意地清清嗓子。她们毫不在意自己声音之外的一切，就好像要证实到了这个年龄的女人唯一的功能就是说话，而不像这年轻的孕妇那样还有很多可能。有些个瞬间，她们用冷漠的眼光悄悄打量着她，而说的话却热切如初。她好像完全感觉不到她们的眼光，继续茫然地望着她们后面的什么，跟几天前歇斯底里地痛哭之后的表情几乎没有区别。实际上，她们对她的形体变化看得非常清楚，没有哪个地方不在变形中。奇怪的是，她身边这个男人怎么会喜欢她呢？凌晨一点钟了。他忽然睁开眼睛，转过头去，看了看她，仿佛担心她会变成影子似的，轻轻拍了拍她的肩头，然后是脸颊。她茫然地看着他。他长出了口气，对她们说，就这样吧。

很小的孩子,在天井那边的落地玻璃窗前摇晃着走,咿呀说着无人懂的话。阳光悄然追逐着她,不时照亮那红扑扑的小脸。这个幼小的陌生人,在那两个保姆的注视下,摇晃在那些陌生人的旁边,根本不需要去想什么是自己的,什么不是,她也不需要知道什么是自己的……

感应

……就像祷词,写下它们,无声念诵,将它们汇聚在深处,水滴变成流水,心跳化作血管里流动的温暖液体,一瞬间,就理解了他们是如何对那冥冥中神秘力量说出一切的,理解了那些微妙的眼光,恒久的热情,广阔的宁静,仿佛永远不会消失的明净秋天里的下午,理解了那种执着……就像理解了自己心脏的跳动。所有这样的文字,就像黑暗深处的星辰,它们显现,或多或少,其实并无本质区别,不论你写下多少,都是散落在无边黑暗里的,但它们的光芒从不耀眼,能使你感觉到感应的存在,这也是一切关系发生的前提。日常的言辞无关紧要,可多可少,有时甚至可以没有,它们不是声音本身,真正的声音会以沉默显现,不受时空影响，它最先需要的甚至都不是倾听，而是感应，之后才有倾听。此刻，就像你一样，把这深夜理解为早晨，或中午的临近，很多雾在弥漫，而在它们的深处，能看到光线的浮动，它们吸收雾气里的水分子，创造湿润明亮的早晨图景，而我听到了滴水的声音，跟零散的雨声近似，它们在汇聚，溶解在光线里，然后自然流动，逐渐构成早晨这个多棱体的一个完美侧面。这样的念诵是无所不在的，在脚步声回荡在幽暗走廊和地下通道里时，它在；在排练现场的喧哗中，甚至在人车之流涌动的马路边，它在；在地下停车场过道里，在狭窄办公室，在电脑风扇转动声里，它也在；当我尽力张开嘴，闭上眼睛，让那些牙科器具和手在我嘴里发出奇怪的噪声时，它还是在……即使在你把钥匙插入锁孔转动时，你站在院子里或阳台上，把烟点燃时，它都是在的。很多时候，它并不是各种符号的累积，而只是最简单的几个字，它们反复出现，唯有组合的方式是无限的……你应该知道它是什么，是什么样的名字，其实并不需要对它们再进行任何描述，这种描述早已完成了，或者，从另外的层面说，这种描述从未停止过，它就是现在唯一的声音，也是唯一的沉默。

江边

……热浪似乎只在那些阴影外涌动。阴影里，则是平和的风，把薄衣衫不时剥离发黏的皮肤，让避开烈日的身体逐渐安静。那些粗大的水泥梁柱投下的阴影，留在强光下的区域，偶尔流动的少数人，建筑入口处阴影与强光临界线上无声排队的多数人，不像在同一个世界里，前者就像空调排水管里流出的水，而后者则像缓慢融化的柔软固体。他们的气息在流散，在有强劲空调冷风的暗空间里仍能闻到这气息的律动。人会缩水的。挥发的本质。在长些的时间里，逐渐缩小，你感觉到这种变化，却未必能意识到这意味着什么。夹杂在他们之中，你看那些被剥离背景的物体，斑驳的氧气瓶，风扇鼓动的绷带簇……有人要赋予它们新的状态，重新命名，暗示人像被禁言的群演，摆出固定的姿态，在冷气里等待约定的解释。无论是黑暗背景，还是射灯与烟雾，都使它们突兀，言语所不能触及的死亡状态。相对于死亡，一切都是笨拙的。解释即是掩饰。他们喝水，吃柔软的糕点，暗红的果实。他们跟人寒暄，在窗边的光里。外面是浅蓝的江面，也许是灰亮的，而对岸那些建筑都是耀眼的。灌满风的江边走廊里，无论是坐在台阶上，还是扶着护栏，都不再想动了。伸出舌头，能在风吹味蕾中感觉到烟味。不谈人的那点死生之事了。江面上，滑行着驳船，船舷很低，看不到人，看不到货物。还有很长一段时间。哪边是东？没人回答。看水的流向，左边？你看到的，其实是船推开水面造成的波动……不过我是方向盲。船上会有空调吗？他点了支烟。那些渐行渐远的驳船。后面又来了几艘。一个细高的女孩轻快地走过下面的跑步道，手里拿着滑板。草坪上，几个年轻人在野餐，有个女孩边吃边伸着手臂，用力拉住那条狗。他们好像在慢慢变小，像玩具店里的陶瓷娃娃，被人随意放在了那里，在江风里，在烈日里，却不在时间里。而你们还有太长的时间要熬，长得就像在等人把一个大集装箱一点点地推到江里。

楼上

……楼上跑水,淹了我的厨房、门厅,客厅的边上。我敲开门。三个男人,冷漠地盯着我,找谁?当然是你们。我的声音有些颤抖。我从不是那种喜欢找人算账的人。他们跟我下楼,看了水淹的现场,就回去了。我又上楼敲门。开门的是那个瘦子,我们也没办法,他说,头儿在外地出差,要过几天才回来,他不回来,他们什么都决定不了,这房子都是头儿租的。你是做什么的?这话一出口,门口又变成三个人。他们看着我,都像刚睡醒。你们搬来多久了?我语气平和了些。为什么我从来都没见过你们呢?我的腔调有点像居委会的。他们看着我。后来还是那个瘦子说的话,等头儿回来,他会找你的。那他什么时候回来呢?三天,或五天,总归要回来的。回到家里,我才发现自己出了一身汗。这就是不得不面对他人的结果。我不想见任何人,只想一个人待着,现在来看,这是不大可能的。他们会把你拉回来,拉到他们面前,你不得不跟他们说话,看着他们的脸。忽然,我被一个念头弄得有点兴奋。从此我每天下班后都去敲他们的门,问头儿什么时候回来。你就不能忙点别的吗?那个瘦子问道。我没什么事儿,你也看到了,我就一个人,我整天都在琢磨这件事儿。可我们真的也没办法啊,得等他回来。那他到底什么时候回来呢?我们也不知道,那是他的事儿,不是我们要想的。那我只好天天都来问你们了。那个瘦子终于改变了主意,他要我估算一下损失。他下来看了看被淹过的地方,离开时说,你家可真干净啊,什么都没有,这么大的房子,你怎么不添置些东西啊,这么空荡荡的,你觉得舒服吗?我不想回答这愚蠢的问题。你们怎么整天都不出门,到底是做什么的?他走到阳台上,点了支烟,看着远处的北山,有些无聊地说道：我们的工作呢，没别的，就是等他回来。他回来呢，把钱给我们，当然也给你，赔你的损失，然后我们就可以干别的去了。过了两天，我又开始每天傍晚去敲他们的门。但是连续几天都没有敲开，里面没有任何声音。那几天，我总是很早就醒，很晚才睡，可是听不到楼上有门的声响。有一天，楼上又跑水了。我的整个房子都淹了。我敲了很长时间的门。最后不得不去报警。警察来了，还有物业的，终于弄开了门。水是从浴缸里溢出的，里面躺着个男人，已经死了。警察说是被勒死的。我从没见过这个人。我对他们说，我真的没听到任何响动，我几乎天天都在听着，可是一点动静都没听到。警察有点奇怪地看着我，你为什么要每天听呢？因为他们说，要等他们的头儿回来，才能赔我的损失。

骨头

　　……在楼门前,他手里拿着那串钥匙,对着铁门,发出缓慢的响声……你走过去,希望到时他已开了门,可是等你来到他的旁边,才发现他手里的钥匙还没能触到锁孔……他在犹豫什么,这个老人茫然地又一次晃动了手里的钥匙,换了一把,重新伸向锁孔,但最后仍是停在那里,没有插入。在闻到某种臭味的瞬间,你已将自己的钥匙插入锁孔,门开了。你示意老人先进去。楼道里的感应灯光照亮了老人的身体——两条柴棒似的裸腿,裤子堆在了脚面上,他的右手还挂着带滑轮的扶手,对着灯光,努力挪动双脚,挪到里面的楼梯口,侧开身子,面无表情地等你过去……他的脸色是黑灰泛黄的色调,脸跟身体一样皮包骨,看不出眼睛是否在动，好像在看墙，而枯瘪的嘴唇紧闭着，像个褶子。两个多月前，桂花还开着，温暖的下午，他坐在草坪边的长椅上晒太阳，手里握着雕花手杖，微笑。有熟人经过，就大声跟他打招呼，您老还是很硬实的啊。他点点头，一字一顿地说，就是一把骨头。之前你并不知道他住几楼。等你再次下楼时，在四楼的过道里看到那只有滑轮的扶手，是白钢的，孤零零地在那里闪着冷光。

鸵鸟

……浮现脑海里的，是鹅。他举着伞，像个雕塑，身体微倾。她的眼光冷清，看着对面的红灯，仿佛独在异地，而不是这里。二十几个小时后，当他从梦中醒来，重新想到这个场景，看见自己穿着米色的风雨衣，扎着花纹古怪的领带，戴了顶深灰色礼帽，莫名紧张地站在那里的样子，他或许会觉得有点像博伊斯，那张凝固得过于严肃的瘦脸，怀抱野兔，或是坐在铁笼子里，面对着迷惘而又热切的人们，试图传达某种光。当然他也可能会觉得自己远没有博伊斯坚硬。他曾套用那句名言格式，在小本子里写下：人人都是傻瓜。但现在他脑海里停着的，是只鹅，白色，红顶。这个世界上，只有鹅的呆头呆脑的样子，才会被轻易原谅吧……

红掌拨清波，他的脸抽搐了一下，似乎就此原谅了自己所有的笨拙。那家日本料理店被临时搭起的篷遮住了。等红灯时，她始终没有表情，是那种天然的没表情。他们穿过泥泞的窄路。经过面包房的侧面，乘电梯上楼，到了他说的那家日料店里。坐满了人，大声说话。她只是想找个安静的地方，吃什么不重要。他的混合表情很容易让人误解，以为他在嘲讽别人，觉得所有人都很无聊，以至于不屑于说什么。在等着套餐上来之前，他一直在喝水。后来，低头吃着东西时，他想到小时候家里的两只鹅，都是公的，白鹅，走起路来很有气势，每次看到生人，都会大声叫……同时低下头，脖子贴着地面，探出坚硬的嘴巴，咬人。没人来的时候，它们就会呆头呆脑地，看什么都会发呆。但他并没把这段旧事讲出来。她安静地吃完，说到最近刚收养的宠物，鸵鸟。朋友从澳大利亚带回来的，经过了检疫的。为了养它，她收集了大量资料。它的窝，放在阳台上，幸好阳台够大。它每天在那里踱步，或是站在那里，透过窗户，往下眺望……这个场景，是不是有点诡异？他点了点头，没觉得。过了会儿，又问，有没有给它准备沙堆呢？她有些茫然。他想象着那个场景，一只鹅，还有一只鸵鸟，在院子里。那里没有水，没有沙堆。它们就在那里，伸着长脖子，昂着小巧的头，呆立着。院子角落里开满紫色的草本花，开过花就会结出种子，黑色的小圆珠，像微缩的地雷。它们能落地生根，成片生长，开满鲜艳密集的紫色花簇。他看见十三四岁的自己从屋子里出来，看着那只鹅，还有鸵鸟，随着一阵风涌起，他还看见一只飞奔的兔子，撞到院门上，变成灰色破布……然后门开了，她还只是个四五岁的小女孩，拉着阿姨的手，站在那里，过了片刻，她才冷淡地说，你的鹅，会吓到我的鸵鸟。于是他走过去，抱起那只鹅，站在那里，看着她把那只鸵鸟带出院子，关上大门。天黑时，他们还坐在地板上，挨在一起。外面下着稀稀落落的雨。黑暗里，她摸了摸他的脸。她的手很小，凉丝丝的。

他希望自己最好马上就睡去。然后他就真的睡着了。睡了很久,十分钟左右。你再多睡一会儿吧。嗯,他就继续睡,觉得彼此都还在很久以前的童年。不知她是什么时候走的。临近午夜,他醒了。在路边站了很久。出租车里满是湿闷的气息。他把头靠着车窗。雨停了。玻璃上的水珠散开了。

游泳

　　……他有些意外，天气这么好。临近黄昏，小广场是金色的。中午他出来过，去附近买水果和烟，却没留意天气。小广场尽头，他停下，双手叉腰，歪着脑袋，看她钻进那辆还没牌照的新车里，然后戴上墨镜。他摆了下手，听着发动机的响声，转身回去了。之前，一段沉默后，她说要去游泳。新买的泳衣就在车里。比基尼？不是，最普通的……你见过有人在游泳馆里穿比基尼？偶尔也会有吧。沙滩上才有吧，为了晒太阳。几点去呢？马上。哦。临走前，她忽然说，我的呼吸还有点问题。晚上的游泳馆里，弥漫着倦怠的气息，散乱的灯光在水面动荡，看不清人的脸，看久了还容易睡着。他的房子里有股湿气。那种有纸质东西正暗中生出淡淡绒毛的味道。一只苍蝇在缓慢飞行，发出嗡嗡声，就像为穿越时空而微缩到最小的飞行器即将失去动力。他吃了个香蕉，剥下那柔腻的皮，丢在玻璃茶几上，像水母？看了会儿，他把它丢到了垃圾袋里。他想起一个电影里的场景，空荡幽暗的游泳馆里，一个女人突然浮出水面，大声喘息……这可不是呼吸的问题，她在体验窒息。天黑了，在寂静里，他感觉并没多久就到了午夜。喝过酒，他躺下，比往常要困倦。关了灯，他觉得自己是睡了会儿的，黑暗里，他把笔记本电脑拿过来，写了封很短的邮件：游得怎么样？等了五分钟左右，回复了：很好。他的眼皮有点睁不开了。过了一会儿，她又来了信：你喝酒了？他回复一个字：是。合上笔记本电脑，他觉得自己真的不会再睁开眼睛了。

南方

……飞机在雾中盘旋，吐出新的雾气，仿佛永远都不会降落。下面，灰白的城市，像在水底，正平滑展开，表面布满了灰色的水珠，哦，然后是温暖的阳光，像金粉撒落在这里那里，然后是走在狭长弯曲街道上的两个小孩，像两只干净的蚂蚁，四处张望。他看见醒来的人们，像摇摆的铃铛，被柔软的草叶拂动，只是睁开眼睛，就碰碎了那些密集暗处的朝露……天空在飞机背后闭合了，温暖的南方，就这样敞开了瞬间，为了拥你们入怀。他看见灰色高大建筑的栅栏门里暗处的树木，不知名的植物，它们还在冬天里，枝叶上满是灰尘，完全的静止。他看见天空就像即将融化的冰面，而飞机则像冰刀似的在暗淡星光衬托下滑行，留下浅浅的滑痕，时不时地，还会飘下些冰屑，变成雾，裹着无以计数的尘埃颗粒，在最初的阳光露出之前，就已越过江面展开了。

热带

……离开机舱,从栈桥通道出来,他就没看到那个人。他快步走着,感觉是脚底下光滑地面在向后跑去,而自己不过是让双脚有节奏地脱离地面,要是换个角度去琢磨一下,也很像个在金属滚筒上奔跑的老鼠,全身心投入这永动状态里……所有的人与物都是浮动的影子,跟各种光影互相渗透,却不会有任何粘连与融合。那些近乎完美的云朵,此前都被他装到了脑海里,在这样的时刻就可以随意抛到空中了,像气球一样,牵着他身上的汗毛。在他忽然看到出口,看到他们礼节性的拥抱的瞬间,他才像跳伞者收起白花花的伞包那样,收起云朵,跟在他们的后面。车内空调冷风包裹了他们的包裹,世界就变了模样。他坐在后面,不知道为什么前面的人忽然对另一个人怒气冲天。他看着外面流动的树木、建筑和云朵，都不好看，无用的装饰物。一个人对另一个人的羞辱，他觉得，在这个世界上，一个习惯性紧张的人能用来平衡羞辱的，也就是那些无用的装饰物了，就好像那个人正撕扯这个人的衣服，而这位只能用餐巾纸或树叶、旧杂志、废报纸去遮掩身体。羞辱，倒像是反复争取来的。他偶尔瞟一眼那个受害者，像脱水了似的，呆坐在那里，不时探出一点舌尖，舔着发干的嘴唇。他知道少看两眼或干脆不看，对那个人是好事，这样或许可以避免他变成一摊泥，而顶多只是变成一块石头，相对安全些的……当然那个发怒的人会像锤子，反复敲打着这块石头，在石头上留下一簇簇白点，而作为旁观者的他，则会把它们想象成新的云朵。

……他们进来时，另一些人已喝多了。他们红着脸，高声恭维，就像几个河马，不住地喷水，露出圆柱状的牙和粉红的口腔。他们大嗓门地欢迎着他们来到这个学校，这个土地方能让几位光临真是令人受宠若惊啊，他们拉着之前还在发怒的那个人的手，举着小玻璃杯，酒在外溢，手指头上都是酒液在闪光，浓烈的香味。他们的口水很快就把那个发过怒的人变软了。往往就是这样，即使是最虚伪的恭维，要是达到足够的强度，就会产生化腐朽为神奇的效果。虚伪的最佳调和物就是粗俗，精致的虚伪恭维容易引发厌恶，但是粗俗跟虚伪恭维的混合物就完全不同了，会出人意料地催生某种"喜剧"的效果，这就像反复拍打的按摩手法可以产生舒服的效果。校长说他最大的发明，就是这食堂里的馒头。那位刚发过怒的人面带微笑，若有所思地掰开一个馒头，仔细吃着。他的左侧，坐着位眼里流光溢彩的女子，扎着清爽的马尾辫，据说是位身份神秘的特殊客人，看上去就像是味道怪异的鸡尾酒杯沿上那片绿皮柠檬。这出戏的幕后导演，是面色历来红润的淡定老手，他最擅长的就是以热闹的方式把无聊的局做得让人满意舒服。在去机场的路上，他轻松地表达着歉意，其实他知道那位老兄早就没有任何恼火了，他语气谦卑地提出，将来我要为您组织一次千人大会，保证让演讲更有效果。一千人？嗯，一千人。那就不用了。

……司机把他放在机场出发口，暴雨停了。一路上因暴雨狂落而生发出来的古怪兴奋也转眼就消解。唯一让他觉得还有些希望的，是远处空中的闪电，它们不时透过厚积云层闪向天际。候机大厅里只有很少的人。很多航班取消了。唯独他的航班还没有确定是取消还是延误。他给司机打了电话，让他回来，当然这也要花上个把小时的，司机已跑出挺远了，正在一座桥上。慢就慢吧，他并不在意司机会在什么时候赶回机场。在那边台湾商品小店里，他挑了罐啤酒，还有豆干，然后找到有地插的地方，坐在地上，给手机充电，喝啤酒，就着豆干。他想着能想起的地名，最后决定想那个叫花莲的，其实只是这两个字而已，它们被他投射到灰茫茫的雨后夜空里，他从来没去过，但这不重要，他只不过是觉得此刻的机场就像个岛，而他在等着离开。这段时间是属于他的，没有任何干扰，没什么事可做，有某种惬意浮上来，就像洗净衣物时水面的泡沫。他看着那个巨大的航班信息电子屏幕，只有两个航班的信息是没有确定的。又有一批旅客不知从哪儿冒了出来，跟着旅行社的人离开了机场。一个穿着绿色长裙的姑娘站在十几步外，对手机低声说话，影子倒映在光滑的地面上。他掏出另一个城市的地图，铺展在地上。之前的短信告诉他，要跟他一起飞的那位客人还在看演出，还不能确定他是否坚持今晚飞。什么演出呢？哦，是昆剧，《游园惊梦》之类的……这时，他听到那个绿裙女子高声说道，你觉得，你觉得什么呢？他抬头，她已快步走远了，拖着绿箱子。他决定告诉那个等在剧场外的同事，所有航班都取消了，这是最新的消息。后来，凌晨时，他梦见自己一大早就来到了另一个机场，但是那里没有航班信息电子屏。他就在那里吃了早餐。这是半年来他吃的第二次早餐了。

阴天里的绿色，深深浅浅的，无论在何处，都是自己的……

等候

……等候塔台发出进入跑道指令的过程中,飞机滑行得缓慢而又悠闲。它已转了几个弯,坐在里面的人在静默中呈现缓慢摇摆的状态,就像在超慢镜头里。他忽然说话了。他想起一个人,曾经非常熟悉的,叫N,但后来此人就无声无息地消失了,再也没有出现过……他小时候在东北认识的N,多年后再次见面是在首都机场里,至少有二十多年没见了。在出发前的E-mail里,N在一张多伦多机场的自拍照下面写道:祖国已经沸腾了,咱们要有一席之地啊!当N从到达出口晃出来时,给他留下深刻印象的,不是那身笔挺的西装和明晃晃的革履,也不是那只老式手提皮箱,而是那脸横肉。他见过有横肉的脸,但没见过这种,以至于后来每次想到N就有种瞬间被那脸横肉顶到眼睛的感觉。N生在哈尔滨，长在另一个城市，家里条件好，初中就被送到美国读书，只是路线比较曲折，先是回到哈尔滨，再去苏联，然后转道去的美国，那是二十世纪八十年代末的事。此后就再无消息。等再见面，已是2007年了。看着那脸横肉，他怎么都想不起N当年是什么样了。他跟N握手，问你怎么想到回来了啊？N就大声说，祖国已经沸腾了，咱们要有一席之地啊！此后N每次来京，他都会去接机。但每次见面也聊不了几句。奇怪的是，见了多次之后，他也没弄清楚N到底是干什么的，只听说他在加拿大有生意、有房产，也有家室。说起话来，N是五湖四海，漫无边际。比如知道他是画家后，N就说，我认识奥巴马的亲弟弟，可以随时联系，你要想，我可以安排，让你给奥巴马画个肖像，对着照片画就行，然后送到白宫去，给你弄张收藏证书，这样你也就火了啊。然后说还认识外交部的高官，可以把你的画挂到外交部里去，让那些老外都知道你。每次回国,N都是各地飞,谈生意,寻访古董,看地。听来听去的,他会有种错觉,好像N在给古董找地。N说话时,总是把脸靠到他近前,眼睛朝上翻着盯住他的眼睛看,而那脸横肉就像马上要撞到他鼻尖儿了,他不得不后撤些。N最喜欢讲的,其实是勾引女人的事。据说他每次坐飞机回国或离开,都能勾到女人。印象最深的一次,是在回来的航班上,旁边有位三十多岁的女士,戴着遮阳草帽,始终都没摘,还有面纱,白色的,薄薄的。隔着这面纱,N跟她聊了一路。其实,N意味深长地说道,只用了一个小时,就搞定了。当然,后来才知道,她是个高级妓女……离开时,他要付她钱,她拒绝了。说到这里,他那脸横肉忽然颤动了一下。这一幕发生在N消失的前一年。他给N发过E-mail,但从没收到过回复。除了那脸横肉,在他想来,此人就好像从未存在过似的。

父女

……他七十岁了。每天按时上班，下午四点，去一家酒吧里刷盘子。晚上九点下班，回家打开那些哲学书。这是在加拿大北部的一个海湾小镇。转眼间，他在这里住了十五年，跟老伴，住在女儿的家里。女婿是个水利工程师，温和平静，微笑多过说话。他们共同的爱好，就是喝茶。一起喝茶时，他们都不说话。他想着自己的事，而女婿呢，则好像从来都是什么也不想的样子，只是喝茶。镇上没多少华人，他也从不跟他们来往。他喜欢说普通话，而不是潮州方言。每年秋天或冬天，都会有个中年人来看他。是一个远亲，叫他叔。只有他来时，叔才喜欢说话。谈哲学问题。他是个好听众，不论叔讲多久，都能耐心听完。在他听来，叔的哲学就像一堆石头放在流水里,别人的说法和观念就是石头,而叔自己对生活的体悟则是流水,它们会激出很多耐人寻味的水花。他们是在香港认识的。二十五年前了。那时叔是广州的官员,管着什么局,常到香港出差。经亲戚介绍,他们就认了亲。那时他很年轻,叔也不老。后来叔在香港有了房子,从一处到几处,位置越来越好。有时候叔会找上他一起去看,其中一处可以看到海,维多利亚湾。费了很多周折,叔为自己和家人办了香港居住证。随后就举家迁了过来。亲戚们欢迎叔的宴会上,他知道叔是躲过了一劫。叔的很多部下都被抓了。在铜锣湾那个最豪华的夜总会顶层,叔弄了个公司,有个很奢华的办公室。当时他已是艺术家,去看叔的时候,叔拉着他的衣服说,这哪里是衣服呢,去买几套好西装吧。说着就把一叠钱塞给他。叔好像什么生意都做,到处都有朋友,赚了好多钱,也花了好多钱。叔的老婆是个沉默的女人,感觉叔这样下去,会出问题。就劝叔收一收吧,他不肯。她就提了唯一的要求，把最好的那幢房子，划归女儿名下，给自己留条退路。叔就答应了。一年后，受大环境的影响，叔的生意就全线崩溃了。他们卖了那幢房子，去了澳洲。在那里住了五年，因为情绪的缘故，叔就得了一场病，始终适应不了当地的气候。没办法，他们就去了加拿大，投奔到女儿那里。又过了两年，叔的病才慢慢好起来。叔的解释，好起来的原因，不是吃药，也不是气候，而是因为哲学。他读了很多东西方的哲学书，每天除了早晚散步，三顿饭和睡觉，其余时间都用来读书了。还写了很多笔记。叔给他看过其中的几本，但他都看不懂。叔说自己看懂了生死的问题，所以才活得轻松起来。比如生不如死，叔说，这不是在说一种痛苦的程度，而是在提醒你，要放下生死的念头，放下比照，无生念无死念，才是自然地活着。叔去洗盘子，不是为了挣钱，而是为了做事，做最简单的事。因为洗盘子是个简单重复的过程，不需要用脑，所以这期间就可以想哲学上的问题了。叔觉得那些盘子就像念珠一样，一个一个地洗过去，转过去，跟数念珠有异曲同工之妙，让他体会到很玄妙的内心宁静。

……叔有两个女儿，都在读博士，研究方向分别是东西方酒的历史和风水学。两个姑娘都很漂亮，取了父母的优点。她们的母亲就是美女。大女儿当年读小学的时候，就拿了全国青少年拉丁舞蹈冠军，高中还拿过流行歌曲校园比赛的亚军。她说这都是爸爸逼的。差一点把她逼疯。举家迁香港没多久，爸爸就把她送到了加拿大读书。大学刚毕业，她就得了忧郁症。几次想自杀，都没有成功。爸爸雇专人每天监护她的起居。她待在房间里，最难过的时候就给爸爸写信，用最恶毒的话去嘲讽、诅咒他，表达对他的痛恨，说他毁了她的生活。爸爸的回信每次都是官样文字，教育她努力做一个健康的人，一个积极向上的人，一个对社会有贡献的人。每次看完他的信，她都会大笑半天，然后把信撕得粉碎。后来她不撕了，直接把信贴在了墙上，从卧室贴到客厅，到厨房，洗手间，走廊，能贴的地方都贴上了。每次贴完，她都要拍了照片寄给他看。而爸爸呢，每次都会回信给她，拍得不错。她真想杀了他。后来她觉得杀了他是没有任何意义的，什么都改变不了。就这样，没过多久，医生就告诉她爸爸，你女儿已恢复了，不需要监护了。完全健康的正常人，不会再有任何问题。于是爸爸就飞到加拿大，跟女儿待了一个星期，每天观察她的言行举止，在证明医生所言不虚之后，才返回国内。那时有很多人在追求她，各种各样的人，可她都看不上。没人知道她究竟会喜欢什么样的人。一个偶然的机会，她在仓库里翻出一本《圣经》。那天阴雨绵绵，空气冷清。她就坐在回廊的一角，看那部沉甸甸的书。天黑了，她就回到房间里，继续看。困了就睡，醒了接着看。就这样，连续看了三天，终于看完了。那天清晨，她冲了澡，然后吃了早餐，喝了茶，坐了一会儿。她骑着自行车，沿着海滨大道一路骑了下去。她绕着这座小城，骑行了好多圈。直到黄昏，她才回到家里，倒头就睡。午夜，她忽然醒了。她对自己说，明天一早，出门后，碰见的第一个男人，就是她要嫁的人。无论如何，她都会嫁给他的。次日是个阴雨天。她穿过湿漉漉的马路，迎面走来一个穿着灰色风雨衣的男人，低着头，慢慢走了过来。她叫住了他，向他问路。于是这个羞涩的从荷兰移民到这里的比她大十岁的男人，这个善良温柔得像个大男孩的男人，在两个月后成了她的丈夫，从此过上了幸福而宁静的生活。

晚归

……晚上在江边时，就已经起风了，把四周植物吹得颜色更深了，而对岸那些光彩斑斓的高层建筑看上去都缭绕着雾气，然后聚成云涌上空中，汇入那些大团的云，向西北而去。想起最近读的《张子正蒙注》里有这样一句："万物形色，神之糟粕。"此句下有王船山的注："生而荣，如糟粕之含酒醴；死而槁，如酒醴尽而糟粕存。其究糟粕亦有所归，归于神化。"耐人玩味。沉潜万物而能超脱形色，可谓出神，酒入肺腑而糟粕入土，可谓入化，是谓神化？如不去明了上下文的深义，仍旧不过是某种貌似深奥的断章取义而已。最繁华之处，深夜也难打到车。还是公交车可靠。不管载了几人，到时就会出发。司机喝完水，在调度室里签过单子，在风中抽根烟，就发车了。本想坐到方便打车处就下去的，可一坐下人就懒了几分，于是就一站又一站地坐过去。十几站下来，打车回家，一看计价器，还是跑出很远的路程。路边水果店里灯还亮着，可是门已锁了。旁边小餐馆的老板说，早关了。那怎么灯还亮着呢？哦，懒得关吧。透过玻璃门，看看里面的西瓜、桃子、葡萄、苹果，在白色灯光下看起来有些朦朦胧胧。园区里的路灯笼罩着晃动不已的茂盛香樟树冠，把大片阴影投在地面上。一只猫从阴影里走出来，转眼消失在拐角处。风吹得人很舒服，就想坐在花坛边上看会儿书，这样想着，脚步却并未停住，其实想想也就可以了。还是回到自己的灯下看吧，过不了多久，那只鸟就该醒了，一直叫到曙光初现的时候。

消息

　　……他只睡了几个小时,就爬起来,出去跑步,天刚亮。两个多小时,跑了十八公里,从江北跑到了江南,他说看到了很多漂亮的姑娘,她们原来都在南面,他不停地找她们问路,然后跑下去,直到跑回旅馆。每到一个城市,他都会这样。两天后,他午夜出门,去机场,赶早上五点多的航班,飞到香港,去跟父亲会合,他们约好了,要一起跑步,跑完一条地图上标好的路线,爬上山,然后再下来,一直跑到海边。当然这一点都不让你惊讶,之前你就知道他热爱运动到了什么地步,休息日他会先骑上二十公里自行车,然后再跑上十公里,或是一气打三个多小时网球,或是徒步走上半天。总之他就是那样的一个人,有使不完的力气。他非常结实，但看上去只是瘦高的样子，像个放大版的卡通人物，给他件披风就能满城飞的那种，但只要躺在床上，他马上就能睡去，手里还举着手机，头靠着床头靠背，身体笔直。跟他比起来，你在白天走路时，也像在漂浮，晚上睡到床上，也像在漂浮，即使是在梦里，也是类似的状态，躺在竹排上，在雾气弥漫的凌晨，漂浮在温暾暾的江面上，把一只胳臂垂入水里。

　　……没有消息，去向不明，他觉得这没什么奇怪的，能理解，我也会这样，在不知如何回答的时候，就保持消失的状态。他的声音断断续续，像在山里，其实他只是钻进了电梯，又钻进了车里。他说话时仿佛不用张嘴，只是喉咙里咕哝出声音，就像刚从梦中醒来，含糊的。人有时需要去向不明，需要没有消息，需要变成一个黑洞。需要。要是需要有座山，那就会有座山，甚至是喜马拉雅山，然后爬上去，杳无音讯。他当然不会用这种方式。他每天都在忙碌，仿佛不能有任何停顿，停顿是不可理解的，也是不可承受的，所以杳无音讯就是为了让那些原本不现实却又在反复叠加的想法慢慢凝固，然后再自然脱落，这样你就自然知道了原委，不需要过多解释。你失手打碎了一只陶杯，只是几厘米的高度，它掉到桌面上，裂成了两半，可是他说这是个好兆头，因为这时你只要抬起头，就会发现月亮还是圆的，在那里待着。其实所有的疑问都是多余的。要是有个等边三角形存在，那么三条边都应该是虚线。

镜子

……最初他本想把那件作品放在院子里,后来又转到公园深处,靠近湖边,挨着那片松林。整个施工都是他独自完成的。一个七米深的、倾斜七十度、直径两米的洞。从洞口到洞底,直径不变,还有石头砌的楼梯。他尽可能把洞壁修整得光滑,然后在洞底装上一面圆镜子,能反映外面的天空,而太阳在升到某个位置时,刚好射到镜子上,把它变成一团火焰般的视界。在公园里完成这件作品后,他感到满足,坐在洞口,抽着烟,给一位老友打了个电话。很久没联络了,以至于不得不先行描述一番彼此的变化。天色慢慢地变暗,变黑,随着温度的下降,他感觉到有股温暖的气息正从洞里浮出,<u>丝丝缕缕</u>地经过他。他感觉自己正处在状态最好的时候。那隐没在深处的镜子，已把他的念头起处——天堂与地狱都容纳其中了，它们融合在一起，随后还要分开，在等些时候才能升起的月亮发现它之后，他知道那是什么样的情景与感觉，它们之间，无论分离时，还是聚合之际，都是寂静的。他抬起头，眼光越过树林，看到逐渐清晰的平淡夜空，重新拨打那位老友的电话，但这一回对方没有接。其实，他只是想告诉老友，之前已把做作品的整个过程摄录了下来，会剪辑一个小纪录片，到时快递给老友。想到这里，他忽然觉得，自己有点像被黑暗完全穿透的透明体。那些切割得不够理想的镜子，被他摆放在家里的不同角落，这样走到哪里都能看到自己的身影和神情，它们在某个瞬间里让他忽然明白，所谓的消失，不过是一个点又一个点累积出来的结果，每个浮现的点，都是离去的象征。在做那个作品之前，他跟几个朋友去了青海和西藏，看了很多藏传佛教的壁画、唐卡，回来后，他就一直在考虑自己是不是把信仰确定在密宗上。

完成作品后,他计划着再去一趟藏地,好好待上一段时间。他觉得自己就要想通透了,关于人生的那些大问题。一个月后,向来健康的四十三岁的他,查出了肺癌,已是晚期。过了一个星期,他的那位老友特地从墨西哥赶来,到医院里探望他,发现他已瘦得皮包骨。他什么都不想说,也说不动了。又过了两周左右,他请老友再来一次医院,他有话要说。他平静地握着老友的手:"我已经没有任何恐惧感了。我的意思……就是,我理解了恐惧的本质。我完全拥有了心里的宁静。现在,我可以回家了,就这样吧……"那天午夜,他要求家人把他接回家里。在自己的房间里,临睡前,他用疲倦的眼光扫了一眼地板上,那里铺了很多块圆的镜子,看上去像被压扁的亮银花瓣,闪着诡异的光泽。他独自安然地睡去,再也没有醒来。

墓地

……他忽然悟了，变得话少了。平时走路也颇有几分从容淡定的意思。没多久，他就当上了部门的领导。又过了几年，等那帮老的一退，他就成了单位的领导。后面的事也是顺风顺水。大家都觉得他是运气好，没什么明显的缺点。不管别人说什么，他都不在意。你找他说事，他就听着，可听个半天，也不会说什么。最后等你说累了，也就算了。他始终态度温和，没有丝毫不耐烦。他五十岁那年，女儿到国外读书去了。没多久，老婆也去世了。然后就是几个单位重组。他也没去争什么，就要了个清闲位子，过平静日子。后来一个重要项目出了事，单位里几个领导都有干系，被撤的撤，调的调，结果是他又成了一把手。上面领导找他谈话，语重心长，我只要你给我看好这摊子，别再出事儿，稳稳当当给我看三年，就是你功德一件。他点了点头。很多人给他介绍女人，都被他婉谢了。以至于大家都觉得，他是个真没欲望的人啊。那他坐这么个好位置，有什么用呢？他这种精力充沛、生活极有规律的人，在这个花花世界里，如此这般单调地活着，大概是有什么不为人道的毛病吧。后来，他喜欢上了考察。只在国内转。有次在南京碰上了高中同学，就知道了好多位老同学的联系方式。发现老同学最多的地方，是深圳。他就去了。找了当地最好的饭店，把十来位老同学都请来了。大家互相辨认了半天，才逐个对上了号。大家都老了，但他没见老。他有点惭愧，因为看到大家确实都老了。尤其是女同学，都老得不成样子。他最见不得女人变老。一大桌子人把酒言欢，他的话也还是少。大家都比较兴奋。只是他觉得，一群老年人的兴奋状，未免有点闹。人人都想讲完自己的历史，人人又都没有耐心听，结果就只有些片段。

他破例喝起了白酒。大家快要吃完时才赶到的,是当年的校花,刚从香港开车过来。她的出现,衬托得所有人都更显老了。她看上去像四十来岁,还是那么瘦,白净,眼睛黑黑的……跟当年不同的是,她现在化了浓妆。他旁边有个女同学低声对他说,她是整过容的。他点了点头。她的故事,是最多的。三十岁离婚去美国读书,然后到英国发展,嫁了个香港富翁,后来又离了,自己做生意,各种各样的生意,以至于没人能说得清她究竟做什么生意。她还是那么漂亮。在他们中间,她就像废墟上的一棵老柳树,仍有依依的风姿。知道他的行程很宽松,她就主动要求带他去香港玩两天。众人都觉得是好主意。他也挺高兴的,就多喝了几杯。她开车带他进入香港时,已是午夜了。他摇下玻璃,让风吹吹脸。她开车的样子很从容。他想起当年她当领唱的事。她笑道,我现在唱歌也不错啊。在车子驶入她家所在街道之前,她随口唱了首当年的老歌,梅花。好,他听完之后,点头赞叹。她家是个老式别墅，里面有很多房间。客房在一楼，她住楼上。他觉得有些累，躺下就睡着了。次日午饭后，她就开车带他去四处转，晚上才回来。随后几天，她都是早早就出去忙生意的事了。他看电视。那天晚上，她买了很多好吃的，还有一大捧鲜花。说是要好好跟他喝喝酒。白酒。他说好，那就再破一次例吧。酒过三巡，他有些晕，心情很好。她坐到他旁边，拿起他的左手，仔细看了看。你信不信命？他想了想，摇了摇头。她微然一笑，说，你这个人呢，福分是有的，而且不薄，不用怎么努力，该有的就都有了，但是呢，你是孤独的命相，六亲离散，骨肉难聚，没法跟你分享福分……你会长寿，还有二十五年至少。而且啊，晚年还会有喜事，三年内。后来，她离开了一下，然后又坐回到他的对面。他靠着椅背，左手握着右手，放在并拢的膝盖上，心里暖暖的。他觉得自己可能是醉了。她把桌子收拾干净后，回房拿来一叠纸，展开铺平，原来是香港的地图。她掏出口红，指点着上面,告诉他哪里是最繁华的地段,哪里是最贵的地块,那里是海……那里有一个小岛,是人工的。上面有个养老院,旁边是个老年人俱乐部。她随手又取了瓶红酒,每人倒了一点,他喝了,涩涩的。她说在那个东南角,是新开辟的墓园,她在那里买了两块墓地,一个是给自己留的,另一个原本是给前夫留的……风水特别好,是岛上的一个小高地,正好面对着海……明天我们可以去那里看看,是个很舒服的地方……跟瓦雷里的《海滨墓园》写的感觉非常相似。他不知道瓦雷里是谁。他含糊地听她低声念出的几句话里有一句是"多好的酬劳啊",眼睛就忽然有些模糊。后来她很认真地看着他,说是这块墓地,我想给你。他很认真地点了点头。她拿来合同,他就签了。几天后他飞回了家,然后就生了场病。持续低烧,找不到原因。在医院住了一周才出来。回来就收到了她快递过来的合同文本。后来他们偶尔会互发个短信,彼此问候一下。还通过一次电话,是午夜里,她从多伦多打来的。聊了几分钟,她的声音很温柔。说她最近参加了一个唱诗班。她还说到他的手,那么软,难得。跟那些老同学,他又聚过几次,她都没来,正在国外忙生意。有人神秘兮兮地问他,知不知道她移民加拿大了?他说不知道。那人接着又问,知不知道咱们同学里最迷恋她的人是谁?他出神地想着,想不出来。那人就说了个名字。不是上周过世的那位老兄吗?正是。那人说这位老兄临终前还想见她一面呢,但也是没见着……不过还好,她把自己的墓地转给他了,就在香港的一个小岛上,据说是块好地方。

月球背面

……二十二个波纹。十九个波纹。三个波纹。等到降临之时，每个透明的海，都只不过是个波纹。而这里有的，即是最后那个，模糊的边际线。使其终结的力，已将动荡的时间封入岩石钟里，任其震动、回荡。它沉睡，中空，接受撞击，不时回响。临近窒息的时间里，是听不到那牵引遥远潮汐的力是如何使无尽的寂静隆起至九千米的。反复的灼热。反复的冷却。而灰是聋子，来自最后的波纹。你迈步，在宇宙的对面。你静止，在那波纹里，在灰里。灰是你的限度。这是世界的背面，看不到自己。此前，你跟所有人一样，只能是个瞎子。在这里，你看到缓慢远去的宇宙。一切在膨胀，而你在灰里。你跳跃，落下，无声无息。你录下每一步,这是最后一次。还在环月轨道上的时候,你就数过那些波纹,为它们重新命名,用记忆深处的那些逝者的名字。而此刻,当你根据定位指引,抵达波纹的中心,控制巨大的自动钻机,对准那所谓的月球之门的位置,打开耀眼的聚光灯时,你在心里提醒自己,这肯定不是梦境。只有地球上才会有梦境。而这里,是有跟无的临界点。在地球被那颗小行星撞成灿烂烟花之前,你要在此打开那道人们猜测多年的门,然后留下来,与真相同在。为此,你要避免回忆,避免言语,屏住呼吸,让时间消失,留住这唯一一次逃逸的机会。

困得流眼泪，不由自主地东倒西歪的时候，多想把额头搁在自己的肚子上睡上一觉啊，可惜，够不到，而外面天井里的阳光又是那么好……

交换

……夏天，他在工作室的后院里养了二十几只鸡，两只鹅，两只羊，还在那个水池里养了些鱼。此外又种了些蔬菜。很快的，鸡就下了蛋。到了冬天，羊生了小羊。他喜欢请朋友和客人在这里品尝收获。这是他的田园生活。他对朋友说，生活就应该是这样简单才好，复杂了反而无趣。入冬前，他请人把水池里的水排干了，把鱼都捞了出来。鱼并不多，但都很鲜美。在淤泥里还意外挖出了一条黑鱼，很是肥硕，估计是吃了池子里的小鱼才长成这样的。凶狠贪吃的鱼。摆鱼宴时，来了一群朋友和客人。有好酒，有鲜鱼，人人都很开心尽兴的样子。酒过三巡，他就讲起早年的生活。穷困的乡下，他拼尽全力要改变生活的状态。因为营养不良,牙齿都坏掉了。现在镶的这口牙,花了很多钱。有几颗是种植的,其他的都是贵金属烤瓷的。因为心情好,他就多喝了几杯。后来就聊到了艺术,观念的,行为的,用你的什么东西,换我的作品或者东西,都可以,这个交换,就是个作品。有位朋友就说,那这样好了,我的方案有了:用我的这口好牙,换你的那口假牙,把我的牙植入你的嘴里,把你的假牙,装到我的嘴里,就是这样的,你考虑一下。

朋友

……他向前拉了拉帽檐,紧贴头皮的圆帽子。喝了口小玻璃杯里的白酒,他侧歪着身子,看着对面的几个人。即使是在帽檐的阴影里,他的脸仍显苍白多皱。"我小时候,是个新疆喀什的野孩子……我妈妈结过四次婚,"他停顿了一下,"我爸是个军官,所以我是在屯垦农场里长大的,从小就会打枪。我是跟当地小孩子玩大的,不然也不会有这样的口音,有点吐字不清的,对吧?我能讲话吗?"他扬起右手,冲着主人挥了挥。主人摇摇头,并没看他,只是低着头,若有所思地吃着东西,嘴里塞得满满的,光头上冒着汗。他低声对旁边的人解释,主人之所以不让他讲话,完全是他的问题,上个月,他们去一个博览会,在一个画廊的摊位上，他拉着主人对人家说，这位可是大老板，你们要招呼好，他能买很多东西。结果人家就围着主人不放了。好不容易跑出来了，主人就对他说，你以后不要再讲话了，好吗？说到这里，他又喝了口酒。"主人，我可以说话吗？"主人晃了下头，继续吃着东西，那些细小的汗珠轻轻地抖动着，然后滑到脸上。"我在喀什读中专的时候，有两个好兄弟。现在有一个在上海，昨晚我还去医院看过他，基本上不行了，吃什么都吐。我陪着他待到半夜，他才说出了几句话，是用古文说的，我没听懂。好像是在背诵什么古书里的句子。还有一个，我不知道他在哪里。他那时是个性格特别奇怪的家伙，跟谁都处不来，就跟我挺好，我也不知道为什么。在宿舍我们住在一起，四个人一间，有个人休学了，就我们三个。他从来不跟那个人说话。那人也很讨厌他，经常用很轻蔑的眼光看他。他也没什么反应。他爸是检察院的领导，手里有把枪，他就经常偷出来，带我出去打枪。他不喜欢说话，我们把两夹子弹打光了，也没说上几句。后来有一天，他终于觉得枪法练好了，就直接回了学校，到宿舍里找到那个人，一枪就打倒了。后来他爸找医院里的人，证明他有精神病，这才免了罪。他被送进部队的疗养院，关了三年多。那时我已到乌鲁木齐了，跟他也没再有联系。但我经常能从别人那里听到一些关于他的消息。后来我听说他喜欢上了部队里的一个姑娘。"桌子上的菜都冷了，表面的油凝出了薄膜。他又说了关于友情的话，当然都是些陈词滥调，但也还是能打动一些人的。说到最后，他把脸靠近了旁边人的面前，那人伸手摸了摸他的脸，看上去比之前更苍白了。他倒上一杯酒，跟大家示意干杯，自己就干了。"我那个朋友啊，就那么喜欢上了那个姑娘。他常去看她。人家对他呢，也不是很在意，但也没躲着他，两个人见了面，也没什么话说。本来他就是个话少的人嘛。就这样过了一年。有一天，那个姑娘要调回内地了。他就又去看她。他看着人家把东西都装上了汽车，人也上了车。他就掏出一把刀来,把左手搁在车窗玻璃上,切掉了两个指头。然后回头就走了,据说是一个人去了离我们那里有两百多公里的小地方。我有十多年没再听到他的消息了。他们是我最好的两个朋友。好了,我不说话了。"

不记得

……受失眠症困扰的人，把家搬到了城郊。带着那几只猫，一只还病着，走起路来歪歪斜斜的，瘦得像鬼，半睁着色泽古怪的眼睛。他选了这个有院子的老房子，是为了院子里那几棵老槐树。这树清静，不张扬。即使满树是雪白的花，或者就算那些雪白的花都落光了，只剩嫩绿的小叶子，它们也还是那样淡定，就像什么都没发生过。最初几天，他总是找不到一些东西。东西整理好了之后，找不到的依旧找不到。他并没想去跟搬家公司理论。就这样吧。所有找不到的东西，都是不曾存在的。这样想，也说得通。有位姑娘，坐了两个多小时的公交车，从城东南斜穿过城市，来到城西北的他这里。"你这里真乱啊，"她说。从院子里转到了房间里。"你昨晚回复的那三个问题，都是错的，知道吧？"他有些不好意思，笑了笑，好像是。"所以呢，"她看了看屋顶，又看了看他，"我就知道你是记错了人……我也不是湘潭人，你看，也不够小巧……你连我的声音也没记住，还说你记得我。"我觉得，你写的信，还是很有意思的，他歪着脑袋说道。这是晚上十点多的事。往前倒推十八个小时，天还没亮，他们通过一次电话。她正准备在睡前给窗台上的花浇浇水。其实就是些绿色的植物，不开花的，平时不打理也不会死。他被她的声音弄糊涂了，它们把原本影影绰绰浮在脑海里的一个人的印象抹了去。后来，他去下挂面。她逗弄那几只猫。"没有好看的，怎么挑的啊你？"不是挑的，他扭过头大声说，是它们自己找上门的，赶都赶不走。"那只好像活不成了呢，瘦成这样子……没去宠物医院看看？"看的结果，也就是说它活不成了。挂面里窝了鸡蛋，配有葱丝，姜丝，红椒丝，还有一点香油和盐。他们躺在床上，不声不响地看着彼此。"还是没想起来吧?"她似笑非笑地问。他摇摇头,在想。我好像对你说过,不该画那么重的眼影。"……我今天,没去上班,"她有些游离,"跟我合租房子的那女的,整天在哭,弄得我什么心情都没了……我也不想劝她……哭吧……总比什么都不做强些……说明她还能活着,死不了……你觉得我不厚道?"他不经意地笑了一下,摇了摇头。"还想起什么了?"她抱紧了他。没有了,只有你的那个电话号码……我还发现,有好多人名,我手机里的,我都想不起是谁了。她睁开眼睛,把脸对着他的脸,让他再好好看清楚了,免得再忘了。他仔细看着,过了一会儿,小心地用手抚摸了一下她的下颌。"嗯,"她重新闭上了眼睛,"睡吧,我有点困了,明天得去上班了……"可是他还一点困意都没有呢,跟往常一样清醒。

结婚

……他们见过四次面就结婚了。之前,她一直在南极考察站,为期两年的专项实习,每年回来两次。父母把他介绍给她的时候,她还有两天就要返回南极了。于是她就约了他去看电影。是午夜场。父母破例允许了她的这个想法,但提醒她要多看人家长处。放映厅里就他们两个人。她吃爆米花,不喝饮料。他则相反,只喝饮料,他喜欢喝又凉又甜的东西。她喜欢喝白开水。这当然不是在南极养成的习惯。他想听听她在南极的事,但一时不知怎么开口。她呢,好像感觉到了似的,就讲了起来,时断时续的,还看着电影。银幕上放的,是《丁丁历险记》。原来,她有个很佩服的老师,在南极科考基地挂职,希望她也能去体验一下。她其实对南极没什么兴趣，尽管她研究的是极地生物学。当时她正考虑转到别的行当去呢。但她还是去了。"因为父母反对嘛，"她低声笑道，"他们觉得我疯了。"其实她自己也是这么觉得的，是有点疯。她搭乘的科考船，在太平洋上折腾了好多天，总是遇上糟糕之极的天气。她当时恨不能变成包裹在茧壳里的蛹。说到这里，她让他摸一下她的额头右上角，有个疤痕，这就是在船上撞的，伤到骨头了。还有其他的一些地方，都撞伤了。我那个老师，是个特别认真严谨的人。见我到了那里以后也不务正业，整天就那么闲着，不是在那个小图书馆里晒太阳，就是躲在房间里睡觉，便恼火了，但又不忍说我……他这人呢，其实挺单纯的，不大会看人，总之就是很宽厚。你喜欢企鹅吗？她说这话的时候，他正看着电影走神。扭过脸来，他看着黑暗中的那双眼睛。她说其实她只是在下船的那天看到过企鹅，后来就再也没看到过，因为哪都不去嘛。它们就像旅游景点一样，有什么可看的，你说呢？可是所有给我来信的人，都喜欢跟我聊企鹅的事。电影结束了。清洁工阿姨在第一排靠边的座位上睡着了。他们从她身前走过去。后来，在机场送她的时候，他说他准备去南极看望她，在两个月以后。她愣了一下，然后笑了半天。别学我，她忍住笑说，五月中旬，我们会去美国一趟，说是考察一个科考实验基地，倒不如……我们在那见吧，就在纽约旁边的一个小镇上。后来，他去了美国，但没能见到她。考察团只在纽约停留了几天，就转道去了加拿大。他在纽约停留了一周。不过六月里她就回国探亲了。他们见了一面。她说起跟老师吵架的事。后来老师郑重向她道歉，因为医生对他解释了极地忧郁症的问题。她说她其实是故意的，根本没什么忧郁症，她是故意逗老师玩呢，没想到他还真急了。天黑了，他们还在她家小区旁边的公园里转悠。他说自己常会看那个考察站的网站。还有她的博客，她每周更新一次，但也只是写写天气变化。她注意到，他的头发有点乱，还长了胡子。他讲起小时候，父亲去世后的一些事，包括母亲的间歇式神经分裂症。她听他讲完，也没说什么。九月里，她父亲约他出来。问了一下他跟她交往的情况。最后满意地说，要是没有什么情况，明年初你们就把婚结了吧。他有些诧异。她父亲说她本人没意见。"到时候，她也回来了，不会再往外跑了，"她父亲继续说着，"我已安排好她的工作了。你考虑一下？"他想了想：就按您的意思办吧。晚上，他给她发了邮件，谨慎地说了此事。次日她回复了：最近生了场病，恢复得差不多的时候，就会回来了。

老黄

……很多年来,老黄一直在内地做生意,东奔西走,居无定所。他五十岁了,家在香港,但每年只回去几次。二十年前,他在香港开设计公司的时候,我们就是好朋友。他是个很有艺术天分的人,又老实,我们都很喜欢他,也愿意介绍生意给他。后来,我在内地出差时,也常能碰到他,几乎每次都会聊个通宵。他二十八岁就结了婚,然后有了儿子。三十岁那年,他遇到了她。当时她二十一岁,是个很漂亮的个性刚烈的北方姑娘。认识没多久,她就断定他是自己要找的那种男人。但她当时的男友,是黑社会的大哥,从两年前她到香港起,就在罩着她,对她相当不错。找了个周末的下午,她去了那位大哥家里,让老黄在外面路边等着。大哥听了她的想法，沉默了半天，然后希望她再考虑一下：我知道那个家伙，刚离婚，财产都给了老婆，一个穷光蛋，你跟着他，要什么没什么。而我，需要你，也能给你要的。她说她想清楚了。那好吧，他说。你从这个窗口跳出去，要是你平安无事，你就跟他走，过你的日子，我不干涉……要是你摔残了，我养你一辈子。她说，谢谢。说完就走到窗边，从窗口跳了下去。那是三楼，也有近八九米高了。老黄是眼看着她从楼上跳下来的。落地的时候，只是把左脚崴了。她拉着他就走，什么话都没说。随后他们就结了婚，还开了那家设计公司。刚开始时没有钱，那位大哥就派人送来了。过了一年，他们生了个女儿。老黄打点公司，她打理家务，过得很安稳。转折点是在老黄雇了个女助手这件事上。那是个很精明能干又很温柔的姑娘。他老婆知道后，对他说，把她辞了。老黄不同意，说她做得很好，人又正派，没道理辞掉人家。老婆又重复了一遍要求。老黄沉默了。她上了自己的车，老黄坐在旁边。两个人一路上都不说话。在开上一条正对着大海的笔直大道时,她就把车速提到了每小时一百二十公里。然后是一百五十公里。她平和地说:"辞了她。"老黄明白了,要是不答应,她会直接把车开到海里。等车子刹住的时候,离海边悬崖也就几米远。从那以后,她就全面介入公司的日常管理,老黄负责在外面跑业务。不管他走到哪里,走多远,每天午夜零点之前,都必须跟她通一次电话,通报每天情况。有一次,我们在北京的一家酒店里碰到了,就住在了一个标房里,边喝酒,边聊天。凌晨一点多,他的手机响了。她的声音很严厉。没等她说完,他就把手机挂了,然后关了机,把房间电话线也拔了。早晨四点多,酒店大堂值班经理跑上来敲开门,有长途电话找老黄。当然,是她打来的。后来很多年,他们一直是分居状态。据说她也开了自己的公司,常出来跑业务了。孩子交给了阿姨照顾,两个人都不怎么回去。转眼间,她的分公司开到了北京。她三十六岁了,但看上去反而要比年轻时还有魅力。难得在机场碰上，她就请我吃饭，在她住的酒店里。她跟老黄，也有几年没碰面了。只是偶尔因为孩子的事，通个简单的电话。我发现，在她手边，有三个手机，有两个一直在此起彼伏地响着。她见我注意到了这一点，就漫不经心地说，这个嘛，是专门给一个人用的，他是我现在的大哥。我其实很想知道，她跟老黄既然已经这样，为什么不彻底分开呢？她听了后，看着窗口，出了半天的神。我是不想，她慢慢地说道，他也别想。

孩子

……那时他和他们都住在多伦多郊区。一个老式公寓顶层的那套两室一小厅的房子。他们都在附近那所学校读金融专业。他十九岁，而他们则是二十六岁。他们有个小女孩，只有一岁半。有段时间他请了假，整天在家里足不出户。他们就请他帮忙照看孩子。这并不是难事，他只要在她醒来后看着她玩就可以了，她饿了就冲奶粉喂一下，而她是个很爱睡觉的孩子，从来都不闹，也不爱哭。没事时，他就在阳台上坐着。下面有个很大的院子，有很多过于茂盛的树木，还有很久没修剪过的草坪，那里有长椅，还有秋千，前些天一直在下雨，它们到现在还是湿的。如果孩子醒着，他就把她放在儿童车里，然后打开电视，让她看动画片，或是新闻。他几乎不怎么打电话,除了偶尔叫外卖。接电话也很少。有几次他试着抱着小女孩到阳台上坐着。她不声不响地看着外面的景物,把头靠在他的胸前。他不大习惯孩子头发里的奶味儿,混合着痱子粉的味道。然后他就会把她重新放回到童车里,打开电视。他一直想买把枪,也知道从哪里买得到,不需要任何手续,只要付钱到指定账户里就可以。但他始终都没下这个订单。或许等他们一家人去度假的时候,他就可以买了。想到这里,他来到那个孩子旁边,发现她已睡着了,就摸了摸她肉乎乎的小手,觉得多少轻松了些。他看看外面,天又黑了。

男孩

　　……那个男孩把几十个恐龙摆在沙发上。从靠背到座垫上，都有恐龙在成群结队，形态各异的，被他摆布。他四岁了。临近午夜，他还没有睡意，但有了新的要求，那就是你们大家都回到自己的房间里去，不要在这里看着他和恐龙，他要给它们安排新的活动，而这是不需要别人看着的。然后，门都关上了。过了会儿，就听见他一个人在唱着什么。后来，有只不大的老鼠从高处摔了下来，他并没有看到它，也没发现它艰难地钻到沙发后面，钻进了满是褶皱的大塑料袋里，被搞昏了头，它挣扎着，可是好半天也没脱身，整个房间里都能听得到它发出的哗啦哗啦的低响。后来，男孩站起来，走过去，低头看着塑料袋里的老鼠，然后抬起左脚，小心地踩了上去，直到它不再动弹。

隧道

……那边在下雨。听不到雨声,只听到些金属器皿的响动。隔壁的两对年轻人在准备夜宵,下面条,她压低声音说。他们最近经常这样,很晚才消停,有时天都快亮了,他们还在门厅里吃东西,大声说话。对于黑暗中的他来说,那些声音投射到脑海里,不过是些闪烁的碎屑,无法呈现任何形象,尽管随后他可以想象外面雨中树木的轮廓,甚至让整个城市的轮廓都浮现……他听到远处的什么声音,就像有人用碎玻璃划着对面的窗玻璃,发着淡蓝色的微光。她跟房东说好了,五天后她就搬走。不知道五天内能不能找到新的住处。东西很少,一个背包,两个手袋,没别的了。她的声音低缓,就像什么都没有发生过,偶尔低声笑着,跟很久以前一样,像个孩子在跟最亲密的朋友分享好笑的秘密。前天晚上下班时,她被突降的大雨淋透了,后来看到有人举着那种很大的遮阳伞在穿过马路,她就跑过去,钻到伞下,跟着那个陌生人一起走了很远。而次日的下午,她在办公室里痛哭了很久,就好像要把之前挨的所有雨水都退还给这个世界,而当时外面正是个大晴天。她觉得自己现在终于算是了解那个城市了,它是怎么呼吸的,它的好处,走在哪里,都不再有最初那种突兀的陌生感,它为她敞开了,而她也能自如沉浸其中的。以后,要是你出了什么事,就给我电话,她停顿了片刻之后这样说道。他沉默了一会儿,感觉眼眶有点刺疼,脑袋里仿佛有水银正从左后方流过,触到了一些细微的神经束,让它们瞬间炽热,然后引发了从脚趾到大腿一直到肋部肌肉与神经的麻木……这时他想到的是深夜里一列火车穿过漫长隧道的场景,卧铺车厢里早已熄灯了,手机屏幕的光在那张小而圆的脸庞上晃动，每次想到这个场景，他都觉得她就像是在经历又一次转世……并借此成为永远长不大的孩子。

老人

　　……下了出租车后,他并没有直接去见那个老人。在电话里,他告诉老人,在处理些事情,一小时后肯定会到。老人说没关系,不用急,你先忙你的。为了这一个小时的停顿,他有了几丝意外的喜悦。再想到现在自己就在离老人只有几分钟路的地方,可以随时出现,心里还多了些古怪的惬意。犹豫了片刻,最后他还是进了那个小区门外的茶楼。那幢看上去像古代城楼似的粗俗建筑,很像那些旅游景点里兼卖旅游纪念品的庙,只是刚好在淡季而已。此刻是下午五点半。西边的天空中浮着淡白的碎云,就像是夕阳落山时留下的泡沫。大多数座位都是空的。只有二楼的某个包间里传出热烈的说笑声。站在光线暗淡的厅堂里,他等了几分钟,才有位中年女服务员出来,把他领上了二楼。靠窗的小茶桌,周围散乱放着六把仿古木椅,做工很粗糙。旁边的包间没有门,只是隔着布帘。听乱哄哄的说笑声,感觉里面应是坐满了五十几岁的男男女女。大概就是早上在公园里练习合唱、跳健身舞,晚上在广场上跳那种交际舞的人们差不多吧。穿着打扮是那种二十世纪八十年代的时髦风格,男的都抹了发蜡,女的脸上敷了粉、抹了鲜艳的口红、满头卷发……区别在于,现在的他们和她们,从身体轮廓到脸部肌肤、眼神和声音,都已扭曲失真了。作为多个时代沉淀物的混合体,他们的神情和气息里涌现出某种搞笑而又令人有些莫名伤感的戏剧意味。无聊吗?一个女人用欢快的语调说,我每天都在琢磨自己怎么才能不无聊,一睁开眼睛我就会给自己找很多事儿,但下午我就发现它们其实都是麻烦,还得把它们都丢开,丢得越远越好,不然真的很要命……我有时会觉得我就像个捡破烂儿的,只不过我是上午捡,下午就扔掉。她的声音被周围的男声淹没了。他们显然没有耐心听她讲这么冗长的话题，而更愿谈论广场上新出现的那个从国外回来的女人的与众不同，或是她那个心脏病突发的舞伴儿的倒霉人生，还有某个焦点女人跟三个舞伴的奇怪关系。他拿起背包，还有刚买的杂志报纸，下了楼，到靠窗位置坐下。在楼上的这个位置，有四个老男人在不声不响地打牌，抽烟。服务员为他端来切好的水果、花生、瓜子和普洱茶。她十八九岁的样子，大眼睛，面色有些发黄。你的气色不大好，他看了看她说。她打量了他一下，您经常来这里？没有，头回来。那您怎么说我气色不好呢？他想了想，就是刚才看到你时发现的。她还是没明白他为什么这么说。他就转移了话题，这里来的都是些老年人？她笑了，您想想，这个时间，年轻人怎么会来啊？不过平时年轻人也少。有单独来的吗，我是说那些老年人？没有吧，她边转身边答道，谁会一个人来呢？来这里不就是图个热闹吗？哦，那您怎么一个人来呢？他笑了笑，我在等个朋友。她重新转过身来，又看了他几眼，问他真的从来没有来过这里吗？他点了点头，真的没有。她转了转眼睛，走开了。整个一层就只有他自己了。他喝了几口泡得过浓的普洱茶，吃了颗炒花生，把壳放到木碗似的烟缸里。透过大玻璃窗，他看着外面偶尔经过的行人，还有那些疾驰的车辆，它们的声音汇集成无形的洪流，冲刷道路，以及灌木隔离带、高耸在空中的路灯，门市房，那些东倒西歪的自行车，覆满灰尘的梧桐树，还有那些散落的陌生人……它们的气息在动荡着，敲打着玻璃，发出平时不易察觉的沙沙响，只要你仔细去看，就会发现那玻璃表面已不再光滑了，将来有一天会变成有层薄雾似的状态。小区里有很多他不认识的树。它们紧密地贴着楼房，地上落了很多被日光灼焦的黄金桂的碎花，极为平淡的香味还在飘浮着，要是你去用力闻，就没了。他慢慢走着，离约好的时间，还有十分钟，足够他走遍整个小区了。他想不起上次见到老人是什么时候，两年前，还是三年前的春天？他也无法确定记忆里的那个房间是不是老人的家，空荡荡的两室一厅，一些二十世纪八十年代初购置的家具，立柜的门上都是镜子，写字台上、地板上有几堆旧书，墙上有些黑白照片镶在深褐色木镜框里，其中有一张，里面的年轻人穿着绿军装站在松树下，旁边是三个戴"红卫兵"袖标的女学生，背景是模糊的远山，题字是：一九六七年北京留念，革命友谊长存。之前，也就是一周前，他只是偶然翻到了那本私人印刷的书信集，才想起了这个老人。那些信都是他写给已故朋友的，但收信人的名字都没注明，也没落款，只有发信的时间，如果不仔细看的话，会以为是日记。他隐约记得，当时自己是跟一个正在读研的女孩子去看老人的。老人跟她妈妈是老战友。那本书信集里，有几封信就是写给她妈妈的。老人的子女都在国外，他一个人生活了十几年了。书的最后一页上，留有老人家里的电话。他试着拨通了这个号码。出乎意料的是，老人还记得他。寒暄之后，他觉得不得不去看望老人了。不过想想无所事事的周六，可以拜访这位背景神秘的老人，也不能说是没有意思。让他有些犹豫的，其实是对那种一个人生活的空寂状态的本能抵触，他觉得老人那里，就像是世界的一个偶然的尽头，能不触及就不要触及。可是，他现在开始嘲笑这种念头了，与一个委顿的世界相比，可能一个空气稀薄的地方要好些吧？谁知道呢？更何况他现在很需要找到一个线头，好让自己的思维延续下去，以免僵硬在那里。

他每天都忙。家里有父母,没有女人。尽管他的样子像动画片里的人物,可他还是希望找到现实中的美人。找了很多年,像漫长而又孤单的少年时代。后来,正在南非读书的她,跟着母亲和介绍人来了,见了面,然后又回去读书。冬天,他们结了婚。她说她不想等了。他没问为什么……

狩猎

……他们就要去纳米比亚狩猎了。在杯盘狼藉的长桌子边,他似乎又回味了这个遥远国度,而旁边那两位的表情则看不出变化。他不知道这两个奇怪的人此刻在想些什么。那里有个封闭的狩猎区,他说,他们可以在那里打狒狒、土狼之类的动物。它们总是繁殖得过快,这不是他说的。是《动物世界》节目里说的。它们知道如何控制族群的规模,但还是繁殖过快了。他会跟着他们,给他们拍照,而他们则在向导的带领下,追随着它们的足迹,当然他也会参与打猎。他喜欢这种感觉,就是放下摄像机或照相机,拿起猎枪,瞄准猎物,轰。这其实跟拍照没什么区别,都是为了在某个瞬间里抓住什么。他放下筷子,看着对面那个小男孩,口气温和地问话，同时伸出他那又长又粗的手臂，用手指头碰了碰小男孩的下颌。谁会知道这个孩子在那里转动黑黑的眼珠琢磨什么呢？这是他眼中的空白段落，不是内容，会被自动屏蔽，当然即使这样他也可以若无其事地继续说着话，有时说话也是种屏蔽的方式。在他侧面地板上，放着那个大背包，是他要还给她的。它跟着他在越南南部转了一圈，现在是空的。他旁边的那个老男人总是扯一些无聊而又严肃的话题，而他实在没兴趣去想这个家伙为什么会出现在这里。既然人人都活在这么一个充满障碍的世界上，那就不需要再为此多说什么了，没有障碍也会马上有人为你制造出来的，放心好了。他忍不住看了眼老男人对面的她，开始想吃过饭要做什么了。他理解不了她那种莫名欢快的情绪，她到底是个什么样的人呢？那个老男人后来对她分析道，很可能你就像一头偶然闯入城市、站在路口的梅花鹿。她出神地想了想，重复了一下最后那三个字，就像说的是异世的事物。后来她想到了另一个跟他同名的人，她跟他一起读小学、中学，始终都不如他，他永远在前面，无法超越……大学毕业后，他有很多机会，但最后，他回了家乡。他找了个有钱人家的姑娘，结了婚，有了孩子。这样的一个人，她觉得，很快就被某种旋涡拖住然后吞噬了。这种感觉忽然变得如此强烈，突兀地萦绕在她的空间里。一个人就是这么消失的，就像被什么不可知的力量瞬间捕获并变成石头，也许是那种空壳……从地下停车场里把车子开到了地面上，再穿过几条窄路，来到主干道上……她凝视着前方的那些车辆，天已经黑了。她注意到，前面那些拥挤的车辆，在停滞时，就像是迁徙中的野牛群，她下意识眯起眼睛，打量着夜色中的它们。

漫游

……在起点上倒退。他把身份证递给窗口里的女人，看着她把它摁在扫描器上，票款会返还到信用卡里，就下意识追问了一句，为什么？他的身后，有十几个人排着松散的队形。你是用卡支付的。他没明白，我是让别人代买的。那也是要退款到代买人的卡里。他这才意识到之前大脑完全处在停滞状态。其他退票者把他挤到了身后。他拿着身份证，恍然间似乎失去了方向感。像蚂蚁，他跟那些人，被那簇光亮吸附，然后一个简单的声波，就把他推回到水中。他感觉自己在倒退，并没有方向，只有某种颅内动荡……然后像颗豆子滚落到大厅里，连点回响都没有，他走过光滑的大理石地面，转悠了好久才找到浮动电梯，经过出发大厅里或凝滞或涌动的人群，继续向下，进入地铁车站，重新安检，然后在一节空车厢里坐下。没多久，他就睡着了。在梦里，他看到很多地方都有阳光闪烁，发出类似水泡爆裂的微响。在这条最长的地铁线上，他在某个醒来的间隙意识到自己在漫无目的的倒退中。一个多小时之后，他浮出地面的瞬间，阴郁的天空展开在头顶，湿润的风吹拂他的发根。只有完全陌生的城市才是完整的。它的任何细节对于他来说都是一样的，因此他才可以说看到了一个城市。他在它的表面，无法进入。没有哪个点是他想进入的，也就意味着任何点都是封闭的。什么都没有发生。他倒退着却无法退到任何一个点上。他可以是这座城市里的任一条线上的任一移动或静止的点。不停地换着交通工具，出现在无法识别的街道上，一些风很大的路口，一些高大幽暗的建筑物，后来在天黑前，他看到满天碎云都是淡金色的，静止的，他估计直到自己睡在那面很大的镜子前，它们也没移动过……他让电视机开着，在这间没有窗户的小房间里，换气风扇在嗡嗡响。次日中午他重新来到外面，发现一切都没有变化，除了几滴古怪的雨。他知道自己仍然有很多时间。在另一个街角，他想起昨天出发前听到的奔跑故事，仿佛真的就看到了那个人，不，那个小孩，从春天原野上的小洞里拔出脚来，退出足够远时才转身没命奔跑……或许真的就是踩到了一条盘着的蛇吧。而这最为漫长的一天里，他还能做的，就是在这陌生的城市表面无尽地漫游，直到它在暮色降临中裸露出那些熟悉的东西，而它们当然有可能会重新收留他这个表情安静的无话要说的人。

绿衣

……这个世界不会轻易就完结的。清晨四点多，一切都是淡青色的，还有很多阴影与之呼应、背离。街上车也很少。路口附近，有几个老人聚在一处，不知在等什么。头班地铁要到六点钟才会开来。坐在便利店里，面对着窗子，他等着方便面泡好。困意还没浮上来，一点头晕的感觉都没有，心跳也很平稳，没有混乱的迹象……昨晚喝酒时的很多场景，他想不起来……他只记得自己在地板上换了几个地方躺着，其实只是想打个电话就睡了，但是后来呢？他想不起来了。几个朋友先后出现，摸摸他的脸，他们的手让他觉得脸就像木头上生出的木耳，软软的。他们都是他打电话召唤来的。可他不记得自己打过电话。天际线略微发红时，来了个顾客，她穿了身水绿的薄丝绵连衣裤，高跟鞋的鞋跟近十厘米，用个夹子把长发拢在脑后。她带了只瘦小的狗，褐色无毛，细脚伶仃地紧跟她的小腿晃进来。她挑选着日常用品，跟它说着话，就像跟孩子……早晨太安静了，车辆偶然驶过的声音会显得刺耳，可还是能听到她在跟小狗说话，声音有点沙哑。后来，等他吃完了面，背着包来到外面，左右望了望，才发现她正在不远处的路边，俯身对那只小狗说着话。他觉得她的脸颊有腮红，当然相形之下，东方天际溢出的那抹红光边儿就显得太过夸张了。

睡神庙

……从前，有个人，梦见自己长期失眠。每个夜晚的煎熬，令他苦不堪言。他无法想象，自己这样一个从小到大都不知什么叫失眠的人，竟也会没来由地有了这毛病。而这事本身，远比失眠对他的打击大。犹豫了很久，他终于去了医院。看过几次中西医专家，都没有结论。他们觉得，看他的样子、各项检查的结果，都没有任何异常的迹象。他心里焦虑，但还是个得体的人，不会跟医生们为此而争执。

他临走时，那位老中医忽然又问他，你真的每晚都失眠？他克制着情绪，是的，每晚都是。老中医沉吟，最后说，要真是那样，那你就是神仙了。于是，他开始到网上搜索，看有没有什么偏方。后来，他发现了两年前某网站上的一个帖子，作者是个姑娘，自称曾长期受严重失眠的困扰，都有了轻生的念头。但有一天，奇迹发生了，她不但忽然不失眠了，还变得嗜睡。每次只要躺下，就会立即睡着，会睡很久，要不是母亲叫她，她根本就不会醒。唯一令她内疚的是，因为担心她会醒不过来，母亲得了严重的神经衰弱。他在回复里询问她，这到底是怎么回事？过了好多天，她才回复。她说她也不知道为什么会这样，百思不得其解。但她告诉他，也可能她的一个梦会给他些启发吧。

那个梦里，有个闷声闷气的男声在她耳边告诉她，你是受到睡神眷顾的人啊，将来你一定要到睡神庙去拜一拜才好。她觉得奇怪，想睁开眼睛，但根本是睁不开的。只好就故作镇定地问那人，睡神庙，在哪里呢？那人说，睡神庙，在爪哇，离一处火山很近。在随后就到来的另一个梦里，她真的就去了那个地方，找到了睡神庙，进去拜过了。那庙里只有一个老太太。在她行礼下拜的时候，老太太就在旁边看着。她就问老人家,这里为什么没有神像呢?老人答道,这个,你在这里睡上一觉就知道了。随后,仿佛看出了她的顾虑,老人家又对她说,你放心睡吧,我会叫你的。后来,她是自然醒的。她四顾茫然,没有找到那个老太太的身影。就在她忽然意识到可能是在一个梦里的梦里,有可能再也醒不过来的时候,她忽然听到母亲在叫她。从那以后,她的睡眠就恢复了正常。她的意思是,既然那个睡神庙能让她从嗜睡中恢复正常,那一定也能让失眠的人恢复正常。当然,鼓足勇气之后,他就只身去了印尼。到爪哇岛上,他就去找那个睡神庙。他先买了导游地图,可是根本没找到这个庙的名字。

他到旁边的一家酒店里,向服务人员打听,他们都表示从没听过这个地方。后来,他直接打电话给当地旅游咨询热线,回复是一样的,从来就没有什么睡神庙。最后帮到他的,是酒店里一个打扫卫生的老太太,她是华人,会说中文。她告诉他,这里确实没有什么睡神庙，但我知道有个水神庙，会不会是你的朋友听错了，把水神庙听成了睡神庙呢？

于是，他根据老太太在地图上指引的路线，搭车去了岛的东北角。在一座小山下，水神庙是凌空而建的一幢简易木结构建筑，只能算座木阁楼吧。庙后是悬崖，不远处有道瀑布，也不大，但水势可观，奔流直下百余米，在深谷里溅起无数碎雪般的水花。

庙的槛门上，有块牌匾，是用汉字写的"水神庙"。门用竹子编成，半掩着。他推开门进去，发现里面没有人。确实如那个姑娘所说的，这里并没有神像。他站在大殿正中，透过后面的窗口，能看到那个瀑布。于是他就想，这大概就是没有神像的用意吧。附近有个民宿，他当晚就在那里住下了。旅游的淡季，这里只有他一个旅客。

民宿主人是个中年男人，面色黝黑，身材矮小，说话闷声闷气的。或许是累了，他听着瀑布的水声，没多久就睡着了。他梦见自己在海上，在一只小舟里。四面望不到岸，也没有岛，只有渊深的海水在动荡。当他低头打量这只小舟内部时，忽然发现，小舟的底部刻有三个字：睡神庙。旁边还刻有一行小字：此舟乃是睡神所有，得之可长睡千年而不醒。看完这行字，他就被浓浓的睡意包裹了。他有些紧张地想，这可不能睡啊，睡着了就是一千年……不能睡，绝对不能睡。就在他这样反复提醒自己时，眼皮却不听话，没多一会儿就垂了下来。他带着最后的一点意识，挣扎着。他想，一定要用什么方式不睡着，从这困意里逃出来。他想起自己带着的那本书里有个金属书笺，就伸手去摸，幸运的是他马上就摸到了，那本精装的《天方夜谭》，他手指触及那书笺时，立即就拔了出来，然后用力在腿上戳了一下。疼痛瞬间把他激醒了。他几乎立即就坐了起来。举目四顾，他发现自己并不是睡在小舟里，也不是什么爪哇的酒店里，而是在那个瀑布附近的民宿里，而他手里握着的，也并非金属书笺，而是一支笔。只是他又发现，右大腿确实是被戳破了，正在渗出血丝来。在枕头旁边，也确实有本书，但不是《天方夜谭》里的一卷，而是《失明症漫记》。

心神安定下来没多久，他就听到有人轻轻敲门。他去开了门。是民宿的主人。他下意识地看了眼墙上的电子钟，晚上九点零三分。主人打量了一下他，用并不流利的中文闷声闷气地说，刚才听到他在叫喊，就过来看看。他只好承认，自己确实做了个噩梦，惊醒了。那人点点头，就势坐在窗前的椅子上，大概是瀑布声让你做梦的……你梦到什么呢？他摇了摇头，有些疲惫地想着什么。过了一会儿，他才问那人，这水神庙，是怎么来的呢？

那人看了看窗外的黑暗，你白天在那里，看到一个老太太吧？他说是的。那人说，那个庙，就是她找人修的。十年前，这里发生过一场海啸，老太太唯一的孙女，才十八岁，失踪了……其实海啸来时，她就在这附近，这里地势高，海水漫不上来的……她平时很少说话，有人说她从小就这样，可能跟她父母早亡有关系吧……她好像经常整晚不睡觉，就坐到山崖边上，看着瀑布出神。有一天，她对她奶奶说，她看到那瀑布里面有个水神，是个姑娘，在盯着她看……还对她说话，说你应该好好睡上一觉啊，你太累了。他出神地听着。以至于那人已有段时间没讲话了，他都没意识到。后来，那人出去拿了块创可贴，让他把大腿上的那个伤口贴上。

他抬起头来，那，这里到底有没有过睡神庙呢？那人想了想，你说的这个，只有这里的土著人才知道，据说跟一种类似于大麻的植物有关，吸食那种植物之后，人就会陷入长昏迷，睡上很久，有很多人吸食过量了，就会再也醒不过来……巫师就说，这是神赐的东西，是为了让人从这个世界里解脱的……对于那些不再醒来的人，会由巫师用小船载到海上，然后海葬。后来，他忍不住又问了一句，这里的土著人，还懂中文？那人就笑了。这怎么可能呢，他们根本就没有文字。他也觉得自己挺可笑的。过了会儿，他又问，现在土著人住在哪里？那人就坦白地讲，现在岛上有的只是他们的后裔，而且是八九十岁的老人，还能说些土著语言。那人准备告辞时，他又提了一个问题，那个失踪的姑娘，会不会也是吸食了那种植物呢？那人看了看他，过了一会儿才说，这种植物，早就绝迹了……至少，这四十来年里，就没人再见到过。即使是土著的后裔们，也没人提起过它。说到底，它只不过是传说里的植物……就像有人还传说过，那个姑娘，并没有死，有人说看到她上了一艘驶向你们中国的货轮……对了，我还想问你个问题呢，你是怎么想到来我们这里的呢？我看你并不是来旅游的。于是，他只好从让自己备受煎熬的失眠症说起了。就这样说着说着，他感觉自己马上就要醒了。

光斑

……可惜，这种剥离并没有发生在你这里，相反，你正被卷入其中，而被剥离的，跟你没什么关系。绿灯忽然亮起，你穿过马路，想到这个世界有多么的不可理喻，就在心里换了个视角，从空中俯瞰的，或是监控摄像头的，只有这样才能稀释那种莫名爆发的疲惫，想象自己就像走在刚结束一场恶战的战场上，又穿了这么件肥大的白衬衫，远远看去，就像个独自举着白旗的士兵，正在耀眼的阳光下跨过那些横躺竖卧或支离破碎的尸体，不去理会那些正落下来的乌鸦或几只秃鹫，走向敌阵。你闻到了干爽的空气里有某种类甲醛的味道，之前，看到那些被掀开的很多方块灰蓝地毯时，你想的仍然是这世界到处都在发生翻卷的场景，它们不过是各种剥落物质而已。之前,你睡了很久,整个夜晚,整个上午,阳光透过窗帘缝隙燃亮眼皮之前,你又一次下意识地用薄毯子紧卷身体,又犹豫还是要松开,任由它展成飞毯,或者只是床单,蕾梅黛丝,丽莎,安德烈公爵,嗯,彼埃尔,是的,亲爱的大熊先生,"我也想战死,一点都不想每天都要来这儿上班,去看一群可笑的人……"现在,你只是穿过马路,眼见着人行横道线尽处那绿灯数字在递减,可惜下面没埋炸弹,红灯亮起时,你想象这个世界都被炸翻了,可是,所有这一切竟然都被抽象成了如此安全的红色光斑。这就是世界的秘密之一,再大的痛苦,在别人眼里都是抽象的,区别在于,有时是绿的,有时是红的。

重叠

……地铁又钻入地下，发出轰鸣，然后再衰减，变成琐碎到足以催眠的杂音节奏。哦，那个黑人小男孩，从水里冒上来，露出白牙时，你绝对没想到他会跟你搭讪，可他说我八岁了，一字一顿的，毫不羞涩。你游泳时，他不时在附近水面突然冒出来，露出白牙，就像过于简单而又天真的魔术。啊，那真的不错，你会潜水吗？你这样问着，他一头钻入水中之后，你爬上了泳池边上。摘下泳镜和泳帽，你看着水面荡动中自己的模糊形象。他从水里又冒出来，好在泳池的另一端。他在找你，看到了，挥手，那口白牙，没有叫喊。他扎入水里。你走到出口时，他还没冒出来。像条黑泥鳅，你想。他为什么没在挥手时叫你呢？此刻想起来，那就像是忽然失去声音的画面，整个游泳馆里所有声音都消失了，就像被忽然封闭隔绝了，他挥着手，露出白牙，难道不是在叫吗？在地铁车厢里，没过多久你就发现，不远处门边的座位上，有个老年黑人，戴着墨镜，正转过头来，朝你这边瞅着。你无法确定他是否真的在看你，但你觉得是在看你。好吧，这就是那个小男孩，只不过是从酒店里出来坐地铁的工夫，他就老了。他还记得你吗？在这低温冷气里，在这塞满人的车厢里，他的凝视，那正对着你的墨镜，就代表遗忘本身吧。手机响了。是蹩脚的英语，无论你问什么，他回复的只有那一句："我在楼下，请来取货。"是个拉美男人。没等你说什么，他就转身消失了。几分钟后，手机再次响起。仍旧是他："我在你家楼下，请下来取货。"你告诉他，你并没有订餐。他就像没听到，继续重复着那句话。最后，你只好从酒店出来，穿过马路，回到自家楼下。是另一个拉美男人。精瘦的，疲惫的，焦躁的。没等你说话，他把那装了几个餐盒的塑料袋塞给你，转身消失了。就这样，你拎着两袋外卖，坐在地铁里。后来快要睡着时，你还在琢磨，之前发生的，应该就是"时空折叠"了……送外卖的，并不是两个拉美男人，而是同一个，只是，他在两个时间点上发生的行为出现在同一个空间点上……正想着，地铁忽然停住了，在隧道深处。大约过了十几分钟，才又启动。等它终于爬到下一个站点，就再也不动了。门开了。广播提示，可以出站乘公交车去机场，也可以坐反向地铁到另一个换乘点，坐另一条线到机场。"我可以带你回到那一站，"有人在你耳边低声道。你跳了起来，闪到一边。是个脏兮兮的矮个子。他惊诧地站在那里，重复了那句话："我可以，带你，回到，那一站。"当时你脑海里浮现的，并非恐惧场景，而是整条地铁隧道都像羊肠似的被卷了起来，然后，你所在的这节车厢刚好落在了那一站上，而其他的车厢都被卷在了里面。不，我打车。你快速转身并回头说道。这时，有个身材壮硕的女工作人员冲到了那个人面前，并提醒你，不要跟他走，你出去坐公交车。他们随即发生了古怪而又激烈的争吵。你并没停下脚步，马上要转上楼梯时，被一位突然挡在面前的拉美女人吓到了。她就像弗里达画里某个人物的母亲，神情里满是慈祥与善意。她那肥厚的手紧握你的手，不要怕，你要去哪里，我帮你打车，你带钱了吗？没带的话我帮你付车钱。你谢绝了她的好意。她仍拉着你的手不放，告诉我，你妈妈会去机场接你的对吧？哦，是你去接她的，好吧，不管是谁接谁，都不能是你自己去那里，到时你一定要替我拉着你妈妈的手好吗？你怎么可以离开妈妈身边呢？好的，你赶紧说。我答应。在出租车到来之前，你忽然决定，要跟她合个影。她高兴极了。当然你并没有告诉她，留下这张照片，只是为了证明今天这些事并不是梦里的。从机场回来的出租车里，你拿出手机，在相册里找那张照片，马上就找到了，你又仔细看了看，嗯，确实是真的发生过的，只是，你的表情看上去是那么搞笑而又尴尬。紧挨着这张照片的,是一张游泳池的照片,就是酒店里的那个游泳池,里面一个人都还没有呢。

蛾子

……十来岁的男孩,站在书店的角落里。他只有一只耳朵。歪着头,看着天花板。有时他会闭上眼睛,待在那里,过了会儿,又清了清嗓子,重新睁开眼睛,侧仰起脸,看着半空中。最后关门时,那两个店员完全忽略了他的存在,她们把那个栅栏式卷闸门降下了一半,把原来摆在门口的新书陈列柜推到了门里。他呢,正在另一个角落里,坐在地板上,翻着那本《如何学会飞行》,里面有很多黑白的手绘插图。她们在柜台后面结完账,随手关了灯,卷闸门慢慢降落,发出低沉的响声。实际上,他还有另一只耳朵,只是被白纱布厚厚地包裹着,看上去就像好不容易才修补起来的有些粗糙的瓷器局部,或是落在脸庞侧面的一只笨拙的蛾子。

她养了一条蟒蛇，一只大蜥蜴，一只海龟，一只猫头鹰，一只珍珠鸡，以及一只虎皮鹦鹉，一只刺猬。那时她还没有结婚，住在父母留下的那座大房子里。他们都不在国内。他们不喜欢她养这些古怪的东西。结婚前，她把这些东西分送给朋友们，还有他们的朋友们。有的人她都没有见到过。他觉得有没有它们，他其实都无所谓的。一年后，他们离婚时，她终于感觉轻松了一些……

妈妈

……他六十几岁了。不笑的时候,他的眼睛鼻子怎么看都像老鹰。那天晚上,他对着电话低声说了很久。最后结束时,他微笑着,对着听筒模仿小男孩的声音说:妈妈,妈妈,妈妈。要是离开他稍微远一点,就会无法听清他在说什么。他的神态真像个小男孩。就这样,他反复呼唤了好多遍。听筒里传来的,是年轻姑娘的清亮欢快的笑声。电话的另一端,正是中午。那边也在下雪,寒风猛烈。她走在一条安静狭窄的步行街上。看不到行人。她要两个月后才能回来看他。而他并没有告诉她,此时他正在发烧,皮肤上有很多斑点,它们在不由自主地颤动,伴随着轻微的刺痛感,腿上跟手臂上的肌肉也在酸痛。后来,他在房间里慢慢走了一会儿,停在空调下面,仰起头,闭上眼,对着风的出口,可是怎么都感觉不到那风是暖的。

枪

……很多天了,他闭门造枪。这是个纠缠了他很久的念头——得给自己造把枪,在失忆症还没完全主宰他之前。他每天临睡前都会详细地记录造枪的进程。在卧室的墙上,挂着整个流程图,每个步骤都有张图。他认为这些线描图是最好的艺术品,任何一幅都令人激动。他经常要花上半天时间,琢磨它们,让每个细节都印入脑海。直到确定自己已完全想好了,他才去西北某地购买了零部件,还有子弹。他去了一个月。回来时,他看上去像个放羊的,晒得黑瘦,脸上还有伤痕。隔壁邻居阿惟怀孕了,他走时她还没显怀,现在已挺着大肚子。阿惟站在楼门口,扶着腰对他说,"你走了多久啊?"他点头,说是一个月。"去哪了?"他说是西北,这样一说起来，他觉得自己不该隐瞒什么，他想把买手枪零件的事说了，却发现不知道说什么了。他看着她的脸。她觉得他眼睛里一片朦胧。那箱东西，他指给她看上面的小字：这是一把手枪。"要看一下吗？"她有些不安地点了下头。他把桌上的纸壳箱子打开，把零件摊开在桌面上。"你弄它做什么呢？"她的问题让他迟疑。"我还没想好。"他说道。他看了看她隆起的肚子。"他还没回来吗？"她摇了摇头，然后又说她得回去了，炉灶上的汤已经煲了四个小时了，"你要尝一尝吗？"他没答话，把那些零件装回去，抱着箱子去卧室。他忘了把门关上。卧室的门，外面的门，都开着。阿惟的门也开着。他抬起头，透过这三道门，看到坐在自家门厅里喝汤的阿惟，是背影。他们住在顶层，不会有人经过这里。阿惟端了一大碗汤，放到他卧室里的桌角上。桌上摆满了零件和工具。"这是什么枪呢？"她心不在焉地问。"手枪。"他说，手里并没有停。"我知道啊，我问的是哪种手枪？"他摇了下头，好像在表示自己没能想起它的名字。"可你做这么一把枪，到底要干吗呢？"他已完成一半了。"我准备去抢一下储蓄所，你觉得怎样？"他若无其事地说道，都没看她一眼。她表示无所谓啊，问题是，他要是得手了，能分她些吗？见者有份嘛。他想了想，"应该会的，要是没有什么意外的话……"她乐了，慢慢站起来，四处望了望，说她困了，要去睡了。他点了点头，继续组装手枪。他们认识有一年了。她白天都在家里，晚上才出去上班。后来才知道，她是在一家舞厅里给那些穷老男人当舞伴。当然偶尔也会有年轻人，她喜欢他们那种羞涩的样子。她男人就是在那里认识的，是个做猪肉生意的胖子。那男人曾怀疑她跟对门这位关系不正常，就约他出去谈谈，结果被他用斧子砍得满街跑，一直跑到派出所。那还是在冬天里，穿着厚棉衣，斧子也砍不透。有段时间，那男人就没再出现。她说是去韩国了，把她大儿子也带去了，边打工边读书，那孩子十七岁了。在他走的这一个月里，她每天都会看报纸，看电视新闻。但什么都没有发现。现在他告诉她，"下周一再看新闻吧"。后来，连续几天她都没能敲开他的门。确实，周一的所有媒体新闻里，都把这事件当作头条来报道。早晨七点钟，下着细雨，在那个菜场附近的储蓄所不远处，女出纳员穿着塑料雨披骑着自行车，被人撞倒了，她拼命把那个装着十万元现金的黑塑料袋压在身下，而那人把那个装蔬菜的黑塑料袋抢走了。阿惟奇怪的是他竟没用枪。那么，他在哪里？她给他打过手机，停机了。夜里睡不着，她忽然想起，自己有把他家的钥匙。于是凌晨，她就找出它，然后来到他的门前，把钥匙轻轻插入锁孔，打开了门。卧室门是关着的。她扭动门把手，发现里面反锁了。她有些紧张，就敲了下门。这时候，里面传来一声巨响，接着就是一连串的巨响，她数得很清楚，一共六下，很多木头碎屑溅到了她的脸上……她觉得自己好像也变成了碎片。

射击

……脚搭在宽敞的窗台上，透过脚趾间的缝隙，你能看到那低缓的谷地里的红墙灰瓦建筑，就像在瞄准，你眯起左眼。最近一段日子，你每天都会在这里坐上大半天，什么都不做，只是望着外面褐绿斑驳的深秋景色……你希望自己是空的，从身体到脑子，什么都不要有……气温持续下降，再过些日子可能就会下雪了，现在眼前的一切还是柔和的褐绿……这丘陵地带，在窗子里，被弄出了很多褶皱，而你，以及这幢房子，都已微缩为陷入其中。你想有把威力足够的手枪。蒂特跟往常一样，敲了敲门就进来了。你闻到了他身上特有的那股汗臭，从你认识他开始就熟悉了，你不会像别人那样皱皱眉头，因为你喜欢蒂特这家伙，一个不可思议的人。蒂特常来帮你做点什么。这个三十来岁的电工除了不会写字,好像没什么是不会的。他从来都是想来就来,然后又忽然走了……当然有时候即使你叫了他,他也不会按时出现。这家伙的手非常巧,什么都会修,什么都会做。做个自由自在的手艺人是他的理想。他住的地方像个大车间,混乱肮脏得无法想象,可他喜欢这样,觉得很舒服。为此他还离了婚。没哪个女人愿意陪他像个疯子似的生活在这种地方。他那里不知存了多少奇怪的东西,从笨重的车床,到五花八门的工具,还有各种杂物、材料,好像没什么是他不感兴趣的。他知道你最近在琢磨事,因此每天下午都要过来转转,却又不问你需要他做什么。他很喜欢这种默默期待着什么的感觉。这天下午,你终于还是叫住了他。他拿了瓶黑啤酒,若无其事地喝着。你问他哪里能找到枪呢?就是手枪。你的朋友里竟然没人有持枪证,也没人私下里玩枪。要是没有枪,你的事就做不成了。他听着,忽然就大笑起来,你用枪做什么呢？你把那部二十世纪八十年代出版的《德汉双解词典》放在他面前，要找把威力足够的手枪，射穿它。于是他就带你去了他家里。从床下，他拖出个大箱子，里面都是手枪，各种制式的。他也没有持枪证。这些枪都来自非正常渠道，他喜欢它们。接着他又开车带你去了一个喜欢玩枪的朋友家里。在路上，他不时指着路牌，或是树干，让你看上面的弹孔。他喜欢射击这些东西。他说射击俱乐部里的人，最喜欢的并不是在专业射击场，而是开车去街道上射击那些没用的东西，跟比赛似的。他朋友家里像个军火库。除了没有重武器，各种枪支随处可见。最后终于帮你确定了三把不同型号的手枪，有两把是这位朋友的，有一把是蒂特的。然后在射击俱乐部的靶场里，他们看着你试射了一百多发子弹。蒂特说你有射击天赋，只是奇怪你为什么非要用手枪去射穿词典。后来他帮你把词典固定在了白墙上，把射灯装在你的身后，这样你的身影就跟墙上那本词典重合了，刚好是你头部的位置。你在词典里夹了二十六张不同时期的私人照片，右上角写着时间、大写的字母……你瞄准，射击，子弹击穿了词典……你发现这并不容易，枪的反冲力，巨大的轰响。你其实并不追求复杂，先是把射击过程录像，再把被击穿的词典里每页都拆下来镶入镜框，依次挂到墙上，每页纸上都留下形状不规则的弹孔。蒂特帮忙是收费的。每小时二十五欧元。他喜欢做个热爱手艺又什么都不在乎的人。他提醒你说，其实在射击之前，你的身体是有些颤抖的，直到第四发子弹，你才恢复了正常状态……他始终在打量着你，就像在用现在你的形象跟词典里的肖像照比较。射击之前，你总以为那个瞬间会像电影里那样，《圣经》的厚度是可以挡子弹的，词典也应该可以，但子弹轻易就击穿了它。其实蒂特事先已对子弹做过处理，减少了火药量，但子弹的威力还是那么大，越到弹道的后端，破坏面就越大。

跑步

……他跑步五年了。从最初每天二十分钟,到后来的四十分钟,他觉得上了瘾。那时要是每天不在黄昏跑完步,后面就什么都做不了,饭都吃不舒服。因为跑步,他把烟和酒都戒了。他喜欢在跑步时观察学校操场上的那些树木。至少也有个十几种吧,他说,只能认出其中的三四种,最常见的,松柏、槐树和水杉。他常会觉得,跑步的时候,那些树就会跟他融为一体,停下来了,它们再分开。那所学校里有很多树木,也有很多女生,似乎都有那种无可阻挡的生命力。他跑成了一个清瘦的人。后来他调去另一所学校后,就忽然停止了跑步。他开始画油画。这里的很多女生都出现在他的画里,但穿的是初中生的校服。她们每次出现,都会变得比上次要小。后来他把她们画成塑料娃娃。接着是画成残缺的影子。而占据画面中央的，则是各种植物茂盛且凌乱的局部。不画画时，他就写毛笔字，在那些毛边纸上临写古人碑帖。据说在他停止跑步之前，曾在网上认识了一位舞蹈演员，跳钢管舞的，从视频里看，她跳得很专业。有几个月，他都在时常跟她探讨舞蹈结构与视觉效果的问题。出于对他执着于学术的感动，她决定找时间跟他碰面。当然结果令他有些失望。她已是个结实的胖子，就像是那个跳舞姑娘的母亲或阿姨，唯一变化不明显的，是她的眼睛，因为本来它们就是画出来的。

登山

……她要去喜马拉雅山脉。近十年来,她对此念念不忘。七十八岁了,她觉得自己对其他事情都没兴趣了。每当儿孙们在新年问她有什么愿望时,她的答案都是一样的:喜马拉雅。大家听了,都觉得这只是一种晚年执念而已。当时她的心脏病已很严重。医生说,要有心理准备。家人们对此守口如瓶。当她重复着那个愿望时,大家甚至会自然理解为某种道别的象征。夏天里,某个清晨,她悄悄离家,开着那辆二十年前丈夫送她的老奔驰,赶到法兰克福机场,搭乘夜间航班飞去了尼泊尔。她在卧室里留了张字条:尼泊尔。她雇了向导,还有几个壮汉。他们建议她,最理想的,就是坐直升机上去,那样更安全快捷。她拒绝了。她告诉他们，她登过的山，比他们知道的还要多。于是，他们几乎是把她背到那个预定位置的，海拔五千米的营地。一路上，他们听她用德语不停地嘟囔着，像在祷告，也像诅咒，或是亢奋的自语。虽然她付的报酬丰厚，但他们还是觉得她是个疯子。在他们放下她之前，她就几次出现要窒息的状态了。但每次问她是否停下，她都说不。她指着心脏位置，没问题。当然，她还是接受了氧气袋。到了营地，她半躺在那里动弹不得。天气尚好，她注视着高处的雪峰，让他们用手机给她拍照。向导说，我们合个影？她拒绝了。他们叫来了直升机，把她送到了当地最大的医院。在重症病房里，她戴着氧气面罩，好像浑身插满了管子。医生告诉她，她差点就没命了。她摇了摇头，表示她心里有数的。您得明白，医生说，这是个奇迹。然后安慰她，您完全可以安全返回德国，过不了多久，就会恢复了。一周后，她要求医院派人把她送到机场，但被拒绝了。理由是她不具备出院条件，并立即联系了她的家人。圣诞节,她的病情已稳定。德国大使馆派人告知她,她的家人已报了警。于是她就开启手机,打给她最喜欢的小孙子。次日,他就从中国昆明赶来了。她不想跟其他人打电话。但他们这两天会从各自的度假地赶到这里。小孙子几乎认不出这是祖母了。她有些浮肿、变形,花白头发是凌乱的。她对他说,她并没觉得她会死在山上。他陪着她,喂她汤水和食物。"来这里,"他问她,"是不是想就这样离开我们呢?""没有。"她说,"我还想多活几年呢。""那是为什么?""我还没来过这里。""爷爷来过,对吧?""是啊,他认为我应该来这儿。他说你一定要去那里。""什么时候的事啊?""他经常跟我念叨。""是想他了吧?""不是,他每天都跟我在一起,我们聊天的。"爷爷二十年前就过世了。那时他才三岁。他长得其实像法国人,不抽烟,不喝酒,话也不多,多数时间都是那种听别人说话的状态。他在法国住了一些年,在中国生活了七年,然后又回到巴黎。他是个艺术家,可他说自己只是碰巧喜欢上了而已。他的住处据说成了中国朋友们到巴黎的临时中转站。他们一家人都爱登山，但他除外。他对于任何山都没有欲望。他喜欢城市，任何城市。他喜欢在城市里骑自行车，从天明骑行到暮色降临，有时还会到附近的城市。只是他从来不会在一个城市待很久。他总会找到下一个城市。而他的伟大祖母，现在仍然健在，当然，戴着心脏起搏器。

房东

……天黑了,房东也没来。马路上闪着明暗光泽。跟着那对男女,我们冒雨去看房子。作为中介,他们忧虑的样子让人费解。小区里到处都是树,各种姿态交织掩映,能让人暂时忽略房东的失约。几个空房间,其实没什么可看的。不过,随便透过哪个窗口,都能看到黑黝黝的大树冠,枝叶就要挨到窗户了,尤其是那个小房间外面,摇荡着细竹林。就这样了。回到人人表情亢奋而又倦怠的中介公司,房东出现了。疲惫不堪的五十多岁女人的脸,泛着虚汗的光,眼神游离,说话略带迟疑。低沉的东北口音。妈妈跟这个女人的对话是错位的,还有点莫名的热情。她始终是那种游离的状态,跟这里仿佛没什么关系,但眼睛又分明是盯着你看的。这张脸有些面熟——敏感、焦虑、情绪化。于是你打断了她们那种亲热而又毫无头绪的交流，谈合同。房产证上的名字是她儿媳的，房租要打给她的老妈妈。她很不耐烦地告诉那个中介姑娘，早就说好了，不付什么中介费的。尽管有些可疑，合同也还是签了，为了那些树，为了尽快结束。房子只是房子，仅此而已。

她消失了。两个多月，这里来了几十个讨债的。她的手机停机了，那个中介姑娘也找不到她。通过那些讨债的，你才知道她是做什么生意的，欠了很多笔钱。之前为了借到钱，她几乎穷尽可能。那些欠款里，有很多笔额度都不算大。没有讨债者登门，这里就很安静。周围掩映的树木，就像什么事都没发生过。这套房子还有几个小仓库，都塞满了东西。有婴儿车、玩具、育婴用品、童书，还有几包工业产品宣传单，冰箱里冻着鱼肉，冷藏室里有各类酱菜，过道里的书架底部还有一排厚重且印制粗糙的中医书，客厅和房间里的墙上还挂着几百块一件的大师字画。客厅里的长沙发上有大红的棉绒套子，椭圆形的木桌子在中央，铺了层很厚的塑料，配了六把木椅。每个房间里都有空调、电视机、衣橱、电脑桌和电脑。客厅窗外的架子上，厨房外的阳台上，养了几十盆花，还有些装水的塑料桶。挨着阳台的小仓库里也有空调，说明里面住过人。客厅里有两套样子奇怪的吊灯，其中一套里还有老式风扇，垂着一长一短两根灯绳。进门处被鞋柜和书架夹得更窄了，下面有一溜地脚灯。从这些东西及残留的气息看，这里曾住着四代人。搬进来不久，就发现了老鼠。花了半个多月，才用粘鼠板抓住了它，很肥，拖着那块粘鼠板，从沙发下一直钻到双肩书包里，发现时已奄奄一息。

她倒也淡定。从进房间开始，就没半点尴尬的意思，她若有所思地打量着曾住过的地方，然后微笑。她的状态比签合同那天好得多,眼神里没有恍惚与游离,也没有焦虑。她瘦了,说话仍旧直接,但很得体。差不多是半个月前,她的手机才开机。在微信里,她表达了歉意,简单讲了些欠债的事,不过是你欠我而我又欠他,她找不到他们,另外的他们也找不到她,就这么回事儿。她住在朋友的房子里,也常有上门追债的,当然不是找她,而是找她朋友的。很多人都在欠债或追债,都很习惯。这就是个形式,她自语道。当然这都不重要,重要的是,她信了佛,有了师父,真的醒悟了,为自己的贪婪而悔恨不已。此前,她也去过教堂,可是没用,安顿不了心。"我老师对我讲,"她说,"达摩传给二祖,后来五祖传给六祖的方法,失传五百多年了……伏羲、皇帝、老子都已成佛,唉,你有空是可以见见我老师的。"她盯着我书架里的那些书,看了半天:我以前也是喜欢书啊,但始终都读不进去,心不静,你看我留下的那些书,跟砖头似的,我怎么都读不进去。

她去过抚顺，记得河上有条黑色橡胶坝，附近有体育场，外面有草坪。但她一定没注意到，那条河是向西流的，她只记得城市东部山区里是努尔哈赤起家的地方。她去过几次，做生意。河北岸连绵的山，她也记得，就是你说的北山吧，很想再去那里看看。她小时候喜欢爬山，可是机会很少，上初中时，好不容易等到一次学校组织的上山野炊，晚上太激动了，睡得很晚，第二天一早没人喊她，等醒来时，大家已经上山了……她背着柴火、锅和米，一路爬山追赶，始终没追上。在半山腰，只看到烧过柴火的痕迹。山顶上有棵树，远看像卡车，她甚至把它想象成月亮上的桂树。后来听说同学们都下山了，她就没再往上爬，可是记住了那棵树，满心都是遗憾。她说自己有时会出现莫名的迟钝，对外界的事情毫无反应，其实那时她有严重的口吃，但一般人很难发现。上技校时，她是班长，有个物理老师喜欢她，这让一个女生特别恨她。因为她没有回应他的暗示，他就找机会在全班面前羞辱她，罚她在前面站了很久。后来，他跟那个女生结了婚。等到她也进了技校当老师时，他们两口子就去厂领导那里揭发她，说她是个结巴怎么能当老师呢？要是她能当，那我老婆也能。当时很多人都认为他们瞎说，因为没人觉得她口吃。其实她也不是省油的灯，吵架、打架、偷东西，都干过，偷父母的钱，偷姐姐的钱，真的是胆大妄为啊。

她的形象模糊不清。总是匆匆忙忙的一个人。上技校时，她继续说道。有个女同学，喜欢打小报告，我当班长，就因她打小报告被撤的。同学们都不待见她。可后来她老公是我的好友，也是我最信赖的人。我来上海后，就委托他代我打理那边的事情。后来她疑心我跟他关系不正常，就到处跟老同学们造谣，诋毁我。我当时就火了，不再让他替我打理那些事了。他很厚道，不像我，我太苛刻。以前他生气时会打她，我就告诫他，不许你打她。他说好，就再也没打过。过了些年，她得了结肠癌，他很难过，我也很难过。手术后，她挂了排泄袋。那段时间里，他来过一趟上海，来看我，临走时，他想要我的一只紫檀木笔筒。我没给。几次回老家，他都重提这事，我都没答应。去年我终于明白了，回老家时，把笔筒带给了他。结果，他完全想不起这件事了，一脸的茫然。以前我说话他都当圣旨的，这回我把自己最爱的东西送给他，他却毫无喜悦了，看着那个笔筒，就像从来没看到过。完全没法形容我当时那种沮丧，我觉得他已经活得没有任何热情了。

在外面闯荡了这么多年，自家人都不大认同她的做事方式，尤其是对人的判断。她也习惯了。她有个儿子，在澳洲读的大学。还在读书时，他在网上认识了个姑娘，见面没几次她就有了，于是他就回国跟她结了婚，生了孩子。他们本来都不想要这个孩子的，但她这个奶奶想要，才生的。她还让儿媳妇也背上了银行的债务，以至于找工作都很困难，于是他们两口子就都不工作了。对于这件事，她觉得也没什么可说的，事已至此，说什么都没有意义。还有就是，她老母亲很怀念这套房子，不喜欢现在那套临时租的老工房，那里太拥挤了，不像这样宽绰，也没有那么多的树。老母亲跟她说了多次，想回来住，她都没回应。现在，她说她已没什么放不下了。这句话，她在不知不觉中重复了好几次。

早晨的阳光会抚平深处的一些皱纹,无论贤愚,皆是如此。就像黑暗的孩子,又一次,我们被抛入未知的白昼……

暴雨

……就那么敞着窗户。外面电闪雷鸣，不大的雨，但雨气浓郁，很像暴雨将至的样子。雨前，曾到阳台上看了看，发现不远处的楼群被云气笼罩着，仿佛即将消失。随便讲些故事吧，这样的气氛最合适。假如同一个空间里出现不同的时间状态，那么就会有某些东西变成化石，而另外有些东西则会逐渐苏醒，就像植入背部的紫藤被血液充满后开始发芽一样，当指尖试着隔着皮肤去触动它们的轮廓时，寂静的岩石里会渗出水，要是有月光的话，你就能发现那些地衣的细腻纹理……似乎有人在敲打着什么。那只狗窝在角落里，偶尔会表情奇怪地露出尖利的牙齿，而附近的小笼子里，那只兔子正在焦躁不安地扭动身体，就好像此前这里曾发生过狗吃掉兔子的场景……这是不是像噩梦到来之前?

　　……那只狗其实是个魔术师变的。前排观众闯到后台来,马上就要揭穿其戏法的底牌了,它只有创造出另一种语言,才能阻止他们看到真相。哦,那道脆弱的防线。他们并没意识到它有那么脆弱,却被它的柔软触动了,然后又重回座位。要是这样描述下来,让那些人物穿上伊丽莎白一世时代的服装,是不是就有些像莎士比亚的悲剧呢?怎么会呢,不可能的,顶多也就是让人眼花头昏的闹剧而已。魔术师情急之下,把道具吃了。这可能是最让人意想不到的结果了。魔术师的弟弟据说会飞,可他总也不飞,人们都在等着,他就赖在床上,每天睡到中午才起来,什么都不做。魔术师每天都要跟他留在房间里,研究怎样才能飞到一个岛上,在那里建立魔术师学校。这是个好主意。那只狗充满了欲望的眼睛看上去是那么单纯。

……有人在搬家，把能搬的东西都搬回来了，包括干枯树枝跟乌鸦，还有蚊子的化石。只有那个女孩子坐在屋檐上，晃荡着细腿，手里拿着小人书，还有小镜子，看着搬家的人们，对着镜子嘻嘻哈哈地说笑话，是啊，她正分分钟地在长大。她的小书其实是魔法书，可以让她回到史前，去往未来，要是她什么都不相信了，就只能待在这里，很快就长大了。她看到那只蚊子的化石，觉得不可思议。她又看了眼不远处魔术师变成的那只狗，觉得有些难以理解，为什么会这样呢？想到这里，她的小镜子里就突然生出一朵兰花，一瓣瓣展开，绽放。而暴雨也终于下来了。

夜行

　　……繁密的树，没遮住那些发光的建筑，却投下足够的阴影，带着黑暗的湿气，像深邃的洞穴，里面最先出来的是只花纹灰褐的野猫，溜着栅栏边，经过你时摆了下头，眼光低垂，没出声……一个男人，慵懒地坐在树下长椅上，看着对面的树，树后楼里的灯光斑驳地印在他那有些浮肿的脸上……两个外国人，站在栅栏门外，探头看那片从窗口溢出的灯光，而他们背后那幢小楼上，有个穿睡衣的女人正在阳台上抚摸自己的脸……当衰老的保安拿着手电筒消失在不远处时，一个老男人抽着烟从深处走出来，烟味弥漫在周围，在空气里划出不舒服的痕迹，让原本凝固的一切又动荡了……你放慢脚步，摸了摸手里那本硬皮经书，蠕动着皮鞋里光着的脚趾头，舔了舔发干的嘴唇，感觉有某种异样的力量正在将身后的一切融解为滚滚洪流，而它其实是早已发生的，缀满了银光碎片的河水追随地铁穿透这过于凌乱的城市腹部，而你只是漂浮在上面的船模，上面插着指甲大小的三角旗，当时间延伸，一切就会在细部发生复杂的弯曲，而意识到所有这些弯曲的最终目的就是让你在看到那些相似的事物瞬间碰撞化为乌有，所有个别的，都从旋涡中脱身离去之后，来到这个幽寂所在时，你能感受到的，就是自己如此轻易地就跟一个黑暗的原点重合了。

……透过楼房之间的那些空隙，能看到很多星星，有明有暗、有大有小，都朝着东南方向缓慢移动，天空是倾斜的，有橙色光柱迎向它们。他不曾见过这样的夜空和星星的迁移。他见过上升的星群，见过悬垂山顶上的密集星群，而下面山谷里长满了黑色玉米，看过结冰后天空里疏朗的银钉般的星星，雨后布满天空的散动星星，被大风吹得原地旋转不已的零散小星，挂在弯月下面不远处的那颗星星，而别的星星都不见了……他相信每次看到的都没有重现过，每次看到的都是最后的，它们远道而来，到更遥远的地方去。不管他以何种方式注视，它们都不为所动，他留在阴影里，像那些寂静的鸽子树，眼睛因疲倦而不时模糊，这时它们就会变大一些，生出很多触角，轻柔摆动，仿佛有无形的洋流经过。他知道，过一会儿就再也看不到它们了，有道门及白光将它们消解，即使没有它们也会消失，或者，它们可能早就熄灭了，只不过是遥远令它们看上去仍在途中。透过那模糊的轨迹，微不足道的光泽，他感觉过不了多久，两端就会在这里重合，令他被某种能量穿透，带着很多更小的星星，从眼睛里溢出，涌到夜空深处。

……他们是从哪里来的？你没听主人介绍，名字都没记住，只是逐个看他们的脸，听声音。此前，你按了下门铃，听到有人在说笑着来开门。灯光里，他们就像长篇故事的某个片段，没头没尾的，让人不知该从哪里读起……这些欢乐的人余兴未了地表达着看法，表情像马戏团里的那些老家伙卸妆后在热闹小酒馆里端起酒杯时的样子，健壮的驯兽师、疲惫的白发魔术师、串场的黑瘦女巫师，负责后台事务的两个腼腆女助手……驯兽师喝着烈酒，讲起自己在日出之国对一个暴力剧团的印象，导演拿着棍子监督演员们排练，以及过后的清理现场……魔术师沉闷地歪着身子，手里捧着《马可波罗行纪》，努着嘴唇，像随时都有可能睡着，却又一直醒着，只说过两三句话，他的头发是银白色的，面色像个白种人……黑衣裙的女巫师皮肤也黝黑，像个非洲木雕人偶，她告诉你们，要是在她的地盘上，可以吃喝玩乐到昏天黑地，听起来难免让你联想到童话里魔法城堡中狂欢的场面，她喜欢直勾勾地看人，但眼神是模糊游离的，就像在习惯性地给对方催眠。窝在那个奢侈椅子里的家伙像在做梦，半睁着眼睛，脸色微红，他渴望睡眠，却又不得不留在这里，以悠闲的状态对抗四处渗透而来的睡意，像在睡海之上走钢丝的人，偶尔闭上眼睛，让你觉得那些奇怪的人仿佛都来自他的梦境里，而他这个瘦小的人，则像虚构的书里唯一真实的脚注。相形之下，坐在你左边的叔叔，则是个旁白解说员式的人物，负责提供背景音乐、酒水、烟，还有存了太久的水果……就像那本书令人费解的腰封。不管怎样，最后你都得合上这本书，离开他们，重新回到空气凝固的城市表面，将自己轻轻抛起，划出一道近乎完美的无聊抛物线，然后"砰"的一声，回到自己的房子里。

……越过那些被灯光辉映如金的树冠，看到北方天空低垂的那几十颗星辰时，他觉得每天经过的这狭长广场变成了悄然动荡的长河的局部，而自己漂浮水上，仰着头，在那种长久浸泡水里的紧张状态里感到某种宁静……他已耗尽精力，在这一天的末尾，这脆弱状态是在出人意料的坦然中自然展开的，这意味着某种剥离，像新生儿被剪断脐带，被轻轻拍打吐出羊水，然后哭一下再放入保温箱……看到远处另一簇金色灯光时，他会想到某种眼神吗，或是隐含鄙夷的神情？他仿佛听到了谁在轻声哼唱，来自夜游人的喉咙里，就像在巨大空荡的摇篮附近的黑暗里发出的，它早已停止摆动，而他则像刚知道倾听什么……作为经不起任何追问的人，在下午那摇摇欲坠的眩晕中，他怎么没想起此刻看到的那些星辰呢？它们的宁静，以及遥远淡定的光芒，不是早该为他揭示恒定的距离，以及一切终会了无声息正是事物的本质？他注视自己拉长的身影，它在倾斜着移动，没多久就隐没到黑暗里……所有关联都不过是短暂的想象，总归要花费很多时间将粘在手里的东西小心剥离，空着手，留下某些可能性，毕竟没有谁能在确定无疑的持有状态里保持对未来的渴望？对于并不存在的内里世界，所有进入的企图都是虚妄的错觉，无异于倒退。脆弱的身体会不由自主地寻求种种掩饰之物，把它们不断叠加在身上，直到感觉窒息时才会再花力气逐一剥离，恢复裸露的状态，然后将自己再次远远地抛出去，坠入未知的海里。

执行

……它不过是路边那些旧办公楼之一。它们簇拥在路边,难以辨别。它前面连个停车的地方都没有,只有蓬头垢面的老树,好像每根枝条都放错了位置。你不知道它到底有多少个门。正门口坐着面色黑里透红的中年胖保安,手里捏着香烟,有种被什么惰性气体胀满的样子。露天中庭里,有几棵大树。过安检口,鞋子要脱下。几个穿肥大制服的大妈们边说笑边搜身。若是通过监控摄像头看这个场景,你看上去应该很像在跟她们扭秧歌或跳广场舞之类的,慢镜头……她们笑着看你,可你又为什么笑?当然,这只是随机的笑。你接过排号纸条,顺着楼梯上了二楼。通往三楼的楼梯口有道白钢栅栏门,要刷卡。在另一边的走廊深处,也有道同样的门。几个老男人站在转弯处抽烟，神情疲惫而拘谨。办公室门外的长椅上坐满了人，都在看手机。焦躁的，倒是法官。门忽然敞开时，一个中年女人边走边回头提出疑问，法官连珠炮式地告诉她，让你的律师来找我让你的律师来这里找我因为你听不懂我说的是什么意思我也听不懂你的这就是为什么我一直在反复告诉你让你的律师来找我明白了吗？！那就再见吧，下一个！他的表情和手势就像舞台上身陷重围但仍镇定的将军。那女人一脸茫然，但门已关上了。法官接过排号纸条，撕碎了，丢到了纸篓里。他满脸怒气，瞪着你。助手是个瘦高的小伙子，木讷而又紧张地回到座位上，在电脑里做记录。哦，他的表情平和了，原来你是房客……我们见过吗？看着面熟。你还想继续住吗？那就把资料给我，我写得很清楚了，我没时间再给你讲解，要是你没看明白，那就先回去吧，等你什么时候看懂了再来找我……这样也可以，从下月起你把租金打给我，没有什么为什么不为什么，好啦,打不打都随便你吧,我没时间跟你探讨这么复杂的问题,你可以出去了,有什么消息我会通知你,下一个!走廊里的人比之前少了。两个保安站在楼梯口那里,不时打量着出入的人。三楼下来个人,在栅栏门那里停下,一个保安跳了过去,掏出卡刷开了门。那个人递给保安一根烟,随即就在保安的注目礼中下了楼。这道栅栏门关闭时,走廊深处那道栅栏门又开了,里面出来几个神色恍惚的人,最后面那个正在打电话,他以轻蔑的口吻谈论着某个人。要是由我来处置,他说。我就毙了你,因为我根本就没见过你。

喷水池

……厂区正门里，有个广场，东侧是职工食堂，西面是工会小红楼，正南是厂办大楼。广场正中有个梅花形喷水池，有太湖石筑成的假山，池底有八圈镀锌管，每圈都有八个喷水孔。平时这里不喷水，只有节日，或检修时，这喷水的景观才会出现——六十四个水柱，都有十多米高，每个顶端都在绽开冷白的水花，泛出工业循环水特有的微腥气息。要是赶上大风天，就会有风雨飘摇的效果，周围地面都是湿的。当初修这个喷水池，据说是出于风水的需要，那座假山附之以梅花五瓣式池子、六十四卦结构的喷嘴，风水师说，可镇住邪气。我们实习结束时，就是在这喷水池前合的影。一百多人，最后一排都站到水池边沿上了。等拿到照片才发现,喷水池被我们遮住了,假山也只露出尖部,像海怪的头。摄影师正准备拍照,几个年轻领导刚好经过。其中有个瘦高戴眼镜的白净青年,咧嘴一笑对旁边女领导说,这将来都是我们的人啊。平时广场上就连个人影都没有。特别是阴天时,看着那座喷水池,会有种荒凉感——似乎它能把广场跟周边建筑都吸进去,然后抛入另一个时空里。外地大学生都住在厂外职工宿舍里。外面晚上有大排档。通常临近午夜才出现的,不是小混混,就是宿舍里的年轻人。他们常会酒后冲突,伤人是常有的事。后来打熟了,就不打了。我再次见到那个白净书生,就是在宿舍里。当时我正跟几个人喝酒,忽听走廊里有人大声说打起来了,就都挤到窗口去看,下面有十几个人乱打在一起,桌椅翻了一地,啤酒瓶子乱飞,后来连那烧得通红的炭桶都被撞翻了。那几个小混混奔逃时,旁边有人忽然说:靠,黎东!黎东回来继续喝酒时,大家问他怎么回事儿。他笑道:"就是扯淡。"他很苍白,酒后的白。他喝白酒，像在喝蜂蜜水，每喝完一口，都会抿紧嘴唇，然后伸出舌尖舔一下。吃了几口菜，他忽然盯着我看，"我见过你，那天你们在喷水池前合影……你还看了我好几眼，嗯，你的眼神……"他看了大家一眼。搞得我很不自在。大家都笑了。他没再言语。他喝酒很快，脸就更白了，额头也见了汗。后来大家就都不怎么说话了。可能是觉得这样无趣，他就转身拿起吉他，调了调弦，自弹自唱起来，崔健的《花房姑娘》。后来大家就都跟着乱唱，把剩下的白酒、啤酒都喝光了。跟黎东喝酒，其实是件很头疼的事。他每次必多，必闹事，各种闹法。像砸东西、摔吉他，找碴挑衅，拳碎窗玻璃，刀割胳膊大腿，烟头烫手背……光是酒后胃出血住院，至少就有三次。他们说，他就是换着法儿作践自己。后来才知道，他之所以这样，跟前女友有关。在大学里，他是学生会主席，她是舞蹈团的领舞，被视为绝配。毕业后，她去美国读研，他因家境不好，决定先工作两年，存些钱，然后再去美国。结果没到半年,她就已另有他人了。而那个人,正是他大学时的好友。最后那次胃出血出院后,他宣布戒酒。任何场合都滴酒不沾。没多久,烟也戒了。接着他就有了新女友,是英语教师,家境极好,人也好。据说每天下班后,她都会把饭菜装在保温盒里送到宿舍,看着他吃完,再把饭盒洗净带走。每到周末,他都会骑上自行车,带着女友,去看电影。回到宿舍,他就会捧本管理方面的书闷头看到很晚。然后他调任厂团委副书记。没过半年,他们就开始谈婚论嫁了。那期间,他把吉他也戒了,那把跟了他多年的吉他也送了人。他结婚时,场面盛大。各级领导都到了。一百多桌酒席。他的父母是县里的中学教师,都是话少的老实人。他岳父的致辞是标准的领导讲话,最后说女儿是老实人,希望黎东好好爱护她。酒宴的喧哗持续了四个多小时。最后就剩我们几个人,跟他坐在主桌那里,抽着烟。黎东凝视着杯盘狼藉的桌子,嘴角忽然露出笑意。他恳切地跟妻子申请,"今天能否陪几位哥们多喝几杯?"她要求一个小时结束,说完就出去了。我们都说不行。他却不管,给我们把酒倒满了,"今天听我的。"没到半小时,他就喝多了。最后,他神情凝重地放下空酒杯,看着远处,压低嗓音说:"真的,我是真的不想这样……"还没说完,就头一仰,倒了下去。等我们把他扶起来,已是不省人事了。我们把他扶到他家楼下,又背上楼、放在床上。他妻子跟在后面。我们出来时,听到她在里面对他轻声说:"东,不是说好了不喝多的吗?"次日晚上,他给我们发短信,表达了歉意,说他才醒,正在喝媳妇给他炖的鸡汤。一年后,他们有了女儿。这期间,我们很少能碰到他。他很忙。据说他见到谁都是笑眯眯的。这样又过了大半年。有天晚上,老W问我最近有没有见到黎东?我说没有,怎么了?他叹了口气,这小子又开始喝酒了,前天还来过,把门都踹坏了。据说他那个前女友,在美国结婚了,嫁了个美国佬。她把他以前写给她的信打包寄给了他。那天他夹着这包信，到宿舍里来喝酒，不让喝，他就翻脸。喝到半夜，他老婆打来电话，他也不接。后来他就打开那包信，看一封，就烧一封。弄得地上都是纸灰。他老婆不知什么时候站在门口，看着他，我们回家吧。他摇头，你先回吧，听话。说完又点了支烟，吸了一口，过了好一会儿，才从鼻孔里溢出烟来。后来有个周末晚上，我们在宿舍里又碰上了。我，他，还有老W，围坐在那个小地桌前。桌上电火锅里炖着羊肉和酸菜。那天气氛还是比较轻松的。聊着聊着，我就提到了他当书记的事。他的笑意就没了。老W冲我使眼色。他却又笑了，谈过几次话了，殷切期望啊，要求戒酒，喝酒毁前程啊。我有什么形象呢？人人都知道我是靠什么走到这步的。他看我一眼。说我自暴自弃？我这就是自己吃不了兜着走，是不是？接着，似乎要缓和气氛，他说他老婆是个好女人，有点可惜了。父母之命，媒妁之言啊，都是信不得的。他叹了口气。可她信了。结果呢，现在我没办法，她也没办法，这样不好，一步迈错，步步都不对了……这条路，就不是我的，又退不回去。整天见人说人话，见鬼说鬼话，夹着尾巴，煎熬。都到这个份儿上了，老W不屑地说道，还退个屁啊？！黎东表情古怪地看我，你听，他羞辱我呢，但是我吧，不生气。我承认，他说得都对，这样可以吧？我还有什么脸面？来，抽我。他指着自己的脸，不抽不是哥们儿。我看着他。老W端起酒杯，一饮而尽，猛地把杯子摔到了地上，碎玻璃四处乱飞。黎东沉默了片刻，笑了，掸了掸落到身上的玻璃碴，也站了起来。这酒，就喝到这儿吧。我走了，睡觉去。你们晚安。从那以后，他就不来宿舍了。再后来，听说他又把烟酒都戒了。我们都松了口气。有一次，我去厂办大楼，在走廊里碰到了他。他正站在窗前，看着下面。我问他要不要出去抽一根？他笑笑，戒了。哦，对，我有点不好意思。我说难得见你这么悠闲。他摇摇头，忙里偷闲。随后的沉默有点令人尴尬。他忽然想到似的，你不是说那个喷水池是有典故的吗？我说风水啊。他觉得它在那里搁着，是有些奇怪的，一年也见不到几次喷水。我就说，据说还是有点用的呢。嗯，他若有所思地点点头，那倒也是，总归有点用的。这时，走廊的尽头有人在叫他。他答应了声，扭头对我低声道，你的表情有点严肃。次年，入夏不久，他的领导进京学习去，他主持团委日常工作。没多久，就发生了百年不遇的洪灾，连续几天的大暴雨，使大部分厂区积水近一米深。厂防汛指挥部的加班用餐，改到厂外我们这个办公楼的小食堂里。我每天都能碰到他，中午，或傍晚，但也就是彼此点下头。那些天里，好像随时都会下雨，天空很低，就像快要崩塌了似的。那天傍晚，雨停了。他跟在一群领导的后面到小食堂用餐。看到我，他就停下来，很疲倦的样子。我就问他，胃没事吧？他说多少还是会有些不舒服，但也没什么。然后，他又看了看天，说这雨也差不多了，该结束了。我说是啊，再不结束，就完了。他笑着摇头，进去了。这时雨又下了起来。先是很细的雨，过了几分钟，就变成了暴雨。雨后，马路上没有行人，也没有车辆，两侧树木都低垂着。次日一早，天就放晴了。我起来晚了。还没到办公室，就听说昨夜那场暴雨让厂区水位达到一米二。凌晨三点多，防汛巡查组的人来到厂办大楼那里，发现有个穿雨衣的人，趴在喷水池里。是黎东。死于电击。据分析，昨晚他进厂后，发现积水很深，就踩着喷水池边沿走，但没几步就踏空了，他下意识伸手去扶那假山，而假山里是埋了电线的。据电工车间的人解释，那里平时是不通电的，但洪灾发生前例行检修，就临时通了电。在职工医院的太平间里，我们看到了遗体。他神情安详，像在熟睡。两天后的清晨，我们去了远郊山里的火葬场。他老婆抱着女儿，站在举行遗体告别仪式大厅的入口处。道别仪式后，遗体要送去火化，她昏倒了。接着我们又参加了厂里为他举行的追悼会，他妻子再次昏倒，随即被送进了医院。后来，又过了一年多，几经研究，那个喷水池还是拆掉了。拆的那天，动用了吊车、铲车、推土机、土方车,还有几十个工人。黄昏时,假山、池子、那些管子都消失了,留下一大片潮湿的黑土。又过了几天,这里就铺好了柏油路面,跟周围一样了。不同的,只是看上去颜色更深而已。

梦境

……黑暗里，睁开眼睛，没有时间的感觉，好些梦已经走了，像飞蛾抖落的浮粉，而那些梦境的影子也逐渐暗淡了，回归显影前的底版状态，最后隐入黑暗的背景里。为了多捕捉到一些正消退的场景，你像打捞沉船的潜水员，一次又一次地返身扎入海里，而那些淡淡的影子就像鱼群，在不远处游动。当潜水员感受到海流的温暖时，那些鱼群就会停顿片刻，以便让你看清楚些，不过这只是几秒钟的光景，随后它们就会远去，再也看不到了。二十世纪二十年代的马戏团，粗糙花哨的布景、服饰，还有肥脸，都是混血的亚洲人，在准备下一场演出，有些疲惫不堪，想吃甜食，想喝点甜的冷饮，当然都没有，他们只能等着晚场开始，观众稀少……二十世纪七十年代末的北方城市里的游乐场,缩小了几十倍的摩天轮,看上去像个风车,旋转木马重新漆过,鲜亮清新,此时春天已到,可树木还没有绿意,阳光照耀着光秃秃的硬实地面,滑雪少年的白石雕塑周围有铁栅栏,小火车哗啦哗啦地响着经过,上面坐着两个小孩,脸蛋发红,正默默地对你出神,而不远处,卖冰糖葫芦的老太太烫伤了手指,在用力吹着……二十世纪八十年代的北方山区,风景远近闻名,山都不高,绵延数十里,长白山的余脉。五月,山上浮出浅绿,脸被阳光照热,而风有些凉。我们站在停车场上发呆。导游在讲解这里的古迹跟文化事件,都是编的,听着可笑,但她讲得那么认真,你也就只好耐心听着。煮熟的玉米在铝锅里冒着奇怪的香气。那个水洞,不知何时变成了旱洞,不过据说景观更好看了,再也不用乘船进去,不用穿军大衣加救生衣,这样走一个来回,要四个多小时。我们在想是否要走到最里面再回来,跟着喋喋不休的导游往里走……就这些了？是啊，就这些了，剩下的都是不能再碎的影子细屑，像鱼的鳞片，沉到海底泥沙里，要是我每次潜下去都能迅速返回，那就能把所有场景讲给你听了，可惜后来我沉下去之后就再也没回来，我只知道去体验那些场景了，以至于忘了要回来，到水面上，到船里——它那么平静，蓝色的，棉花号。就这样睡过去，可真是要好长时间啊，直到早晨来临时，才发现自己已回到了甲板上，被太阳晒得浑身发热，耳朵旁边响着鸟鸣似的音乐，咚啾啾……啦啦咿哩咚啾啾……

……傍晚五点多钟的样子，天色昏黄，潮湿，灰尘气很重，不知是刚下过阵雨，还是马上就要下雨了，完全不知道……周遭环境里似乎到处隐藏着危机，凡是能看到的物体似乎都像熟得接近腐烂的瓜果，有种阴郁色调，似乎随手碰一下，它们就会爆炸，而不是仅仅碰破表皮，那爆炸是汁液四射式的，让你不得不面对黏糊糊的东西溅满衣服的窘境。天始终黑蒙蒙的，不远处，能看得出人的轮廓，到近处才看得清脸，缺乏光亮的，仿佛隔了层暗黄的滤镜。跟他争吵似乎是在课堂上开始的。他感受到我的嘲弄和轻视，这是他无法容忍的，或者说他觉得我现在就是一个傻子，跟他唱对台戏，或者说，是因为我看到有人拆他的台却没有制止，还挖苦了他。他的决定，就是驱逐出境。所谓的出境，就是只能在大街上游荡，而不能进入任何地方坐下来休息，只能不停地游荡。他的态度非常坚决。大概你永远都不会忘记临走时看到的那副表情，他那张湿漉漉的方脸，他在出汗，让那脸有些油腻，他应是感到难堪了。你有些怜悯他，但你又听到另外的声音提醒你不要这样，有些人不值得怜悯，而且，问题的关键并不是怜悯，而是离开，一切都过去了，那么当然就要发生脱落和离开。就像树叶枯了就要坠落一样。这也是自然现象。你来到街上，很多不断交叉的街道，都很陌生、陈旧，偶尔看到一些树木的影子，毫无生机，只是摆出树的造型而已。你只能这么走下去,没有任何选择,走哪算哪吧,你这样想着,心里忽然有些伤感,但还好,并不严重,转瞬就散了,你想毕竟还是有点收获的,那就是无所事事的状态,你终于变得悠闲了,再也不用琢磨什么工作了。你来到一个学校,那里有个有很多人参加的讲座,你坐下来,挨着一个脸庞饱满的姑娘,深褐色的头发有些自然卷曲,厚嘴唇幽暗而平淡,她的身体里透露出淡淡的雨天气息。你很想知道,是不是她也刚从外面进来,可是外面刚才并没有下雨啊。下一个场景,是你重新回到街上,这时,一个女人在不远处冲你招手,叫你的名字,但并不是你真实的名字,而是你在这个梦境里的,从没听说过的名字,你知道它是你的名字,那三个字是……她很亲切地挽着你一起走,告诉你最近发生的趣事,你貌似平静地开始想她是谁,可是怎么也想不起来,但又不好问,只能这样边听边走。她看着有二十八九岁,眼睛很大,不知是习惯性张得那么大,还常做出惊讶的样子导致的，或是本来就这么大，她的嘴唇也是幽暗平淡的，很饱满，你甚至闻到嘴里散发的微甜气息。你知道自己认识她，但你又确信自己以前见过的并不是她，而是她的一个分身，那个她已不在了，现在这个才是她，别样的，气息是早已有的。她的话不多，像个巫师，带有某种预言性。她让你看街道两侧的人，你原本没注意到行人，现在才发现街道两边有很多行人，灰灰的影子似的人……你看到此前在讲座上遇到的那个姑娘，以及她的几个女同学，就在不远处，她们的样子很是妖艳妩媚，透露出超出实际年纪的风骚气息，她们并不是向你这里走来的，但似乎也不是要远去，而是时远时近的……她们都有饱满而幽暗平淡的嘴唇，在微弱的光线里，那些嘴唇就像风干的罂粟花瓣，浮动着。她说的最后一句话："要是你一动不动，马上就会下雨了……"

地铁

……沃伦斯基的马摔断脊背时,我在地铁里睡着了,头靠着座位侧面光滑冰冷的金属斜柱。老托尔斯泰在那一章里始终没提安娜的反应。就是带着这个想法,我忽然就睡着了。其间半醒状态时,我感觉自己变得很薄,像半透明的纸,自然地搭在座位上。还有很多站。报站的声音每隔两三分钟响起一次。睡眠就这样起伏着,像在水面下,有规律地探出头来,再沉下去。我喜欢这种空荡荡的地铁车厢,灯光把所有地方都充满了。无论朝左边,还是向右边,都可以望出去很远,缓慢摆动的一节节车厢,弯曲或者变直,那些立柱错落聚拢或散开,闪着明亮冷清的光泽,让你联想到游动中的恐龙体内的骨骼,光滑的。如果旁边多个人,就会觉得他的影子挨近了你,浅灰的,但你知道并不会真的碰到你,一点都不会……似乎每分钟都可以睡上很久,每一秒都变得很慢,在车厢的摇晃中,时间是飘浮着漫然而去的,而不是迅速流逝的……有种在海底的感觉,而车厢是封闭的,玻璃上浮动着无数气泡,在黑暗里。之前在哪里?离地铁口不远处的巷子里,有新开的一家广东饭馆。外面的那条路是以前经常坐车会经过的。从地铁口浮上来,再顺着步梯走下去,会觉得外面像另一个世界,而地铁口则只是在它侧面的一个洞,你下去,它就会封闭。你觉得自己始终都带着笑意,可是又一直都没听清他们在说些什么,而你也在说着什么,东西很好吃,煲得很好的汤,特别的方法,后来让那些蔬菜都沉浸其中,等它们再浮起来,随着翻滚的汤展开又卷曲……手里多了两本书,搁在那本厚重的上面,可是怎么也睁不开眼睛,虽然想去翻翻它们,哪怕一页也好,能感觉得到脑袋在晃动,跟随着车厢的节奏,偶尔还要重新找到舒服的姿势……残留的意识里，觉得这些天好像始终都身处空空荡荡的车厢里，而所有的人与事，无论远近，都在密闭的窗户玻璃上黏着。

火锅

……它,黑暗中,像个发光的玻璃缸。这小酒店里,是下沉式的,那个大方桌搁在中央。在外面看,会有错觉,这是要吃饭的地方?与其说这里就要变成热气腾腾的火锅宴现场,倒不如说它更像舞台上被追光灯照亮的一块地方。多数座椅还空着,色泽鲜美的牛羊肉早就一盘盘摆好了,间杂着几盘蔬菜、菌菇、百叶,中间是那个很大的烧炭铜火锅。灯光有些耀眼,显得这个空间冷飕飕的,空气里仿佛有极细的金属亮丝,要是你仔细听,或许还能听出它们发出的微妙颤音。每张脸都有些单薄,色泽平淡,包括几个后来者的脸,也是如此。除了男女主人,都是陌生人。我跟L在这些人里坐着,多少有些古怪,随着那些人声的响起,感觉有点像《虎口脱险》里那个指挥和油漆匠闯进小旅馆，面对一群德国军官为某位将军庆祝生日的场景，当然，我们不需要瞠目结舌，也不需要把椅子掉过头来，当战马骑，跟那些人一起唱着歌咣当咣当地策马前进，我们只需要吃火锅。我们都饿得不行。那些肉非常好，在沸腾的火锅里翻滚的样子，以及肉香，把所有莫名的气息都驱除掉了，留下的只是一个说不说话都无所谓的吃喝至上的和平世界。火锅的最迷人作用之一，就是把所有人的脸都变得让人容易接受，大家都盯着它，也就不用再不得不盯着彼此的脸了，也没人会关注你是不是喝了杯中的五十多度的白酒。当然你也注意到，至少有一半人吃得比你们矜持，但这并不影响L跟你低声赞美肉质和那些茼蒿的清香。最后来的两个人，把气氛扭转了方向。他们是喝过酒的，来这里是为了说话、喝酒，而不是吃火锅……就像两个出现在纽约地铁站的阿拉伯人，他们东张西望，既然没有警察来盘问身份，那随后不管发生什么恐怖事件就都不意外了。那矮个光头男是这里最年长的,恐怖小说作者,年轻时在部队待过,打过对越自卫反击战,杀了几个人都记得清清楚楚,八个。他总是怒目而视的样子,让人联想到抗战电影里的民兵排长准备拉响地雷时的表情。他旁边那个高大男孩,也是部队里出来的,一说番号,都知道。他们的酒喝得太快了,话说得越来越快,越来越响。没人知道他们为什么那么激动。这时,那位从欧洲回来的丰满姑娘开始唱了,是美声唱法,不知是哪出歌剧里的咏叹调,大意是只要能在你怀中待上一晚,就什么都无所畏惧……也可能是别的什么意思,反正是在怀中。歌声的穿透力是出人意料的,在脑子里回荡时,就像有什么金属在脑壳右上角共振。他们在大声说话。有位女士提前告辞了。男主人端着酒杯来到那位传奇老兵哥(据说癌症都没能打垮他)身旁,一杯一杯地敬着酒。那位老哥讲到动情处,声音已是慷慨激昂的状态。他的右臂受过伤,男主人抓住它,不停地摇晃着。透过落地的窗玻璃,能看到外面偶尔经过的人，还有缓慢的车辆，灯光摇晃，转换明暗与方向，就像从不同角度发生的剥离过程。我们把眼前几个盘子里的肉跟蔬菜都吃光了，然后跟清醒的女人们道别。外面不冷。没有出租车，我们不得不走了好几条弯曲寂静的街道……等我们分别上了车，已临近午夜。没多久，就收到那位歌剧演员发来的最后散场时的图片，她是最后离桌的，桌面一片狼藉，很多空盘子，那个大火锅还在，周围已没有人了，只有那些歪歪扭扭的椅子。凌晨时，女主人发来短信，说他们都彻底喝倒了。你在回复里忍不住还是表达了对那个铜火锅的深刻印象，它真是让人兴奋而又喜欢啊。

手机

……街口转弯处的咖啡馆里洁净而幽暗。最里面,坐着那个瘦得奇怪的姑娘。三个年轻服务员,挤在吧台里。咱们两个,女服务员有些不好意思地对一个男服务员说,其实都是粗腿的胖子。男人坐在靠近门口的位置,布手袋放在桌上,侧歪着,挨着落地窗玻璃。外面下着细雨。有人打着伞,慢慢走过。蚊子钻进他的裤管里,咬小腿。至少三只。狭窄过道边上,放着养豚鼠的笼子,里面铺满木屑,有两只,但看不到它们在哪儿,估计在那个袖珍小木屋里睡觉吧。跟老鼠一样,它们昼伏夜出。他有个同事就在办公室里养了只豚鼠,用的是豪华笼子,放在窗台上,桌子下是很多袋木屑和豚鼠粮。通宵加班时,他会习惯性地蹲到那笼子旁边，看上一会儿。它在那个滚筒里奔跑，像马戏团里的。男人把手机放在桌面上，还是黑屏。现在几点了？他问女服务员。她扫了眼桌面上自己的手机，两点五十分。他决定再等一个小时，看看手机会不会恢复正常。之前，他在后面楼上维修部里等了很久。没带发票，也没带保修单，因为上次搬过家之后，就不知道它们在哪里了。当时他问那个面无表情的胖姑娘，这情况怎么办？她头也没抬，让他去找那位留着莫西干头的小个胖子问问。胖子拿起手机，重新启动，没问题，密码错了，过会儿重输就是了。他愣了一会儿，下了楼，来到这个咖啡馆里，想了半天，才要了杯拿铁。他平时从不点这种咖啡。过了几分钟，有个穿黑西装的瘦子进来，跟服务员们都很熟，打了声招呼，就拿起地上的吉他，调好音，弹了起来。一些似曾相识的流行曲子。一个小时后，他在马路对面那家维修部，让维修员给那个手机刷机，重装系统，但没成功，后果是系统也无法重启了。他又回到了那个咖啡馆里。

等他再次起身时，那个瘦子还在弹着吉他。雨停了。他没办法把自己将迟到的消息发给正在等他的人。理由还是很充分的。他跟全世界失联了。在那个光线昏暗的电梯里，在到达二十五楼之前，他脑子里忽然浮现一年前在美国西部看到的一个场景，在去大峡谷的路上，中巴在换乘点停下，大家上厕所，然后转到一辆大巴上，继续走。阳光耀眼，有风，四周都是戈壁，到处都是奇形怪状的约书亚树和豚草。中转站那个房子的侧门外，有个小阳台，一个身材健硕穿制服的女人伏身在栏杆上，默默抽着烟，总共抽了三支。厕所就在那幢房子的后面，很脏，让他意外的是里面竟然还有空调。电梯门开了，他想抽烟。他已戒烟三个多月了。这回男人进的是那家专修无保修手机的店。天黑时，他还在那里。那个精瘦的小伙子拿着手机，做最后的尝试。整个下午。他觉得自己就像那个放在桌面的壳。而那个手机，它就在那里，无声无息，而他却毫无办法。定位还是昨晚的，那个瘦小伙子说道。奇怪的是，怎么都不能更新。把卡插到别的手机上也是这样。那男人拿起那只做试验的手机，屏幕上有个婴儿照片，胖胖的，应该还不满周岁。这是小伙子的孩子？他没问。他想在这个手机上登录微信，可是，输了几次密码都错了。那个小伙子又把手机要了回去，继续尝试刷新定位。只要能刷新定位，才能让他那个手机正式报废，然后就可以加钱换个新的了。但是毫无进展。这意味着他的手机既不能修复也不能更换。或许你可以拿着它先回家，等它恢复了正常定位，再回来换新的。那要是不能恢复呢？那我也没办法了，小伙子笑了一下。有点像个恶作剧，男人自言自语。而且，瘦小伙子说，你这手机下面摔裂了，就算拿到保修的地方，人家也不会受理的。后来，进来个胖女人。她进了柜台，拉开一个抽屉，然后又关上。看到那只猫吗？她问道。瘦子有些恍惚地看了她一眼，没答话。她拉开抽屉，关上，然后又问了一遍，那只猫去哪了？瘦子摇了摇头。那男人看了眼走廊，还有窗外的露台。疲惫的状态里，今天碰到的不是瘦子，就是胖子。他没听他们的对话，只是出神地望着窗外。远处的那几幢大厦，下面三分之二部分被那些矮建筑遮住了，它们看上去就像浮在空中的灰暗剪影，要是用手机拍下来，构图会是上面深灰色而下面浅灰色。经胖女人提示，那个瘦小伙子打通了一个服务电话，几分钟就解决了问题。于是那只旧手机从此刻开始就与那男人无关了，从里到外，所有的信息都清除了。他换了只新手机，当然要加一笔钱。他认了。他把那个茶色塑料保护壳取下来，套在新手机上。几十公里外，有人在等他，还不清楚是个什么样的人。在他开启新手机之前，对方不知已给他打过多少次电话。他并不急于离开，而是悠闲地装着一个又一个软件。那个瘦小伙子注视着他。你们要下班吗？那男人随口问道。瘦小伙子摇头，还早。好，这样最好了，男人古怪地笑了，继续摆弄着手机。整个过程持续了半个多小时，它没有发出任何声响。等到一切都搞定时，男人松了口气，终于觉得有些困了。没别的事了吧？离开前，他问瘦子。瘦子想了想，应该没有了。那，要是它坏了呢？瘦子轻松地说，找我。他又看了看那只旧手机，现在它里面什么都没有了吧？当然，瘦子说道。你们每天都是几点下班呢？六点半吧。不休息吗？每周只休一天。你一直都这么瘦吗？啊，小伙子愣了一下，不明白他为什么会问到这个。他若有所思地看着小伙子，然后又转头望着窗外，室内灯光过于明亮，玻璃上能看到他和小伙子的身影，还有那些灯管的，而外面却什么都看不到。

蜻蜓

……离开办公室,透过侧窗,发现外面有很多蜻蜓,盘旋在低空。下面,那个蓝色的游泳池边,有个胖子,在躺椅上晒太阳,看书。中午他就在那里了。来来回回的,我今天不知看这个场景多少次了。一个胖子,在蓝色的游泳池边,晒太阳,看书。在我身后,空间的深处,学生们的掌声很遥远。有位教授匆匆离开了。阳光晒得人冒油,没法抬头看天。买了包咖啡回来,进入冷气之前,又一次有了要中暑的感觉。还好,冷气涌过来了,包裹了你的身体。喝口水,忽然什么都不想做了。好像整个内外系统都瞬间停转了。就那么坐着,动也不动的。后来发现,广场上也有很多蜻蜓。

该怎么去理解这种近乎凝固的失语状态？云层里散漫透露出来的阳光，就像悲剧散场后剧场里温暖的顶灯发出的淡橙色光线，演员们已经不在，观众也已离场，它们照射到那些寂静的座位上，让一切陷入另一个梦境里……

在海边

……我生活在海边。不在梦里，在此刻，这个毫无特征的深夜里。在我的房间里。它比邻大海，像脆弱却从未被浪击溃的巨大岩石的尖角，而它所在的这幢高层建筑的所有窗口——无论是黑的还是亮灯的——都变成了凹凸嶙峋的石头表面，闪着津湿幽光。海浪声，一阵高涨的最强冲击声无限延长，完全没有风，与海浪声对应的，只有同样无限的寂静，把海浪吸纳为它的核心，而海则是它那圆弧形的不断旋转的内壁……处在之间的我，是刚蜕去丑陋硬壳的蚝，正在耐心享受擦干身上水珠的过程。我在这海边生活了很多年，不知是否还会有很多年。白天，它给我以漫无边际的坚硬背面，我走在其上，很多时候，其实它只是走在某个角落里，做出忙碌的样子，尽量爬得缓慢。我从没在梦里生活在海边。在梦里我不闻声音，不见颜色，即使在最好的状态，我也只是散漫飞行，在茫茫雾气里搜索大海的迹象。我梦见自己是只三叶鸟，翅膀如风扇，以奇怪的旋转方式推动我飞行。只有在不能入梦时我才能继续在海边生活。房间里堆满石头，都是从海边捡回的，即使是整块的也像是由很多片合成，已捡了太多，只在地面上留下些空隙。我只允许那些奇怪而又好看的石头进入房间。后来，在墙边，我用它们垒起一道新墙，我喜欢它们生成的图案，那些纹络没有规律却又令人着迷。其余的石头靠近我的床，就像海龟，它们沉睡不醒，而在它们表面，我发现了类似于人脸的图案，即将消失的脸的轮廓，当然，都是我的。每天夜里，我都会观察其中的某个，就像观察过去自己的脸，甚至时常忘了自己的样子。我燃烧艾草，耐心地熏烧那些脸，把这种无法描述的味道当作是海的馈赠，毕竟海浪时刻都在不远处激荡，而这只是我能掌握的所有转化方式中的一种而已。阳台上种满了艾草。它们夜里生长而早晨枯萎。整日风干,而夜里则任由我反复揉捻变成丝缕,再装入细长的纸筒里,这就是整个仪式的前奏,也用来作为每一天生成与消解的佐证。在海边,我一无所有,包括记忆,我不得不一次次重新虚构曾发生过的一切,以眼下这些有限的东西为素材,也用海浪声给我持续带来的刺激,我想此刻有另一个我,正在某个大洲漫长旅行,而旅途的终点,则是我这里。这个人每天都在梦境中行进,并把自己的体验毫无保留地传达给我,而我却无法将这海边的生活传达给他。

野牛

……那些湿漉漉的强硬黑亮的躯体，浮动在河湾里，远远看过去，仿佛是簇簇灰亮的金属斑点，正在河水里凝结或熔解。它们出现时，已是下午三点多，天空阴沉，而不再是中午那种烈日天。没有风，水是温的，不断泛起泥浆，偶尔还有灰白的水花闪现。中午起来后，他没洗脸就坐在那里，在一小片阿凯西亚树的阴影里，等着它们从远处奔涌过来。它们已经汗透了，沾满了尘土，大群牛虻紧跟着它们，直到这里。它们从地平线那里浮现之前，就能听到它们的声音，更像很远处在打雷，低沉的隆隆响声，贴着地面滚动过来。很多的乌鸦早早地就被这声音所震动，纷纷飞上了天空，然后落在附近的一些高高的干枯树枝上。他伸展开自己的身体，把腿搭在前面的一块石头上面，它的平面大小刚好够放两只脚。有些很大的苍蝇在围着他的脚嗡嗡地转悠。他已经二十天没抽烟了。刚才，她终于决定出去买烟了。临走之前，她说晚上她要做个东西给他。他说好，还没想抽烟呢。这是一种发自体内的需要，至少它现在还没像以前那样抵入心里，再抵到鼻子里，还没有令脑袋发麻、让嗓子发痒的那种感觉。以前，那些地方都长满了热带植物，总是散发着诱人的气息，而现在那里什么都没有，只有空地。几分钟之前，他觉得自己睡着了。没有任何预兆地，他想到了前面所描述的那些场景，直到现在，有些醒了的时候，他还在等着那些野牛出现。

海

……白天入城，深夜入海，谁让你有那么多的梦，只能如此这般，搁在海里，永久收藏，酝酿着。就这样，闭上眼睛，把橙子般的灯调暗，把最后的信息发完，然后就可以乘着小船，浮向远处……一波，一波，又一波，一波还未平复，一波又涌起，黑暗里的黑暗，在深处，也在表面，甚至不再需要有什么光线。这真的是在无边的海上了。这海是我的王，是黑夜对我的怜悯，是我对黄昏与日出时看到的斐然世界的永久回忆与期待，没有比在那幽深阔大的动荡之海中看到的秋天更美的了，即使在黑暗最深处，你也能想到温暖的时刻，想到早晨会这样来临，天很低，只有一种颜色，几乎不再有分野。而你，细脚伶仃地，坐在船边，晒着太阳,看着海鸥(罗斯氏鸥,白色微带粉红,美观优雅,繁殖于西伯利亚北部,活动范围可远至北冰洋)的肚子白得细腻……

止

……那些大苍蝇，早在飞起之前就把你吓到了。像一个模子刻出来的，它们的姿态、动作完全一样。一只、两只，还没什么，忽然出来五六只，就算是无声无息的，也会让人不舒服。从哪来的不重要，在这里，它们就像一群无赖，赖在那里，没有离开的意思。只有等它们盘旋半空，在闷热中嗡嗡晃舞时，你才隐约感觉到某种古怪的气氛正悄然浮现，就像尚未成型的忧虑。那只猫躲在沙发下面，不动，也不叫。你把它拎出来，放到门口的过道里，让它吹着风，也没见它精神些。风把它的枯毛吹得扬起了。你摸摸它的背，皮包骨。碗里的水，所剩无几，这是它熬过燠热白天的证据。水补满，它又喝了一会儿，然后不声不响地躲回到沙发下。它们在半空中盘旋，那群苍蝇，像在等什么。拿着卷成筒状的杂志，你也等着，落下来一只，你就挥起卷筒打死了一只。最后，有一只逃掉了，飞到了高处，落在满是污垢的窗玻璃上，一动不动。过了会儿，它重新悠闲地搓起细足……这些微不足道的细节，就像不经意从某处脱落的灰尘掉在桌面上，不会有任何影响，不会掩盖什么，也成不了点缀，那里原本就什么都没有。还有什么问题？即使你已困得睁不开眼睛，即使你知道躲在沙发底下的猫可能明早就再也醒不过来，你仍旧固执地相信，没有什么能戛然而止。

吉卜赛人

……吉卜赛人没有碰上那支军队。他们幸运地搭上破轮船,渡过了深河。赶在暴雨前进入了山谷,躲到那幢四处漏风的守林人木屋里。他们点起炉火,烧上锡铁壶。雨气从缝隙里不断涌入,整幢木屋都在风雨中抖动。这时,画面转换为暴雨中的森林,穿着黝黑雨披的士兵们,排着散兵队形,无声无息地缓慢前行,看不到脸,雨披上闪着暗淡光泽。茶泡好了,随时可以占卜。她不知是谁说了这话,因为灯光还没亮起。他们抽起难闻的水烟,露出诡异的笑意。暴雨声越来越响亮,像密集的枪声,当然你也可以说是圆形剧场里经久不息的掌声。这个重叠的梦境早上就在那儿飘着。她先是觉得最为关键的,是那个占卜的场景,可惜她根本听不懂那老太婆说的是什么语言，尽管她坚信这就是对她说的。老太婆那皱纹里的混浊狡猾的眼光让她紧张。当然，在快要醒来时，她忽然意识到，那支军队很快就会进入山谷，发现这幢闪着火光的木屋，破门而入，把他们抓到外面，绑在树上，然后在暴雨里执行枪决。为了阻止这一幕发生，她几乎立即就醒了。但她并不确信最后究竟发生了没有。而此刻，她正坐在街边咖啡馆的角落里，下午，或傍晚，她双手围拢着纸杯，偶尔低下头，看那个纸杯，就像在看身边熟睡的人。不远处靠窗位置上，他不时朝她这边望着。外面好像下雨了。他看了看窗玻璃，发现只是天色更阴沉了。这里除了三个服务员，就只有他们两个人。她凝视着那个纸杯子，就像完全没有意识到它只是纸杯。她是那么出神地把握着它。满的，或空的，对于她并不重要。它只不过是个临时用来制造幻觉或错觉的一次性物件，不代表什么，也没象征什么。他在她那神情里看出了某种沉湎的意味。后来他或许觉得，她就像个马上就要消失的幻象。只是他完全不知道，此时的她正在回忆那个梦里用来占卜的茶叶渣生成的图案——那个吉卜赛老太婆只是让她看了一下，随即就收回了，把那茶杯放在跳跃的火光下，嘴里反复念叨着……她觉得自己确实记住了那个图案，它覆盖了那个梦境里的其他场景，把它们变成了模糊的谷底泥沙，但她还是有些不安……而这个图案，就像远古岩洞壁画的残余，有着黑色拙朴的鱼形轮廓，只是她无法确定，它到底是个抽象的符号，还是一只眼睛？

拉威尔

……那个仿佛被压扁的长方形空间里,亮晃晃的投影幕布上,五颜六色的图景有些失真。在这片光亮的映射下,那几排拥挤的座椅在逐渐暗淡的光线里显得简陋而又凌乱不堪,每把椅子看上去都像个邋遢的老年人,即便是有人坐了上去,遮住了它们,也还是不能改变这种感觉,而且无论是谁坐在那里,都像是坐在一个颓丧的老人怀里。七十岁的作家开始讲述其小说地理学。他应能注意到,对面右侧那几位看上去兴奋而又古怪的老人像在期待着什么——希望讲座快点结束,然后好提问题?或许他还会发现,他们都有些刻意地努着嘴,像已准备好随时说话了。翻译正把他的一段话翻成中文时,他重新打量着眼前的一切。多数位置都坐满了。在那些乌压压的脑袋中间，他只看到几个年轻女人的脸。几乎没有年轻男人的脸。在角落里，有对夫妇，女人怀里抱着婴儿，旁边露出婴儿车的篷顶。凡是他小说里写过的地方，他都会去实地勘察一下，研究那里的诸多细节，不这样他就不会动笔。从描写事物的能力来说，他认为巴尔扎克非常重要。他的潜台词似乎是：很多年来人们对巴尔扎克的忽视是轻率的，毫无道理。他好像没注意到，正前方第四排居中位置上始终探出个硕大的光头，严格讲并不算是个纯光头，因那油亮的秃顶四周隐约可见极短的毛发——这个年近五十的男人早早就坐在那里了，当时很多椅子还空着呢，他的脸刮得很干净，甚至干净得有点做作，他眯缝着眼睛，面色潮红，这显然是心情激动所致，他偶尔下意识地歪一下脖子，就像登上拳击台后马上要开始比赛的拳手……那脖子光溜溜的，草绿小棉袄没领子，而且他的嘴始终在调整着形状，像在调试一件小乐器，之后确实偶尔会忽然发出些低声，但实在听不出是什么曲子，这显然令他更加亢奋，身体都有些颤抖了。这位作家不喜欢省略号，非常不喜欢，翻译平静地说道。人们笑了。作家没想到的是，准备讲一个小时的内容，不到半小时就讲完了。写作中的时间，跟说话中的时间，完全不一样。余下了很多时间，给那些想提问的人。最先发问的，是那几个老人中的一个。问题很切题，但他并没读过这位作家的作品。随后几个提问的也是如此。作家不得不回到之前讲过的话题，再做一些拓展。翻译的过程中，他若有所思地观察着那些满足的提问者。那个光头男人终于等到了发问的机会。拉威尔。您刚才讲到了拉威尔，他字正腔圆的程度出人意料，让人想到央视播音员，您最喜欢拉威尔的哪部作品？作家有些迟疑，随后的回答也有些含糊。那人在作家稍作沉吟时就继续说了起来，我最喜欢拉威尔的《西班牙狂想曲》，您喜欢吗？作家迟疑着。这时，那人忽然用嘴演奏了起来，像吹号那样，嘴唇颤动发声，一段演奏完成时，他的脸色通红。作家也笑了，这是他没想到的场面。尽管他对拉威尔音乐的体会肯定比小说里表达的要多，但此刻他并没有更多的表述，说的几句话仍旧是含糊的。很可能，他更愿意把对拉威尔音乐的感觉，转化成对拉威尔早上起床后那些瞬间的描述，而不是谈论音乐本身。接下来，一位年轻人的提问终于指向了小说本身。但在翻译的间隙里，作家仍会不时朝光头那里看两眼。光头男正在跟旁边同样有些激动的黑衣瘦子低头谈论拉威尔的音乐，他无法压低声音，甚至忍不住又颤动双唇演奏了一小节，作为看法的佐证。但那个年轻的瘦子对他的演奏显然毫无兴趣，听光头说我没读过他的小说，但我喜欢拉威尔，就一边举起手，一边回应道，我也没读过，更不知道拉威尔是谁。而此刻，前排那两个老人正在鼓动之前提问过的那个老人，你可以继续问他啊，就问地理问题，跟小说没关系的地理问题。

壁纸

……酒店大堂里挤满了人。每个人都是匆忙的样子，东张西望而又疲惫不堪，就像刚发生了不严重的地震，或是这个城市里发生了爆炸事件。大家都不知所措地逃出房间，走安全通道涌到这里……那些脸都很陌生，即便是偶尔出现的客人，你也不会有什么陌生感的，他们总归是闪一闪就从面前消失的——这些人可不是这样的，他们不离开，也不消失，就在那里，站着，或转来转去……他们占领了这里。原来挂在墙上的那些油画都被收起来了。他们无一例外地紧握着手机，神情麻木又拘谨地扫视过往的人。负责操控电梯的保安从人堆里伸出脑袋，大声驱赶他们，你们只能走安全通道！他们又乱哄哄地拥向安全通道，密集的脚步声长久地回荡，即使安全门关闭后也还是能听得到。那些脸在你脑海里留下印象后并不会马上消退，当新的印象浮现时就有了重叠的效果，而这重叠过程是不断的，那些脸会一次次地自然缩小，最后缩成了朦胧的斑点，它们的排列并不是整齐划一的，那种无序的状态看久了就会觉得它们像是在纷纷坠落，像临近傍晚时下起的雪。但这个念头最初是不会出现在你的想法里的，那时你想象着烈日下田野里突然烧起的大火，把正在啃食作物的蝗虫统统烧死了。他们破坏了整个酒店的秩序。但好处是，你发现这种混乱有强大的遮蔽性或隔离性，至少有利于你享受无所事事的状态。你尾随着那个姑娘，上了电梯，隔着那些脑袋，你观察着她的表情变化，这个穿着打扮平庸的姑娘竟意外露出清新的气息，晃着马尾辫，摇动那花里胡哨的裙摆。她一次又一次地从一楼坐电梯到二十一楼，然后再下来。在电梯里，离她最近的一次，你发现她皮肤微黑且粗糙，声音有些尖锐。出了电梯，她对着手机大声说着方言，穿过人群，走向酒店正门。大堂里到处都是广告喷绘，弥漫着浓郁的人肉味儿。这里的所有座椅、沙发、茶几早已撤掉了，没有背景音乐，也没有服务员。你对负责电梯的保安低声说，关闭电梯五分钟，所有的电梯，立即。保安并不认识你，请问您是？你一字一顿地告诉了他。他跟上级请示后，立即宣布关闭电梯，五分钟后再开放。电梯门前随即被人塞满了。你看到她被挤在了角落里，像被绑架的人质。后来，她面前那个高大男人不经意转身时把她手里的奶茶撞洒了，她连衣裙上出现了几处污渍。她恼怒地挥着手臂，那样子就像网中的鱼，在拼命摆动……你看了一下手机，觉得自己一时也无法知道，电梯恢复正常与梦境的解体，哪一个会先出现？

冰狼

……天蒙蒙亮时，那人告诉你，外面已经都是冰了。你想，冬天里，结冰不是很正常的吗？那人，或你，拉开窗帘。玻璃上倒是没什么，没有冰霜的痕迹，直到你看见灰蒙蒙的外面，才发现那人说得没错，确实到处都是冰。这不是一般的结冰，而是像回到了冰川纪。后来，你们到了外面，感觉并不是很冷，寂静得能听见呼吸在胸腔里的回响。大多数建筑都封在厚厚的冰层里，公路和河道就不必说了。你们走到河堤上，那人说，你看这里，有四十多米深呢，都冻透了。你们走在冰面上，真的就像他说的那样。似乎时间也凝固在冰层里了。从此你们再也不必忙碌什么了，因为无事可做。你就跟着他，朝某个地方走去。后来，你们出现在一幢温暖的大房子里。你坐在地板上,靠着墙,身下垫了块兽皮,热乎乎的。那人在窗边,屁股靠坐在窗台边沿,逗几只长得像猎狗似的动物,它们比猎狗要强壮许多,目光凶狠冷漠,但偶尔还有些可爱的感觉。这里真的很温暖。你有些困了,但一时还不想睡,要睡的话,总得回家里去睡吧,家里没有这儿温暖明亮……你很奇怪,这里怎么会如此明亮呢?窗户亮得发白,根本看不清外面。它们跳得越来越猛了,那人拿了些干肉,不停地逗引它们,只有跳到足够高度,才会把干肉投到张开的嘴巴里。它们究竟是什么东西?你有些不安,但并没说出来。那人从你的眼神里发现什么。那人忽然大声说,知道吧,这就是冰狼,不是猎狗!被你坐着的,也是一只冰狼啊!他笑着继续给那些跳跃的冰狼喂干肉,有些应接不暇了,似乎一旦他停下来,那些冰狼可能就会扑到他身上,咬住他的脖子……可是这些,都没有你紧急,你身下就卧着一只冰狼呢。你侧头去,发现自己竟是坐在它的脖子上,也压到了它的脸颊。它在睡觉,但也像马上就要醒了。你不知是不是该起来,迅速离开,以免它醒来时发怒,那样就惨了……你不知它会怎样凶狠地咬你。不过还好,你比它先一步醒了。窗帘有些发亮,在两片窗帘接合处,被电视机刮住了,露出那个不规则的三角形,明亮得有些诡异。

距离把一切变成透明的影子,让声音重合消隐而不再共鸣。寂静的早晨仿佛微光中的清澈水底,雨停了,小女孩在过道里找猫,阿咪!声音清脆。此前此后之间,是漫无边际的屏息。巨大的水滴啊,卜,无限的一天……

露台

……倾斜的红瓦屋顶上，只有一只猫。它蜷卧那里，偶尔抬起头，看着上面。天空是浅蓝的，阳光正在抽离，云是一缕缕的，很少，凝止在那里，比大理石花纹还要细腻。要是没有附近人家装修的冲击钻声，这该是个多么完美的地方。最后一缕阳光在退去，搬把折叠躺椅，坐在这里，可以无思无想、无牵无挂。这里一切都无比缓慢。经过那株老树，就闻到了那种老楼里特有的气息。很多门都是开着的，到处都有杂物……木地板有些软，随脚步起落颤动，沉闷的吱呀声混合着咚咚足音，这样三转两转，就到了顶层。窗帘没有拉开，有些闷热。只有露台上是清凉的。那里有只白漆铁皮小圆桌，搁在角落里就显得更小了。天空暗了。你觉得这里及周遭的空间就像罩在气泡里,偶尔传来的鸟声会让气泡薄壁鼓出微小的气泡,然后再恢复。附近的灯光零星稀疏,马路已看不清楚。那些树都是寂静的,空气变凉,右侧屋顶后,那树上的花瓣似乎都是凉且滑腻的。月亮升上来,还不是满月,就像打磨得有些粗糙的白铜。背对着它,几乎感觉不到月光在洒落。天空越来越暗了。这就是那种坐下来后哪也不想去的地方。夜气粘着身体,有些冷清,但不会不舒服,还可以继续一动不动。此前的说话,倒像是另一个人在说的,而不是自己,眼光一直在周围飘浮,欲落不落的。直到他说到比喻式思维的问题,你才完全回过神来,想了想,以前有个朋友也提到过,当它泛滥时,那种貌似洞见的闪光,其实就会变成对思维的简略,有些重要的东西就会消失了,剩下的,或许就是对次要趣味的沉湎。

写音

……可能是水滴入石，泛起尘埃，无声漫入夜空，把黑暗中某个地方磨得泛出深蓝，又泛出灰白，就像眺望遥远的河汉，弥漫过去，在你觉得白得有些平淡时，又会在某个瞬间莫名灿烂。有动静的，是周围那些粗壮的毛竹，或隐秘的洞穴，幽深的山谷，寂静的深潭，还有温暾的湖水，以及附近的沼泽地，是滞听到了蛙鸣其实并不重要。喝口清冽的泉水，然后让我们剖开那幽静的金属，让它不断分裂翻卷，好让人们涌入那暗金色的城，就像灰尘渗入电脑主板，像无数信息涌过光纤，而时钟在自在摇摆。它不是在记录，而是在走动，没有重复。夜入深处，鸟可无形，折断细竹，坠石入水，激起无限波纹……它们的声音提示你要注意那些正移动的透明正方体空间，那些玻璃屋子，在不时靠近中发出奇妙的回响，从里向外，从外向内。起初，月光凝固在眼里，处处洁白，如同雪野。它们在此前那种波纹变动里微妙滑行，让那些裂开的石头跟着发出古怪回响。后来这声音越来越强烈，透过山体传到了地层深处，引发了地核洪钟的共鸣，就在此刻，大风上山入地，升空剥云，摧石断树，漫沙无际，林丛如同被激烈拨动的无数弦，整个世界陷入滚滚而动的进程，仿佛正在宇宙中突然坠落……这时我们听到锣鼓喧天、龙马嘶鸣般的声音从这空间里溢出，朝四面八方奔涌，把那个被旋涡化了的世界钻出了个黑洞，就这样，周围云雾般的存在忽然凝固了，那缓慢的水滴，滴落到地核里的大钟上，而外面只有风暴后的寂静。天色欲明未明，大城似已清空……濒临绝迹的狼群正走在远处干涸的河床上，顺着那些发白的大卵石，往远处而去。那些无家可归的车辆，纷纷驶入黑洞里，就像要穿过时间隧道……它们的声音像弱化中的凌晨海浪，很多灰色鸥鸟的叫声被持续放大。坐在黎明前的阳台上，你凝视屋檐滴水，它们都不破碎，只是落下来，在地面上微微晃动。

三幕

1

……红色数字显示,电梯停在一层。输入密码时,电梯又上去了,说明有人先按了"17"。这部电梯只在负2层、1层和17层停。过了片刻,它重新下降,停在了一层。就在这个瞬间,你的脑海里浮现了一个人的脸:他眯缝着眼睛,注视着电梯门。这时,电梯门开了——正是那张脸,那眯起的眼睛,注视着你。你点头问候。他似乎也点了下头,也可能没有。电梯上升。他打量着电梯内部,就像很久没有留意过这里似的。你看着他侧面金属壁面的反光和模糊的人影。他还是发问了,你最近在忙些什么?你回答:老黄去了摩洛哥,马拉喀什（这时我忽然想到罗伯-格里耶的那部电影《格拉迪瓦找您》里的那些场景，答非所问，但没关系）……要飞多久？他继续问道。二十八个小时，我觉得这个时长足以让他忽略其他问题了。要转机？对，在阿姆斯特丹。这时，电梯门开了，他大步走了出去，后面跟着之前被他遮在身后的矮个司机，垂在屁股旁边的那个褐色皮挎包有些夸张地摆动了几下。而你的脑海里还在转动着对之前那个预感的惊异并正在浮现阿姆斯特丹的雨天街景，是啊，那可是个安静湿润的城市。

2

……木椅下面那个旧音箱里发出的声音就像无形的热带植物在这幢别墅里蔓延，它们来自某个遥远年代的一群年轻人的喉咙深处，光滑得不带任何汁液。它们只是凉丝丝地缠绕这里的一切，就像不断在给这里的空气分出层次，它们流动，浮起，层层落下，淹没他们，再让他们浮现在那里，像裹着纯棉布的鱼，他们下意识地晃动身体，人人手里都拿着手机……男主人拿起遥控器，将音响声音调低些，说完话，又重新调高，而她们在用手机拍照，熟练地运用修图软件。另一个男人俯身桌面，慢吞吞地吃着东西，整个晚上，不，是从下午开始直到现在，他都在吃，各种各样的食物，面包，坚果，饼干，面条，炒饭，或别的什么。他喝了很多茶，茶的色泽越来越淡，这会让嘴里的味道也变淡，有时他会忽然停下来，感觉一下口舌间那种微苦略涩的味道。后来，男主人把遥控器丢在一边，悠闲地抽着烟。外面下雨了？是窗边立式空调里发出的声音在音乐的间隙里忽然浮现，有点像下雨声。有些粗糙的瓷砖墙壁上浮动着一小团孔雀蓝的身影。后来，他们开始互相拍照，仿佛即将结束的晚宴上的道别场景，他们夸张地笑着，找寻角度，全是脸，就像电影宣传图片里的人，凝视镜头，微笑或严肃，还有走神。男主人听从大家的要求,绕过木桌子,来到她的身旁,挨着她,摆出合影的姿势……你们可以拥抱啊。于是他们就拥抱,身体和动作都略显僵硬,放松放松,再自然一点,他们笑过的脸上忽然流露出某种光泽,像初恋的年轻人,她的笑容中有种反常的美,就好像她清楚这一切马上就要化为乌有,她有种难得一见的坦然和一点点留恋的神情。他们喝酒。刚离开教堂的,远在德国的朋友,也觉得有些图片像电影里的,你们在喝酒?他传来自己拍的工作现场照片,有些红衣主教模糊移动的身影,前方是导演夸张的手臂,看不到脸,手指都张开着。没人知道他们到底拍了多少照片,它们被传来传去。不知过了多久,只剩下两个人时,那个男人终于不吃东西了,指间夹着香烟,默默地看着他。"这种小狂欢的场景过后,"那男人低声说道,"通常最容易出现的剧情,就是第二天会有一个意外的事件作为结束,你说对吧?"他点了点头。

3

……他躬身，跟他们握手。那只手粗糙而又温暖。他很高，脸有点潮红。他们不得不侧过身，听他说话，他仍旧俯下身子，仰起头。这个姿势让人不舒服。酒桌上其他人在大声聊天、碰杯，没人听到他在说些什么，除了他们两个。他的样子，其实就像他常住的那个旅游古镇，看上去有种过度刻意的"老实"，同时又莫名地邋遢而又委琐。他的声音听起来总是在拐来拐去。他努力压低声音，有些激动。听他说话的是两个胖子，为了避免流露不礼貌的表情，他们不得不保持严肃倾听的姿态。他们都是北方人。他在讲另一个神秘的北方人，也是个艺术家，但是作品很糟糕的那种，说到这里，他又补充道，没法看的那种，当然这不是关键……那个人住在一幢神秘豪华的法式老别墅里，有专用的厨师，有空运自神户的牛肉，应有尽有的好玩的……

他还有座剧场，建在公园的湖底，定期开盛大的派对……让他纠结的是，自己究竟要不要接受那个人的邀请，参与到这个令人震惊的事业里去，因为自己毕竟不年轻了，那种精力和时间都越来越少的感觉真是要命啊，尤其是知道——两个倾听的人其实也预料到了这个转折话题——老C走了之后，就会觉得真是喝一顿就少一顿，见一面就少一面，老C是那么强壮的一个人呢，是不是？终于，有人忍不住笑了起来，但尽量显得并非嘲笑的意思。那个胖子盯着他的眼睛，对他说：你得换个角度去琢磨，会越来越多的，会越来越多，什么都会越来越多，就跟沙子似的，抓在手里是根本留不住的，可落在下面就会越来越多……最后，大家都是在越来越多的沙子里，才会悟出点什么。他的眼光有些迷离，蹲下了身子。之前，他特意提到的那个已故艺术家，此刻仿佛也蹲在他旁边，默默地看着他，像个荒诞派默剧的结尾场景正在变成喜剧，只是观众们陆续开始退场了。

废墟

……从电梯里出来,就能看到那些满是灰垢的木柜,都是二十世纪九十年代初的样式,结构简单、做工粗糙,它们靠着墙,露出的都是背面,透着死气。另外还有些类似的家具,摆在过道里。隔壁邻居家已搬空了。雇来的民工们每天一早就在那里砸墙、拆东西,两天下来,碎砖残土在楼下角落里堆成了山。晚上他们离开后,门就那么敞着。里面地板上并没有多少杂物,但仍旧是满目狼藉的样子,一股潮湿发霉的气味从里面溢出来,感觉这里以前根本不是什么住人的地方,而是用来存放杂物的破旧仓库。早晨看这里,四处都透着天光,窗户还有卧室门都被拆掉了,无论看哪里都是黑乎乎的,就像是刚被火烧过。过了几天,那些民工就再也没有出现过。以前这里住过各种各样的外地人，有餐厅服务员，小公司职员，还有皮包公司，包括四处派发广告传单的那类人……好像多数都是南方人，经常能听到各种听不懂的方言。这些人都住不久，多则三四个月，少则一个月，甚至半个月，还没等眼熟，就忽然都变成了新的陌生人。这里曾住过一群安徽女孩子，在餐厅里做服务员，都是十八九岁的样子。刚来时，她们成群结队地出没，后来就变成单独行动了，每天很晚了才会陆续回来，穿着高跟鞋，从电梯那边一直走过来，取出钥匙，开门进去。尖硬的鞋跟踩在水磨石地面上发出的响声有很强的穿透力。有天夜里，只有一个女孩子带了钥匙，却又在外面约会，其余女孩子就聚在门外，等她回来，一直等到午夜，还没有回来，而且手机也关了。开始时大家还有说有笑的，后来就都沉默了，或蹲或站，或倚靠在墙上，就那么等着，疲惫不堪的。这情形出现过几次。她们好像也习惯了，总是无声无息地在那里等着。没过多久，她们就忽然都消失了。后来，有个小公司搬进来。每天都有个乡下女人做饭，早中晚三顿，烧得都是家常菜。那些菜就摆在门厅里的小圆桌上。门通常都是敞开的，但看不到人，只能看到那桌菜。从那门到我的门，有条狭窄过道，中间还有个铁栅栏门，通常都是锁着的。后来我每天看这个废墟般的房屋，也是透过这道栅栏门。那房间里没了门窗，通风自然也就顺畅了，所以我就总能闻到那股很多东西发霉的气味。半年后，我又恢复了抽烟，但抽得不多，大致控制在每天五支。但不管抽什么烟，都觉得味道不对。唯一没变的，或许只是吸烟的动作。我的经常失眠，也是从这个时候开始的。有天凌晨，我躺在黑暗里，在犹豫着要不要抽支烟的瞬间，觉得那个废墟，似乎已植入我的脑子里了。

漂移

　　……鸟，蹲在那里，有半人高。它张开翅膀，火红的，像倒置的弓，层叠的羽鳞闪烁火焰般的暗光。它的巨喙被烧焦了，可还是能发声，嗒嗒嗒的，从喉咙深处响着。它没有眼睛。我看见自己躺在木筏上，那只鸟就在木筏的尾部。水面轻微波动，这或许是区别黑暗的唯一方式，在波动中显出木筏的模糊轮廓，因此它出现在那里，就尤其突兀，带着微暗火光，就像刚穿过一道强烈的闪电，可谁知道在这无边黑暗里什么时候出现过闪电呢？我看见自己翻身，侧躺着，在黑暗里摸到枕边的烟和打火机……它在那里，一动不动，正对着我。可能它最初浮现时通体都是黑的，那时天空中还有点光亮，而它现在就像一团火影，在那里。你凝视它，耐心等待着它熄灭。过不了多久就会熄灭，想到这里，又有些遗憾的感觉浮上鼻端，你又开始希望它不要熄灭得太快了，再慢一些，一片一片地来，像黑暗的斑点，替代那些火红的鳞片。它其实比你想象的要近多了。只要你稍微摆正脑袋，就会发现它几乎近在眼前……于是你装作若无其事地注视着它，四周的寂静里，有从远处传来的汩汩溪水声，而原先那种波动状态并无变化。它终于还是熄灭了。它转身走入水里，晃晃悠悠地走向岸边，如果那里是沙滩的话，那么它就是走上了沙滩，这一路几乎听不到什么声响，它在沙滩上停下来，褪掉那身羽衣，丢在沙滩上，然后像个男孩子似的，摇晃着走远了，脚步声沙沙的。

……他拎着那袋洗漱用具，那把黑雨伞，像只鹤似的走在园区里仅有的步行街上。雨停了。那些新娘又跑了出来，每个后面都尾随着一群人，占据不同的位置，摆姿势，听着摄影师口令，挨着或面对木头似的新郎,那些忙碌的人就像马戏团里的,好像每个人的头发都是焦黄卷曲的,都穿着不合身的衣服,而且眼光迷离,像还没睡醒……天是阴的,湿漉漉的云在流动,融合。昨天下火车时,外面就在下雨,晚上都没停。他在繁华的街上,打着伞走了很久。后来闻到空气里渗出的某种奇怪的味道,像湿衣服被烤热了。不能睡着了,他提醒自己,放慢了脚步,两边那些明亮的商场里出来的人越来越少了,他知道很快地,等他从尽头转回来时它们就会空了。后来,他是坐地铁来到东北角的,那里据说靠近江湾,还有货运码头……站在地铁出口,看着雨丝深处那辆刚停下的出租车里有人在摆手,他就撑着伞快步走过去……穿过那条狭长过道时,他可能终于听到了某处传来的短促低沉的汽笛声,门开了,亮起白色的灯光,湿气被关在了背后。电热器亮了,电阻丝的红光在金属背板上变成了很多六边形的火红光斑,当然你也可以认为那是些鳞片,仿佛在缓慢地张开着。深夜,在这个像图书馆的房子里,他坐在沙发上,注意到覆盖沙发上的橙色布面上很多草履虫形的白环,它们错位分布,有种轻微蠕动的感觉……他仰头看了看倾斜的屋顶,纵向的那根木梁被涂成了白色,墙边木立柱旁边有根雨水管也是白色的。几个人聊着。直到后夜,差不多凌晨……他没有谈自己的此行,除了简单的一件事之外再没有其他目的,这样很好,一种自然的漂移与偏离,包括下午去见一个并不算熟悉的人,也是这样的状态。天亮前,他感觉有些冷,被子太薄了,不过倒也不影响继续睡下去,还可以睡很久,反正明天仍旧会是阴雨天。

……木楼梯发出吱呀的响声,空气里弥漫着各种陈旧物件的味道。他走在她的前面,到三楼,自然右转,门半开着。有地板的屋子里光线幽暗,他甚至忘了先把鞋子脱掉,一直走到那块很大的方毯那里,这才脱了鞋子,坐在方毯上。这方厚毯子是用粗纤维织就的,他下意识地摸着它的表面,感觉到很密实的麻毛，摸了一会儿，就感觉手指头都有些发麻。还有两个人，坐在那里，看着他。背后那个摆满小器物的桌台上有支烛在燃烧，它被放在那个波斯旧烛台里，烛火摇动，映在后面的镜子中，相形之下，屋子里几盏高低不等的淡橙色灯泡反而显得有些暗。作为背景音乐的，是某种唱诵，她说是梵语，好吧，反正他也不懂，说是乌尔都语也未尝不可……她端来有素白小花的茶壶，还有一只玻璃杯，倒了杯锡兰红茶。此后他就不断听到很多地方的名字，都是从没听过的，或者即使偶尔听过也不知是哪里。旁边那个男人露出白牙，开玩笑说自己就是巴基斯坦人啊。这也是可以的，他吃着黑葡萄，或者不能叫葡萄，它肯定还有别的名字，只是他想不起来了。即使是坐在那里，他也知道对面那位其实是个身材高大的姑娘，看上去像某幅石版画里的人物，意思就是线条简明，暗淡的天光投射到她的脸庞左侧，这就使得她看上去像平面的。他发现那个盛葡萄的盘子里还有几个暗红的草莓，他吃了两个，没有味道，但盘底几簇青绿泛蓝的花饰给他留下了深刻印象，这是女主人在伊朗旧物市场里找到的。同时买的还有一只很扁的小木匣，有些粘手，她这样提醒着，在递给他时轻轻拉开了它，里面的木色反倒让他有点意外，是用来装镜子的。他刚想开玩笑说这有点像用来装灵魂的，对面那个姑娘就说了出来。他看了她一眼。是啊，女主人表示同意，她庆幸里面没有镜子，这样一个空盒最好了。旁边的男人在打瞌睡。手机屏幕亮了，有人对他说想睡一会儿，觉得冷了，他扭头看了看窗外，天还没有黑呢，对面灰白斑驳的墙壁上大部分都湿了，有两棵墨绿的树，从高低错落的楼房间探出寂静的树冠。

风铃

……其实很少能看到这种东西，悬在那里，什么房子的檐角上，或是窗边，有风经过，才会摇动，没风时，就静止。不管你是希望它动，还是希望它不要动，都是没有意义的。你毕竟没法知道什么时候风会与它碰上。而它又怎么可能是在对风说着什么呢？它顶多就是自言自语。当然它永远不会自我摇动。说得有点太过肯定了。谁知道呢？很多年前，有过这样的念头，弄个风铃，挂在窗口，但想想又算了，怕招来别的什么东西，自己又看不到，平白无故的那么莫名心动一阵，反而会扰了这风铃的安静。可能从物理的角度来说，赋物成形，自有其声，动与不动，那声音都含在其中呢。就像蓄满水的杯子，那水是略微凸出杯沿的，也像心里蓄着的某种光亮……谁会知道它能在什么时候发生微妙的荡漾？忽然想到，老B白天时讲的弦的发声，即使只是一个音，也是有很多不同的音组成的，从那弦的不同部位同时发出来，组合成了这样貌似单纯的一个音，不停地泛动开去，让你以为只是一个音，而不是很多。这或许可以理解为最好的心理学原理吧。从这个意义说，那个寂静不动的风铃，就有了诸多的角度，只是你并不知道声音会从哪里开始。

面孔

　　……还会有很多不同的面孔,从那里浮现。它们如有某种联系,那也是随机的,此一时,彼一时,相似原本是正常的,却像意外的结果。当然此刻这张面孔最为清晰,接近真实,难道是因为看上去最为直白?还是由于它展示了时间变化,颜色在消失?可把声音归于另一个人,也可说是那些面孔中的某个,有拘谨又略显自负的神情……谈论死亡,其实远不如谈论疼痛来得具体,前者是对现实终极的探测,而后者是纠结于现实中的反应。躯体是物质,面孔不是。无论如何衰老的躯体都是物质的,而不管什么样的面孔都只是影子,跟云朵一样,不断飘浮,变幻着形态。为什么说"面孔"而不说"脸"?因为"面孔"听着更为生动,它是变化的，能透露呼吸和光亮，而"脸"只是声音响亮的平面，什么都没有。"脸"不在非日常的叙述中呈现，它总是太迫近什么，不像"面孔"，仿佛永远隔着玻璃，隔着其他气息，保持足够的距离，缓慢变化，消失然后再浮现。每副面孔都与时间有关，只有完全正面的那副能让时间停顿片刻，在这短暂的停顿里它变成了脸，忽然令人伤感。或许那些悄然流变中的面孔才是真实的，它们泛动于时间之上，仿佛摆脱了时间……那个不够完整的，跟残缺的鱼刺在一起，在阴影边上，另一个则在石头上仰起黑白色调，戴着模糊的毛线帽子，还有在人群里的，或是在玫瑰红的山谷里，借着炉火的光泽，用侧面衬托黑暗，这些都是看到的？怎么听起来都是想象的？所有面孔都是想象的余音，它们就这样得以摆脱物质的身躯，将一切与现实相关的依据和猜测都调成错位的状态，剩下能多少对应的，只是与那些不断浮现的面孔相适应的寂静水面，那么丰富的光影，都不曾留下半点的花纹。

聚会

……回来之前,他最喜欢的那只狗死了。老死的。他养过很多狗,不论什么品种,都是大狗。当时在他那建在山脚下的大宅里,经常有十几条大狗围着他转。他喜欢每天一早起来就看到它们围过来争宠的场景,哪怕偶尔它们会为此撕咬在一起,甚至弄掉两颗牙也没什么。他喜欢坐在院子里的石头茶几边自斟自饮时它们就趴在身边,而他最喜欢的那只狗,总是爱舔他的小腿。后来他长年在外,就把多数狗送了人,还有几只丢了。令他遗憾的不是再也见不到它们,而是他想不起它们的样子,除了刚死去的这只。他只看到它的临终照片,太老了,瘦得皮包骨,毛稀疏许多,没以前那么长了。朋友把它葬在山坡上,立块木牌，写上它的名字：柏拉图。这名字当然是他取的。因为它是条大白狗。他最后一次见到它，还是两年前的夏天。他被它衰老的状态弄得有点伤感。狗的晚年，似乎比人到暮年看上去还要可怜。不爱动，也不叫，总是趴在角落里，眼泪汪汪的。那是在朋友老G家里。他把它送给老G好几年了。见过这一面，就再也不想见了。能不能给它安乐死呢？他问朋友。看那样子，真是让人难过。老G笑笑，没言语。这次回来没几天，他就在家里搞了个聚会。来的十个人，都是老友。请人烧了十几个菜，开了几瓶白酒，大家好久不见了，把酒言欢吧。其实他现在不像以前那么能喝善饮了，几杯酒下去，就会觉得有些晕，而且兴味索然。他更愿意看别人喝酒，越是喝得兴起，他看着就越高兴。至少看上去他是高兴的。他也不像以前那么喜欢谈天说地了，倒不是因为很多段子都想不起来了，而是他觉得说话这事儿比较麻烦费力，还是听他们胡说八道比较有意思。他也担心他们会跟他一样没劲,但显然多虑了,他们兴致高得出乎意料。其实并不是所有人如此,而是只有三个人近乎亢奋。其中就有老G,手舞足蹈的,像京戏里的丑角,光着膀子,浑身都是红的,手里夹了支烟,不时在空中挥舞。老G指着他说,你现在啊,这胆子是越来越小了,怕什么呢?他歪着头,无声地笑了。老G说你不要去想什么乱七八糟的人生啊,对于大多数人,你都不需要去爱,也不需要去恨,你就像现在这样,笑眯眯地看着,就好了啊!你不要小看柏拉图哦,它比你活得淡定多了。它最后闭上眼睛的时候,我是真心服它的,那么他妈的平静,没有痛苦。为什么呢?它永远都是那么的顺从,因为它不需要像我们这样去表演给人看啊……别说你不是哦!你看你现在,连酒都喝不下去了,你还能干点什么呢?他继续微笑着。大家都老了很多,尤其是老G,胡子都花白了,满脸的皱纹,尤其是像演讲似的说了那么多,让人有种已拼尽全力的感觉。

老 G 端起酒杯，敬柏拉图，说完就干了。然后拉起旁边的朋友，用力地拥抱，同时亲吻那个油亮的光头，我爱你兄弟，像在做最后的道别。他觉得自己马上就要睡着了，并没有觉得难过。

鳄鱼

……这里没人知道他从哪儿来的。她认识他,可也是头回见面。之前是邮件联系,每周会收到他的几封邮件,她偶尔回复,完全看心情。他喜欢跟她聊旅行计划,说他喜欢突然飞到遥远的异国,找个房子住下,待上几天,有时也会是一两周,但他并不承认是随机选的,他从来没有目的地。每次决定去哪里,她问他是不是有点类似于掷色子呢?他觉得不是,比这个要复杂,也可能更简单,打个比方说,可能取决于某种奇怪的气流从身体里的某处浮现然后涌到鼻端的那个时刻,这会产生某种声音,他能听到,会把目光停在地图上的某个地方。她不知该怎么跟她们介绍他的出现。不过她们也并不介意。反正他只是睡在客厅里的沙发上,而不是房间里。唯一的要求,就是不许抽烟,后果是他在她们不在或睡着时没完没了地吃东西,把她们买的那些坚果、零食都吃光了。而这不仅是因为他要克服烟瘾,还有个原因,他总是不能完整地睡上一晚,每次睡眠只能持续两三个小时。他记不住梦,这令他沮丧。对于他来说,那些梦就像激流里的鱼,而睡着后就像是站在激流里,时常能感觉到它们在成群溜过身边却怎么都抓不到。每次讲点什么时,他都是那种缓慢游离的状态。她们喜欢每天傍晚散步。他多次表示也很想一起去,但每次都是在临行前忽然放弃了。她们不知道他到底会待多久。他也不清楚。她们出去后,他就坐在写字台前,把头搁在桌面上,尤其是在天色很蓝的时候,他能听到地铁的声音,还能听到旁边那个伊斯兰信徒活动中心传出的诵经声。让他羡慕的是,她能记得所有的梦,只要她愿意,每个梦都可以讲上半天。他说他愿意为她的每个梦付费,讲一次就付一次。她们就指了指那个墙角的纸箱子,意思是要是你愿意的话就把钱扔到那里吧。早晨，外面有鸟叫的时候，他会仔细分辨都有哪几种鸟。他喜欢夜间在街头出没的狐狸，这个爱好甚至延迟了他的下一次远行。每次辨别出云雀的叫声时，他都会联想到鹿，成群的鹿，在野生公园里的浓密树荫里休息。他想付租金给她们，但被拒绝了。她们只接受沙发的租金。他说这里就像个奇妙的缝隙，可以让他躲避此前一直在追着他的某种东西。他去过很多地方，可是从不会再去，除了拉斯维加斯。以前他每周都会飞去那里，输光一笔钱后离开。他家在美国的东南部，是座很大的宅子，里面有个大游泳池，被他改成了鱼塘，在里面养了很多锦鲤，他的得了失忆症的妈妈，每天都会按时坐在旁边钓鱼，钓上来再放回去，要是发现有鱼死了，保洁工就捞出来，再放入一条，所以里面的鱼始终不会减少。临行前，他想睡在她的房间里，一个人。她就搬到了客厅里，睡在沙发上。回美国后，他发来邮件给她：就是在他睡到她的房间里那天，有只鳄鱼闯入了他家，把池塘里的鱼吃光了……而他妈妈，第二天坐在那里钓鱼时都没发现，她只是奇怪，为什么水里会浮着一段树干。他请地方动物保护组织把这条大鳄鱼拖走了，然后抽干了池子里的水。妈妈很难过，每天都以泪洗面。他耐心地告诉妈妈，那个一直在追着他的东西，就在那个池子里呢，他再也跑不掉了，现在他哪里都不去了。

湿漉漉的很多梧桐叶子，都紧贴着地面，还有新的在落，个别刚落地的又被车轮卷起，再重新落下……很多细碎的光点在密密的雨脚下闪烁，除此之外的一切都被夜色收敛起来了，各有各的藏身之所，留下这么多的路在外面凝固铺展……

孩子们

……就像早晨浮现时初放的湖蓝色牵牛花,那些扎着马尾辫的小女孩依次从体育馆侧门走出,每人手里握着一面已然卷好的队旗,而此刻黄昏余光正透过法国梧桐的粗糙树冠,留下模糊的亮斑在地上,在她们洁白的长袜上。跟在她们后面出来的,是一群瘦猴似的男孩,穿着白衬衫,墨蓝的肥裤子,脖子上是歪扭的红领巾,拘谨而又倦怠茫然,仿佛是从二十世纪八十年代穿越来的五年级学生。那个高大的男人举着手臂,无声招引着孩子们聚集在周围,这时里面忽然传来新登场的管乐队发出的轰响,刚好淹没了男人的号令声,孩子们紧张地看着他的表情,他声嘶力竭地训话,在喧嚣的进行曲中像被海浪反复拍击的黑色礁石,而簇拥着他的孩子们则如同雪白的浪花，在动荡的气息里露出奇怪的安静。老人在书店后面的过道里踱步，听到管乐声远在半空中，越升越高了，随着天光的暗淡，轻易把这歪斜的过道抽成了真空，于是他忍不住推开书店那道后门，穿过那些书架，来到窗前。乐声消失了。那丛细竹在随风摇荡。看不到那些孩子的身影。这时一个粗大嗓门的中年女人说，茄——子！孩子们立即高声响应，茄——子！显然她对此并不满意，大声点儿！茄——子！孩子们随即提高了声音。可是不行。就这样，孩子们连续喊了十几遍茄子。老人换了几个位置，终于看到那个女人的背影，健壮身躯，尤其是那结实肥硕的屁股。那些孩子们举着V字手势，摆着僵硬的欢乐表情，等来了最后一次拍摄，体育馆里再次轰然响起了进行曲，疲倦的孩子们发出的欢快叫声听起来就像滚滚响雷中的雨打树叶声。女孩子们四散而去。天黑了，书店里只剩下一个顾客，正坐在窗边对着玻璃出神。老人提着暖瓶，走过去，为茶杯倒满水。几点关门？他问老人。还有一小时呢，老人语气平和。哦，他继续望着窗外，室内的灯光刚好投射出一片跟院子大小相近的长方形，四边都是黑暗。老人就在几步远的地方背手站着，好像正不动声色地注视着他。他回过头去，看到的是正凝神看着外面的老人。他想起几天前重读的那篇《乡村大道上的孩子们》，想象自己坐在秋千上，摇晃着，看着鸟群像阵雨般射向天空，有的译本说是像喷雾，还有个译本，则根本没有任何比喻，只是说鸟群射向空中，越升越高……只有对疲惫的描述是没有差别的。

岩石

……雾气散去之前,他抱着那只猴子,在岩石丛中摇摇晃晃地走着。它闭着眼睛,好像睡着了,软绵绵的身体蜷缩着,脑袋上的细毛不时触及他的胡茬。不知还要走多久,才能来到地面上,不必再跟这些歪歪斜斜的岩石为伍。或许是因为出过很多汗,还有之前的雾气过于浓重,它的毛是湿的,粘了很多细碎的腐殖土,还有些枯叶草茎的残片。回去之后,得给它洗洗才行,想到这个,他有点犯愁了。他最不喜欢做的,就是洗什么有毛的东西,这会让他浑身不自在。它呼吸均匀平稳。在黎明时分,这点温和的气息,也是能让人有几丝惬意的。有几个瞬间,他曾想低头仔细看看它的脸,但都在马上就要低下头的刹那改变了主意……雾就要散尽了，但天色并没有随之明朗起来，除了那些僵硬冷清的石头，他的视线里并没有出现新的景物。腿越来越沉重，被雾气浸湿的裤子紧裹着的腿，像两根被雨水泡过的木头，每一步都在撞击石头表面。他真希望这只是个梦而已，这样的话离醒来就不远了，他也就不再需要为做点什么而费神了。可是，随着时间的延续，脚步的越发沉重，这个时刻并没有出现。或者，它忽然醒来，也是可以的，那样也会发生新的变化，而不是像现在这样单调得令人忧郁。它毫无变化的迹象。要是它总也不醒，而这些岩石又漫无尽头，该怎么办呢？他想不出答案。

……眼皮渐渐合拢，他耸了耸眉毛，重新睁开眼，晃了晃头，试图摆脱睡意，可是没用。他感觉怀里的小猴子比之前蜷缩得更小了，但还是温暖的，要是它只是只有绒毛的抱枕该有多好啊，那样他就可以立即毫无顾虑地睡去了，边走边睡。他觉得自己已经适应岩石高低的变化，哪怕是闭着眼睛，也不会摔倒。他还从来没有经历过如此漫长的清晨，有点类似于时间跳了线，而他正从一个线头走向另一个线头，就这么一小段空白，却怎么也走不完。在第一脚踏进那片寂静幽深的古老森林时，他就预感到了什么，就像进入了一个停顿，而黏稠的空气在他的耳膜上涂了薄薄的一层油，让所有的声息都消失了，过于茂密的森林仿佛变成了一座神秘的建筑，就在他有些肃然起敬时，它从一棵老树后面出现了。他几乎不知道它是怎么跳到自己怀里的，唯一能想起的就是在看到它的那个瞬间，他觉得它看上去竟是那么柔软……他还没来得及决定要不要把它丢开，它就睡着了，蜷缩在他的怀里，让人不忍打扰。把人从这样的睡眠里弄醒，该是多么残忍啊，何况是只如此柔软的小猴子。在走出森林之前，一只灰白的大鸟忽的一下从浓密的树冠里飞了出来，舒展开双翼，挺入雾气里。他真想让它也看看这鸟的姿态。

……他还是睡着了。睡着前最后一丝意识里,他觉得就像在行船,是缓慢起伏着的,好像雾散了又重新聚拢,包裹着他的身体,越来越浓厚,就像羽绒被子。这样不知道过了多久,那种缓慢波动的感觉始终在延续,有那么一会儿,他甚至听到了河水轻拍岸边的声响……一束光,从峡谷尽头投射过来,并不明亮,但他仍然觉得需要眯起眼睛,这样就能慢慢地看出它在逐渐变亮的过程,周围还是黑暗的,就像在那森林深处,而那束光就是从茂密的树冠里溢出的,它在慢慢分解为很多光线,就像蛛丝一样细,但随着数量的迅速增长它们又渐渐融合了,忽然变得异常的耀眼,甚至可以说是尖锐的,在剖开他的眼帘,而在他的感觉里,则是在一层层地剖开包裹着他的那个厚厚的壳子——它有着卷心菜的结构,所以才会有什么东西在层层剥落,这下雾气终于可以散掉了,他想,抬起头,想起怀里的那只猴子,决定起来就去给它洗澡,而不再顾虑什么。他去看它,却发现怀里有的,只是无数光斑聚合而成的一团光亮。他伸手去触摸,手就被那些光斑包围,除此之外什么都没有。难道之前的是个梦?莫名的失落感笼罩了他。他仔细看着手掌,什么都没有,还有比这样的醒来更令人无所适从吗?他抱着头,蜷缩身子,随后把被子拉过耳朵,他感觉到双脚在相互触碰。为什么还有被子?这个念头,让他真的醒了。他从被子里探出头来,注视着光线来的方向,发现那只是道窗帘的缝隙,而脚的旁边,散落着几部厚重的精装书。

四幕

……他摇晃着走路。看上去有点怪异,并非刻意的,而是像下意识地要摆脱什么看不见的小虫或柳絮之类的东西。尽管已无意琢磨这到底是怎么回事儿,可他还是觉得它们是从自己那双有些麻木的小腿里孵化成卵然后羽化飞出去的,正在缓慢摆动中的小腿,他想着它们,却不能清晰感知到它们,不得不偶尔低头看一眼,发现它们确实仍在老实地运动着,才算放一下心,只是这种确定停留得过于短暂了,过不了多久,他又会忍不住再次低头看云一眼。它们与他之间像隔了层雾,不,他觉得比雾气浓厚,准确地说更像是走在云层里,是那种棉絮般的灰白云层,有某种不会让人不舒服的湿度和质地,只会让腿部肌肤能感受到某种绵软的触碰感，没什么阻力，可还是会让他有些疲倦，甚至，他会觉得，总有一天它们，也就是那双小腿，会选择留在哪里，不再听从他的指示，那他就会跟它们告别并分离，让它们立在那里，而他则独自飘浮在云上，也许，那样也不错。他坐在小广场上北侧的回廊里，点了支烟，看着眼前小圆桌上别人残留的食物和纸袋，绿色塑料烟灰缸里塞满了烟蒂。后来有三个拎着刚从超市买的大包物品的男人，坐到了对面位置上，开始抽烟，大声说话。他们偶尔看看他，他面无表情。令他有点好奇的是，这三个男人在抽烟时的神情其实更像是大男孩，那种在自习课逃到校园外抽烟的大男孩，那种莫名其妙的松弛与兴奋，还有刻意夸张的言谈。这个世界总是会有太多过剩的细节摆在面前，让眼睛一次次地聚焦在它们身上，以至于有时候会觉得它们的背景都形同虚幻。昨晚睡梦中那个声音所提示的问题其实是对的。细节的潮水中毕竟还是需要行船的，而你不能总是把聚焦点落到水面的波纹上、浪花上、色调上、气息上,甚至是那种不变的动荡上。你需要做的是构建出能与之对映的东西,可以是多对多,也可以是少对多,少对少,唯独不能从船上跳下去,让自己淹没其中。而这种提示是通过两个极点来展现的,让他在同一时刻里看到巅峰上的星空与幽深的山涧,当他在星光下感叹时也被深涧里的湍急泉流声所触动,让他想到了生与死,梦幻与欲望,御风而行与向深渊中的坠落,他也看到了夜色与黎明之间的岩石与雾,听着轻风吹万壑,感觉到了毁灭的意愿,体会到了瞬间而生的宁静。时空的解体当然是在某个瞬间里悄然发生的,正如也会在另外一个瞬间里以你无法察觉的方式恢复,所有的裂缝都弥合。对此,用最基本的物理学就可以做出解释,它始于一次意料不到的共振,就像几个不同类型、体量、轨道的行星在某个点上的超限接近,于是在剧烈的引力相斥作用下它们的运行方式会发生某种偏移,对于其中的每颗行星而言结果是不同的,有的会火山爆发,大地剧震;而有的则会直接撞向其中那更大的一颗，彻底地改变那个星体的世界，同时让自己解体毁灭然后融合其中；能量相当的，则只会是发生轨道的些微偏移，使自己进入更为不可预知的未来。当然也可以用另外更为轻巧的方式来体现，比如从大雨中忽然透露出的风铃声，月光下的羽箭离弦声，还有暗夜深处传来的低沉手鼓声，它们本来各属其位，但在某个时刻也会忽然相遇并发生不可思议的神秘共振。而他之所以会出现在这个熟悉而又忽然陌生的小广场上，在这个光线暧昧、空气湿度上升的傍晚，则跟这种偏移并没有什么直接关系，虽然在他看来仍然可以理解为一种偶然的脱落，但这仍是纯粹日常的状态，让他可以落到底处的，平缓的，可以随时跟烟味儿和肯德基里的香味儿混为一体的状态，他觉得自己此刻非常愿意将自己交给任何人，交给他们的手或脚，像广场边上的一块暗影中的墨绿草坪那样，任人穿行而过，或是坐上那么一会儿，它们是如此柔软，湿漉漉地包裹着尘埃，闪着微暗的光泽，却仿佛什么都没发生过。

……那些树的影子,是在强烈的中午日光下拍下的,最平滑的黑色,与白亮耀眼的地砖表面长在一起。这种时间显现有其令人惊诧之处,它足以揭示一个事物的本质,甚至不需以投射的方式造就其形象的那本原的树身,不需要那些细微的肌理与枝节,是啊,它不是那棵树所投下的影子,而是那树的本质,过去与未来,而在它对面的路边茂盛草丛里则透露出它正流溢的浓郁气息,仿佛那些草茎都在变成白炽状态的钨丝,发出嗡嗡低鸣。坐在树下长椅上的人似乎也听到了它们发出的这种微妙的声音,下意识地侧头倾听,以为是什么昆虫的鸣叫,但随即就知道并不是,也没有风,只有这午后阳光的微分子不断地在空气里轻轻爆裂,而这又是那么的空寂,是不可能转化为声响的,眯缝起眼睛,注视着树的黑色影子,还有自己的,它们是交错在一起的,这是近在咫尺的两个截然不同的世界的一次偶然重叠，你看见了这一切是如此发生的，在这里，在此时此刻，借助于内宇宙深处的意外浮现的虫洞。

……他想自己一定是在睡觉之后被人蒙上了眼睛带到了这里。黑暗中有人提示他，只要他愿意，随时都可以拿掉这蒙眼的东西（它可能只是条围巾或是丝巾），让一切立即恢复到原点，但此时他并不想这么做。他被告知将要面对一个陌生人，通过声音来辨识一个空间是否真实存在。他悠闲地慢慢向前走去，像走在一个走廊里，而这显然不是他自己的家里，因为家里的那个走廊里堆满了杂物，根本不可能如此随意地走着却什么都碰不到。他能感觉得到一个新空间的接近与敞开，那里的门是开着的，可能还透着光亮，他不知道是不是这样，但闻到了空气里极为轻淡的香气，以及催动它的平稳气流。他感觉到了空旷，一个很大的空房间，或者说空的大空间。他点了下头，就像知道对面有个人，熟悉此人的一切，从脚步到气息，而那人也同样熟知他的。他静止在那里，耐心侧耳倾听。那人呼吸平稳，什么都没说，像在等他平静下来。过了一会儿，那人开始敲击什么东西，像金属碰撞金属。起初那声音是沉实而又短促的，根本无法听出任何意图，也没有什么节奏，只是一下下地敲击而已。渐渐地，他听出敲击的点在发生变换，现在像敲金属管子，而那管子是密闭的，因此敲击声不仅在向外传播，还在管子内传递，总是能在短促的向外余音里听出延续时间更长些的管中泛音。他通过声音的回荡在脑海里慢慢勾勒这个空间的草图，但这是困难的，那些线条随着声音的变化不断地出现并改变着走向，当它们逐渐组织起来时，他发现与其说是空间，不如说是一张眼孔不规则的网。在此之前，他当然知道声音能引发共振，即使是皮肤也能如此，甚至是四肢五脏六腑，只要达到同频状态共振即会发生。因此当他感觉到心脏里的某根神经或血管忽然发生共振的同时，似乎整个身体都被打开了。他下意识地伸手去揭蒙在眼上的东西，却发现根本揭不下来，它完全与额头的皮肤黏合了，他想自己的样子一定非常古怪，双手在不断地摸着自己的脸，还有额头、脑后，甚至还不忘理一下有些凌乱油腻的头发。对面的人即在此时开口说话。你见过蚌吗？这样问时，敲击声却并未停止，你养过蚌吗？他摇了摇头，小时候摸过，在城边儿的河里，山中水库里，先是用脚踩，然后再伸手去摸，当然都是紧闭的。那人说，只有死的才是张开的。这是常识，他点头表示赞同。那人继续说道，当敲击声触到你的时候，你是不是觉得自己被突然打开了，就像设置了多重密码的保险门的锁自动开启？而这只是声音的作用造成的，然后在我开始问你时，你又下意识地试图重新关闭那道门，就像一只蚌，在捕捉到危险时突然紧紧地闭合，留下坚硬的壳。他小时候曾经撬开过好几个蚌，想看看里面到底有没有珍珠，他总是因用力过猛而把壳撬坏，等露出蚌肉时，已是没法看了。那人沉默了一会儿,又说道,你刚才想到了什么,在来到这里,听到敲击声的时候?一个多重网状的空间结构,他说,准确来说,还不能称之为空间,尽管那些线条好像在勾勒出空间,但还不足以称之为空间,因为它们也在不知不觉中悄然彼此消解,我能感觉到这个空间的限度,或是边界,但我并没觉得它已生成了,它只是某些可能的趋势,只要出现一个不确定的外力因素就会立即崩溃。哦,那你现在是在哪里呢?那人反问。我吗?当然是在这里的,在你面前的这个点上,他不假思索地答道。这个点并不在那个我想象中试图描绘出的空间里,虽说它们是同频的空间,但并不是即时相通的状态,这里,那里,没有现实通道,要是有的话,其中之一就会消失,甚至一起消失。我们还是换个话题吧,你能不能帮我把蒙住我眼睛的这东西拿掉,我试了试,好像不是我能做到的事儿……但我确信,你会有办法。又是沉默。之后那人开口说道,这只是你的错觉,我跟你一样,也没有办法。实际上,我都看不到它,

四幕

正像看不到你……你真想做的也并不是去掉它，而是看到我，看看我究竟是影像，还是实体，但这显然是你的一个思维误区，这可能比你小时候企图以强力打开蚌壳找到珍珠还要不可理喻，在你这样的思维模式里，其实我也如同一个蚌，只是我并没有像你那样遇到未知的东西就迅速闭合而已，我们是在不同的时空里，像此时此刻这样的临近甚至交错是带有某种偶然性的小概率事件，而且，就算我们是分处在两个时空里的蚌吧，根本不可能危及对方，可是你看，我们彼此还是会出于本能把壳紧闭，就好像我们永远喜欢坚硬胜过柔软，实际上，我们喜欢的是自己的坚硬和对手的柔软，结果就总是会变成硬碰硬，不是我砸碎你的壳，就是你撞碎我的，总归会有一个不得不露出沾满蚌壳碎片的湿淋淋的蚌肉，当然，也只有没被撞碎的那个，才有机会欣赏到那柔软之处。听到这里，他决定现在就退回到原点，回到刚入睡后的时刻，而不再需要让人帮助除去蒙在眼睛上的东西了，这个过程其实非常容易实现，只需要他一转念的工夫，就完成了，当然，在临返回之前，他并没有忘记告诉那个人，好了，你也睡吧。就像一只蚌对另一只蚌说的，只是从旁观者角度来看，就是水中的两三个气泡而已，从它们硬壳的缝隙里钻了上来，到水面上时立即就破碎得无影无踪。

　　一个空荡荡的舞台。或者说一个宽阔得看不到墙壁的空间。之所以看不到墙壁，只是因为灯光的缘故，它们打出了一个个光圈，彼此交错，构成了这个光亮中的空间，如同放大了千倍的透明蜂巢的切面。一个人，像放大镜下的一只蜜蜂那样出现在这里，他/她左右晃动，变换着位置，也变换着在灯光里的姿态，就好像每一束灯光都是一面镜子，可以映照出他/她的形象，但在这样面对光束时他/她其实必须闭上眼睛，否则的话就会目盲于强光里，于是他/她就必须借助于某个想象中的视角，让自己作为旁观者，成为自己的镜子，每个

四幕

这样的镜子都会成为一个现场中的停顿，如此这般重复下去，就可以把整个黑暗中的观众席直充完毕了。他们／她们在黑暗中注视着他／她。而他／她要做的则是在随后的一个又一个瞬间里随手抹掉他们／她们中的一个，就像抹掉一面镜子，但不是打碎，而只是把手所到之处的空中某一点变成光斑。他／她试图发声的时候，空间里的明亮与黑暗交界处就会令他／她忽然不由自主地紧张起来，因此只能以最低微的声音说话，嘿，你在吗？他／她分明听到了有人在说：嘘。于是他／她就只好下意识地保持了沉默，接着就会陷入莫名的恐慌，那人是谁呢，那个说"嘘"的人？哦，不，他／她开始自言自语，这是幻觉，并没有人真的发出那个声音，没有，是我自己的幻觉制造了那个"嘘"，没有发生任何对话，哪怕只是声音的呼应也没有，你听一下就知道了，这里有的只是寂静，是空壳，是我这个寄居其中的蛹，而你，那个并不存在的人，如果真的在，那就上来，把我吃了吧，不要再在那个幽暗无光的角落里看着我的表演然后露出古怪的表情，要么你就给我去关掉所有的灯光，不要让它们再这样刺痛我的眼睛甚至还企图烤焦我的头发，你看，我其实很安静，没有任何激动的意思，我现在坐下来，等你做出下一个举动，你可以开始了，不然的话我就会毫不犹豫地吃掉你，连同这周围的暗影，这些强光，然后，我就可以重新出现在这里，继续我的表演，嘘。

游泳池

　　……坐在舞塔顶层的办公室里,侧歪着身子,右臂挎在椅子背上,他面无表情地看着设计师的电脑屏幕。空调的作用已不明显。开着通气窗,但还是闷闷的。之前他已吃过设计师递来的一枚美国李子。以前在水果店里看到它时,似乎是另外的名字,黑布林?好像是。他跟设计师的苦恼是一样的,都不知道究竟要在那个PPT里加什么内容。他们只能等着新的消息。只能这样等着。看着窗户上的灯光与黑暗,他觉得,这里的一切都像影子。就在这时,几个身着黑色制服的保安,从舞塔的顶部爬了下来,悄无声息地钻进了这间办公室。他们悠闲地走过来,抓住他的胳臂,转眼就把他提到了楼下,带到后面酒店的游泳池旁边。他看到了那片青蓝的水里有一圈灯光。他想扭头去对他们说点什么，比如这样近地看池水，确实比在上面看来得清楚，但也不那么好看了。因为之前他一直在上面注视着这个游泳池。那里平时经常有几个老外在游泳，或是在池边阳伞下看报纸，或是在躺椅上晒太阳。他很想把这些告诉那几个保安。还没等他想好，他们就动手了，把他抬了起来，让他慢慢地落入游泳池里，刚听到扑通一声，整个人就沉了下去。他闭着眼睛想，这实在是太好了。尽管没来得及换上游泳裤，也没来得及脱掉衣服，但想想看，你实在不可能要求太多了。要在水里沉没个几分钟再浮上来吧？当然了。透过水来看外面，五月里的热烈阳光，感觉仍旧是那么强烈。

潜水员

……就像深夜里漂流于大河之上的筏子，在某个转弯处忽然被探照灯的强光所照亮，他发现自己在关了灯之后却不得不面对困意消散的窘境，同时意识到，这种醉后醒来的状况并不适合沉睡之筏再次启航，可是灯塔台那里的信号灯又分明发出了请继续航行的指示，任何船只都不要停留。哦，他想到，那种过度清醒的感觉会与某种出人意料的脆弱合而为一，以至于最后很难说它们将会引爆什么潜在的炸药点，嗯，人们总是会在潜意识里偶尔埋点炸药的，当然并不是真心要爆破什么，可能只是为了等到哪天再销毁它也说不定，然后它就在那里了，逐渐被遗忘，直到忽然被引爆那一刻，才意识到它的存在，以及那种无法理解的突变状态。他早已穿戴好了，潜水服和全部器具，正准备悠闲地走到不远处，让海水慢慢没过头顶，然后自然下潜，深入海里，然而，当他还没走到那个位置时，就震惊地发现，海水已不知何时退到几百米以外了。借着夜色，他看到眼前出现的是倾斜斑驳的宽阔海底，上面裸露着各种贝类和珊瑚，还有数量极大的各种蟹类在四处乱爬……他有些忧郁，但仍然仔细看了看它们，那迅速风干的颜色，明显有些枯白了，可是即便如此，却仍旧跟穿着这套潜水服的他有种面面相觑的感觉，就好像是他随随便便把海水弄走了，然后把它们晾在那里，而他则像个外星人似的站在那儿，在看它们的热闹……说实话，之前的某个瞬间里，他确实听到了下水管道里发出的水正被强力抽走的轰然回响，也感觉到了整个空间的震动，甚至还觉得再过几分钟天可能就要亮了。不过话又说回来，早在这一切发生之前，他确实预见到那个转弯处的存在，只是他完全猜反了，它在另一边，而不是这里。好吧，结果最后这导致了他不得不真的爬上了那个筏子上面，迎着潮湿的风，还有弥漫的雾，顺水漂流下去，尴尬的是，他竟然无论如何都找不到一个合适的姿势，能让自己多少觉得舒服些的。不过幸好他发现了那碗粉，竟然还是热的。吃完它，他就把潜水服和器具都重新穿戴整齐，就在河流涌入大海的那个瞬间，一头扎进了海里……他闭着眼睛，但还能感觉得到河水与海水的交融，压力越来越大了，深度也在持续增加，但速度显然是太快了，这意味着他可能不得不在抵达时立即返回，在肺里的气泡要爆裂前被有力地抛回这个已轰然降临的早晨。

阁楼

……阁楼上有四个天窗。右侧两个,能看到那幢非常高的酒店大厦,夜里不管亮了多少灯,它似乎都是深蓝色的;另两个,则什么都看不到,除了天空,是另一种蓝,灰暗的。几个月前,他在这里住过一晚,当时正生着病,鼻子里不时会流血,就好像某个姿势不对,就会流出血来,换个姿势,就没了。像个铁罐子,总也放不稳,也不知道到底有几个漏点。过了午夜,他小心地顺着楼梯走上来,看了眼那个长方形木桌子,旁边地板上放着那个厚床垫,上面铺好了被子。他把那卷手纸搁在了枕头旁边。烟味儿浓重。之前他没觉得有这么多烟味儿。在外面吃过晚饭回来,他们在楼下的厅里坐了几个小时,一直在抽烟说话,有很长一段时间他闻不到烟味儿，只能感觉到嘴唇轻微发麻。他们给她开门时，那只猫从黑暗里钻了出来，贴着她的小腿腻歪地蹭着。尽管看不大清楚，他还是能看出它那身乱毛有多脏，又吃得那么肥。园子里到处都是又骚又臭的味儿。它知道这儿的主人是谁，所以它对客人反倒表现得比对主人更亲昵，声音嘶嘶的，像是生来就哑了嗓子。似乎只有他从这种声音里听出了它的虚伪。她俯下身子，用手指逗弄它，看上去好像鼻子都要挨到它的鼻子了。主人边开门边伸腿阻止它，不让它乘机钻进门里。它的嘶哑声音明显有些急促，可是没用。门随即就关上了。它跳到窗台上，愣愣地往里面看着，灯光映亮了它那凉湿的鼻子。

外面的小路上，落了很多银杏树的叶子，要是白天看，尤其是晴天的时候，就美了。住在这个小区里的那些老家伙，只会看人的脸，或是进来的车辆，要么就什么都不看。想想早上，或者上午，起来就能看到那些金黄的叶子，在清亮的阳光下面动也不动，他的心情就不错。只不过这是没法跟人描述的。每天早上起来她就在冷水里弄那些模具，这样似乎也解释了她的手指为什么看上去那么枯冷，它们中的两个夹了支烟，频率很快地一次又一次地送到她的嘴唇里，几乎看不出有多少烟呼出来，只能听到呼吸。看着那只颜色很深的褐绿陶杯，他想起那些色泽光洁的陶瓷人偶的肢体，她们其实很容易让人联想到幽暗深处长出的嫩芽，而一旦完整地浮现，则背后的世界转瞬就恢复了封闭状态，就像刚刚面无表情说完几段话的她忽然陷入沉默。可能是觉得冷了，她重新穿上那件黑色的外套，仿佛随即也变成了一个完全封闭的存在。主人敞开通往后院的门，不然烟就没法散掉。外面已黑透了。冷空气漫进来，楼梯上的脚步声一阵接一阵。他躺下，关了灯，听着不同的房门关闭，又打开，然后再关闭。该封闭的都封闭了，只有他这里是没有门的，他有天窗，四个，其中一个正在他的脸的上方悬浮着，像块切得方方正正的暗蓝的冰。

不知过了多久，他感觉有声音在旁边，就侧过头来，借着晨光看了一眼。是只墨绿的塑料恐龙，瞪着两只难看的眼睛，站在那里，不大，有他的胳臂长短。它真的是个玩具？它半张着嘴。他伸出右手，捏住了它的嘴，但是马上就感觉到这个嘴在慢慢张开，力道足以撑开他的手指，他在用力，几乎没用。他该放弃了？不，他用力一甩手，把它扔到了不远处的那个长方形玻璃鱼缸里。它沉了下去。鱼缸里有些红色的鱼，还有一只大蟹，青色的，沉在水底，吐着气泡。他看着它靠近青蟹，完全不管蟹钳的攻击，咬住了蟹头部位……他侧着身子，用手支撑着下巴，看着这一幕。它在鱼缸里注视着他。鱼缸底角的几个小灯发出的光线把它半个身子变成了阴影，只有头部是亮的。它准备一直在里面待着了？或者什么时候会出来呢？而天色似乎开始变暗了，就像停滞的时间开始倒转。也就是这个时候,他听到了外面的鸟叫声……最初只有一两只鸟的,没多久就是多只鸟的,它们的声音里略微有点冷涩回甘的味道,像熟栗子的。两只蜷在被子里的脚暖暖的,它们互相触碰了几下,彼此感觉都很舒服。然后他醒了。天色蒙蒙亮。阁楼里没有鱼缸,也没有恐龙,除了几本书丢在地板上,什么都没有。他重新闭上眼睛。不知道过了多长时间,他听到外面有人在扫落叶的声音。鸟声消失了。接着他又听到有人在下面走动,好像在打扫房间。看着逐渐明朗的天窗,还有纯净的蓝,他觉得整幢楼房都像个巨大的木头盒子,被重新打开了。起来之前,他就决定不跟他们提及那只恐龙的事。坐在餐桌旁边,他看了看自己的右手,指头似乎还有一些它留下的力道感。

医院

……护士给他擦洗了身子，帮他穿好病服，盖上薄薄的被子。他摇摇头，不能说话，但能看得出他的意思。护士看了看时间，表示她马上就要下班了，但她会让接班护士过来，给他再擦洗一次。接班护士只花了不到十分钟就完成了整个过程。他不摇头了，但表情仍是焦躁的。等这个护士给他打完针之后，他才睡了。直到现在，也没人知道他的身份。被发现时，他躺在一座废弃的洗浴中心里，那幢巨大的建筑刚被卖给一家银行。新业主派人来实地勘察时，在空水池里发现他，随即就报了警，叫了救护车。根据警方判断，他应是从楼上坠落的，因为水池上方二楼的木制护栏被撞断了。水池的所在，其实相当于这座建筑里的天井位置，在那里仰头就能看到顶部宽阔的天窗,玻璃上面灰蒙蒙的。所幸他不是头着地,但脊椎骨断了,左侧颧骨和下颌骨骨折。送到医院后,已做过多次手术。他身上没有任何证件,也没有手机,在坠落着地时舌头被牙齿切断了。从那身西装和皮鞋来看,他并不是个无家可归者。后来,警方找到了那家浴场的老板、领班甚至还有几位技师,到医院来协助辨认,都不认识他。最后没办法,就等了一个多月,等他脸部纱布取掉后,给他拍了照片,发到了警方微博上,寻找认识他的人。或许是由于他的脸有些变形吧,始终没人能认出他来。警方判断他可能是外地来的,于是就把他的照片和情况转发到大型门户网站上。有个民间公益组织,还专门为他发起了募捐,用有些夸张的文字描述了他的悲惨遭遇,并很快就募集了足够他在医院里住上两年的善款。很多媒体专门报道了此事。但没多久,这件事就被人们淡忘了,毕竟每天还有那么多新闻。又过了几个多月,他的那些骨折处基本都长好了,但瘫痪已成定局。

警方派人看他,可问他什么都没反应。他的意识完全清楚。那位女警员问话时,他凝视着她,就是不作任何回应。她拿各个省的地图给他看,一个个城市地指着,看他的表情,似乎每个地方都令他沉思,每个地方都同样陌生。她把病床的前半部分升起来,然后把笔放在他手里,把本子放在他手下,你可以写下来。在众人注视下,他握着笔开始在本子上画,动作有点笨拙。他画的,是个女人的脸,看得出,他是学过画画的。随即就有位护士惊讶地说,这是你哎。旁边的另一位护士目瞪口呆。女警员对他说,你要是不回答我的问题,我们就不管你了。他听了,就在本子上写了两个字:擦洗。之前说话的那个护士笑了,好吧,这是他唯一的爱好,他每天都这样,会有段时间忽然焦躁得发狂,只有为他擦洗身体,才会让他安静下来。女警员就说,那从现在开始,就停了这个。他闭上了眼睛,过了一会儿,又睁开了。他在本子上慢慢地写了一行字:你们都是魔鬼的孩子。一个月后,因为有暴力倾向,他被转到了精神病院。

草饲

……头发都掉得差不多了，露出深褐的头皮，上面还有些老人斑，脸上也有一些，不过并不明显。他瘦得皮包骨，隔着眼镜，眼睛仍显突兀，仿佛是在某个震惊瞬间里定型的。作为曾经的领导，他仍保有些派头，比如最后一位进入会场的人出现时，他立即就叫出了那人的名字，说看走路姿态就能看出此人是哪个单位的，跟他们老板一个做派。那人微笑地坐在他的斜对面，惊讶于他的记性，看来一场大病，以及被反复调查，并没有彻底打垮他。开会的地方，是在本地最高大厦的顶层，视野开阔，也让人发现整个城市其实都笼罩在雾霾里，而不是在下面感觉到的那样，是个阳光和煦的日子。坐在他右侧的，是新任董事长，就是出资接手这家已关掉的报纸的。同样是头发所剩无几,新董事长就神采奕奕,致辞简明有力,说接手这家报纸完全是出于友情,而非市场的需要,并称旁边这位领导为兄,十五年的交情,兄出身贫寒,但天赋异禀,雄才大略,令人敬重,只是最后决策失误,陷入从未有过的困境……他说话铿锵有力,底气十足,但怎么听都有点像在致悼词。旁边的领导低着脑袋,嘴唇紧闭,神情肃然。新董事长讲话结束后,他带头鼓起掌来,并表达了谢意,说自己是退休之人,终于把一切都放下了,现在觉得无比轻松,从现在起,他就可以过一个正常老年人的生活了。没等他说完,就被新董事长打断了,说起最近的新闻,中澳两国达成了协议,每年从澳大利亚进口多少万头牛,而他的企业在澳有几十家农场,养的都是牛,是草饲牛,而不是谷饲牛……这种牛,肉质纤维要多些,几乎没有肥的,更健康,口味更独特,适合中式红烧或清炖,非常好吃。他挥了一下手,工作人员立即就递给他一小盒牛排,他就举着它继续说着。五分钟后,每个与会人员都拎着一纸袋真空装牛排,跟新董事长握手道别。而那位领导此时还在本子上很认真地写着,时而若有所思地停笔,时而念念有词地继续写。前面提到的最后进入会场的那个人刚好走过他身后,就瞄了两眼。结果发现,那个本子上已快写满了,是用很多种字体掺杂写的,但每种都写得很漂亮洒脱,没有任何涂改的地方,每行都很整齐。但实际上只有两个字:草饲。

院子

……院子里有很多树，室内溢出的灯光只照亮了小部分，寂静的叶子和枝条。这时不适合识别草木，最好只是坐在那里，喝着酒，看看那些人的脸。角落里的猫，其实是两只，都有人的名字……还可以看看屋门右侧悬着的那个藤编的巢式秋千，有人正窝在里面晃悠，腿垂在外面。有人说这院子里有紫藤，长得极好，开花时尤其令人惊讶。好像只有一丛细竹，拘束地生在墙边。还有人说，离我们这里最近的那株树，是黄金桂，开花时香气弥漫，不同凡响。它的枝叶与其他树的掺杂在一起，在黑夜里几乎无可辨别，印象里它好像会开细小的花……整个院子似乎都是被树枝遮掩的，只有我们坐着的地方上方还留出点空儿，刚好够撑开把深色的遮阳伞。屋子的门窗都是敞开的。里面坐了几个人，看不清楚，有点像另一个空间里的。我们这些后来者，坐在这边，主人和朋友坐在另一边，也很像两个完全不相通的空间。只有酒是属于全世界的。红的，白的，红的，白的，都是这黑暗的夜色边缘上最为特殊的微光之物，能在身体深处溶解很多东西，而又不留任何痕迹。说什么其实不重要。所有说辞都不过是点缀之物，有时会显得有些多余，但若是没有，那空寂的感觉似乎又会影响饮酒的惬意，适当的喧哗与酒的沉静也是对应，以提示美好的事物不可偏得，必要从隐约中才会慢慢体会出好处。没有这样的院子，似乎还真的不容易知道这样的夜晚有多么黑，那黑色仿佛是最为细腻的丝绒生成的，把那些树木的繁复外形覆盖得严丝合缝，若是细心看，就能感觉到每片叶子都静得发沉。即使我们这些外行，也知道那些酒是好的，越喝越觉得踏实。直到那种通体透明的法国伏特加出现，才不免要感慨——那味道是在经验之外的，像是被薄雾精心包裹的火焰，小杯入口，再入心腑，有升腾的感觉，热烈的，一小团气体，比起本国白酒，似又多出点矜持。夜晚很长。男主人能言，也能安静。能言者是那种时不时会对世界露出惊奇表情仿佛有新发现的人，只有都说出来，他才会重归于安静，而在短暂的安静里，他像马上就能入梦，只是睁着眼睛。

半睡半醒的,发现镜子里的头发已如杂草,里面涌现很多细碎的白云,你在下沉,而它们在缓慢上升,就像氢气球那样浮在半空中,拖着你的脑袋,如同热气球下面缀着的载体……其实你更想一头扎到那些白云里,而让自己的双腿像椰子树那样耸立在外面……

苔藓

……过去一年里都没有过的浓浓睡意,终于漫过了头顶。他觉得自己慢慢升了起来,整个身体舒展开,放平了,飘浮在人行道的上方。这样看来,唯一没变的,就是仍旧托着那只粉色小球,伸向前方的右手,仿佛身体飘浮的过程就是围绕这个小球完成的。现在,他手里仍旧托着那个粉色小球。他想看一眼它,可眼睛怎么也睁不开了。是它在带着他走吧,不,是它在带着他飘浮。他的脑袋里,很久没出现那个语言光点了。这段时间里,他恢复了工作。每天按时起床,去单位里上班。然后傍晚五点半准时下班。他办公的地方没有窗户,只有落地玻璃。在这里闻不到外面的气息,只能透过空调风辨别外面空气的变化。他经常会在某个瞬间忽然一动不动,轻轻抽动鼻子,从空调出风口涌出的气流里辨别极其细微的变化。他的神情近乎半梦半醒。要是外面没有风,空气的味道就会很糟糕,里面充斥着汽车尾气、人群的浊气,还有尘土气。当然,即便如此,也还是能闻得出树木的气息,在阳光里,那气息总是浓郁的,就像令人清爽的阴影。要是起风了,或下雨,他能瞬间就嗅出空气的变化。起初,他把那个粉色小球放在了手袋里。后来又把它摆到桌面一角,挨着那些书。在这里,它的颜色变得很淡,几乎看不出是粉色的。现在他只要伏在桌面上,注视着它,没多久就会睡着。唯一遗憾的,是从没做过梦。但问题也随之而来,到了晚上,在家里他会失眠,经常是躺到天色微明,才略有困意。他习惯了这种状态。很多时候,他躺在床上,只是耐心等待着失眠症状的消失。就这样,一年过去了。什么都没有发生。六月里,某个周六的早上,他醒了。躺在那里,看着窗户那边,脑子里一片空白。他想不起昨天的事情。他想了很久。直到中午，他才起床，坐在床边，继续想着。他看了下台历，昨天是周五。他坐在床边，只是侧着头，像在倾听什么。然后，天黑了。他回到办公室。电梯在修理中。从安全通道走，爬了十个楼层。验过指纹，来到办公桌前。它在那里。那个粉色小球的顶部，多了一抹青青的苔藓。出了半天神，他忽然大笑起来。笑声在寂静的空间里回荡。他把那个小球小心地托在手心里。他想象着自己变成了小飞虫，落到了那片苔藓上，然后睡了一觉。后来，在夜色里，他就这样手托着它，走在微风吹拂的街上。就在他觉得记忆力似乎恢复了一些时，他的身体慢慢飘浮了起来，整个身体放平了，就像六点钟的表针变成了九点一刻。他的右手仍然保持着伸向前方的状态。他想在睡着前再看它一眼，可是眼睛怎么也睁不开了。

金鱼

……那些水果都被薄膜包裹着,年轻的女店员蹲在地上,把白塑料方盒放到盆里洗,再逐个套在一起。临近午夜,店里的灯都还亮着。"很多灯,感觉比水果还要多,或者说,它们把那些水果也变成了灯……过于密集的灯光在光滑的塑料薄膜上映射,令那些水果看起来更像人工制品,那么精致。"把这话发出后,他拍了几张水果的照片,包括那个店员的背影。没有他想要的水果。他不知道自己想找什么水果。透过亮膜,他反复打量它们的样子,看神情,像是在说,哦,都认识,都不是。既然店员没有打烊的意思,那他也没必要马上离开。他想试试,在那些都认识的水果里找到一种。回到入门处,他从那些橙子看起。走到里面,看到那些火龙果时，他还是又想起朋友讲的那个故事。有个年轻的女人，过着疲惫的日子。有一天，她忽然想养金鱼，就在休息日去市场买了六条。它们都是那种肥硕的金鱼。她还买了两只长方形鱼缸，一大一小，还有水草、石头，以及空气循环器。有个男人要帮她把这些东西送回家，她拒绝了。最后拼尽全力，她终于把它们弄到了家里。等到让所有物件各就其位，注好了水，空气在水里冒着泡，水草在浮动，金鱼也在水里游动时，已是午夜了。她关了灯，让鱼缸里的那一串小灯亮着。看着那些在墨绿水草中游动的金鱼，她抽着烟。她拍了几张照片，发给母亲。这样明天早上，那两个孩子就能看到它们了。他们会说什么呢？过了很久，她忽然有点担心，它们会在某个白天里，家里没人时死掉。她知道这么想是可笑的。她不想睡觉。这不是失眠。每个休息日，她都要买很多用不着的东西，花掉不少钱。她不想解释。这次买金鱼，是个例外。她用它们阻挡了其他购物的欲望，还阻挡了夜深人静躺在黑暗里时,那种想要放把火烧掉房子的强烈冲动。这些金鱼好看吗?凌晨三点多,她把图片发给了远方的朋友。过了很久,他才回复,好看,看着有点挤呢,鱼缸似乎有点小了。她回复,根本就不小,刚刚好。他回复道,那就好。几天前,他刚听人说,把她带到这个城市的那个姐姐,是她前夫的姐姐。两年了,她们已彼此不再说话。黎明前,他忽然醒了,继续琢磨临睡前在想的问题,为什么挑不出想要的水果?

羽毛

……在梦里,他经历了一场日常生活里的喜剧,跟那些熟人。他坐在马路沿上看着,一直在笑,毫无顾忌地笑,后来甚至笑出了眼泪。正午的阳光透过茂密的树冠,斑驳地洒在他的脸上,没有风,因此每个光斑的位置是固定的。有人注意到他,指着他的花斑脸大笑。他回之以更夸张的笑。他不认识这个人。随即他又发现,那些熟人,他竟然叫不出任何一个人的名字。他们的名字就像是他脸上的光斑。后来,那些人开始互相投掷杂物,就像在过什么节日那样,泼水节?但并没有人泼水,只有杂物在空中飞来飞去,不时打到某些人。他仔细辨认,发现那些杂物有的是儿童玩具,有些是蔬菜,还有些是枕头、枕巾,甚至还有成包的抽纸,它们像奇怪的鸟,只有一个翅膀,在飞起坠落。他听不到他们的声音。他们都张着嘴,应该是正在发出很大的叫声,可是他完全听不到,就像默片里的场景,彩色的默片。他努力让自己平静下来,不再笑了。他要想起他们的名字,一个一个地想。他感觉到那些名字正在慢慢地从脑海深处浮现,可最后却被看不到的一层玻璃隔住了。它们紧贴在玻璃上面,就像他脸上的那些光斑,只是平淡一些。他确定自己是认识那些人的。那些没有名字的人,就像喝醉了似的,在那里晃动着身体,挥舞着手臂。他发现,在他们跟他之间,也隔了层玻璃。他听到自己重新笑了起来,笑声很是响亮,像在密闭透明空间里回荡。为了安抚想不起名字的沮丧与不安,他就想,至少这样笑着,也会有益身心吧。这时候,在醒来的瞬间,他看到有人举着一床羽绒被子冲进了人群,随即被子就被扯碎了,无数的羽毛飞舞了起来,弥漫在他们周围,他再也看不清他们的脸了。他下意识地伸手，试图拂去落到脸上的羽毛，他完全醒了，发现那并不是羽毛，而是正午日光照在了他的脸上。

花匠

……看不到那个花匠。在走廊里,他躲在拐角处,茫然出神。偶尔有酒店员工走过,都没注意到他,像雕塑似的,待在角落里,看着那个货用电梯口。她低头说着什么,手机贴紧耳朵,匆匆走来,背着对他。她正说的事,跟他有关。说他每天都会来,给那些绿萝浇水,整理枝叶,对他说了不用每天都来的,可他还是会准时出现。拥挤的办公室里到处都能看到一簇簇的绿叶。还可以再添些花的,中午,他对她说。放哪儿呢?放在走廊里也可以,他四处察看。昨天酒店里来了个奇怪的人,在大堂里转了半天,然后乘电梯上了二十一楼,围着那头玉麒麟转了好几圈,慢慢抬起右脚,把麒麟的两根金须先后压折了。被保安抓住时,这人还很认真地说，你们难道看不出来，这两根须子有多怪异？现在折了就好了，你们得谢我才是，干吗要抓我呢？警察来了，这人又换了个说法，我是在大堂里闻到了一股奇怪的香味儿，一个女人身上飘来的，我就跟着她上了电梯，到了这里，她却不见了。花匠琢磨着，像在倾听什么声音。他觉得整个走廊里两侧都应该摆上绿萝。打手机的女人正在倾诉委屈，好像还说了个什么秘密。货梯门开了，没有人。花匠进去，下到一楼，穿过大堂，又走步梯下到地下三层，在一间办公室里，见到了那个瘦瘦的老男人，复述了那个女人对着手机说的话：他们都不让声张，五个七天之前的那个凌晨，四点多，有人被抬了下去，就是坐那部货用电梯，浑身包裹着白布，被四个身着黑衣的保安抬着。

沙

……细腻的沙子,每一粒都在缓慢滚动。手指滑过,一切都完好无损,全无变化。微小的间隙里透露出光,像绒毛,淡金色,每一丝都垂直而立,不像湖里水草那样柔软飘摇,但被指头触动时会悄悄分叉,当滑动停下时又会合拢。手指离开它们,那些光丝即无影无踪。它们像全无缝隙,迅速僵冷,每一粒都透露出粗糙的质地,直到手指头重新滑过它们,才会重新恢复之前的细腻,缓慢滚动,像无数个时间单元在独自旋转,四处散溢,重叠的蛛网。巫师在塑造祭祀用沙柱。它指向云气稀薄的天空,被他指间的火焰所烧蚀,刻画出流动的线条,气温在下降,而它的温度在上升,火焰围拢,形成灰白的烟篆,腾入空中,而下面留下黑丝般的苔藓。他疲惫地闭着眼睛，毫不理会空中的那些烟篆到底生成了怎样的符号，在无风扰动的情况下又会如何散去……他期待着某种回应，而不是去解读什么，如果什么都没有发生，那么他就无法睁开双眼，在日光没入地平线之前，他要嗅出某种迹象，或是等那沙柱忽然溃散，烟销火尽之时，再去看那里留下的纹络。似乎每一次他都注定要耗尽最后的能量才能有所发现，然后不声不响地躺下，让耳朵贴着沙子，在黑夜降临时倾听从沙子深处浮现的声息。在又一次枯萎中，他听到了那来自异境的繁盛气息透过肌肤渗入躯体，然后又像以往那样回到帐篷中，用绸子将自己包裹起来，像做茧似的，连脑袋都包住，就这样，躺在那里，在又一个黎明出现时，体会自己的复苏。

临界

……这个似乎用树皮做内壁的洞穴里，有隐蔽的风口不时发出奇怪的呼啸。空气过于潮湿了，那些树皮在膨胀，彼此挤压着，而接缝处的翘起对于洞穴内的气流产生了微妙影响……夹杂着被雨水浸泡多时的树木散发的浓郁气息，与那呼啸声不时交相荡动片刻。把这里想象成一个胃之前，他先想到的是个孩子的形象，八岁的男孩，在傍晚钻到墙角倒立的手推车里，上面密实地遮盖了艾蒿，这样就不会被雨淋到了，要是再有个藤条编成的小门就更好了，他可以只露出个脸，看着暮色降临中细雨润湿的院子……而他现在想的是这个内壁粗糙的胃，不是什么巨型动物的，而是自己的，嗯，就是这样，待在自己的胃里，感受着自己吸入的空气……

胃能像肺那样呼吸？多愚蠢的问题。身体的每个部位都能呼吸，每寸肌肤都能呼吸，哪怕只是个小手指头，也是能呼吸的，要是你把自己埋到土里，只留个小指头在外面，就会知道它是能呼吸的，还能像个嫩芽，下过雨后就长起来。接着，他想起午夜时听到的蛙鸣声。这个公园里好像是有个池塘的，就在那片银杏树林的西侧，白天里偶尔能看到有个老婆婆，坐在长椅上晒太阳。他想起那个躲在艾蒿覆盖的倒立推车里的男孩在天黑后隐没在黑暗中，已经过了吃饭的时间了，可是没人叫他，而他只是继续出神地注视着黑暗。不远处，窗户里散发出的金黄灯光洒落在地面上，这让他觉得那个地方跟这里构成了倾斜的角度，而自己这里正在缓慢地下沉，身体软绵绵的，化在黑暗里。这跟在洞穴里是完全不同的处境，他是自己胃里的东西，是一块湿漉漉的琥珀，是琥珀里包裹着的种子……他想象着自己点了支烟，什么东西在熔解，而烟丝在翻卷成细小的红花，透过黑暗他看着外面摇晃的清晨树冠那淡灰色影子,听着雨珠从枝叶上滚落的声响从枝叶本身的动荡声息里溢出,还有人的走动声,说话声,越来越大,十六岁男孩变粗的嗓音,争论着什么,而他的指尖下意识地触到了什么东西,软软的,像阳台角落里捡到的绢花,还有叶子,有三朵,他把它们都摸到了,握在手里,把它们握成一团……他听着,好像又下起了雨。

风

……听不到风声,但听得见呼吸,只是勾勒不出其中的线索。它们胜过说话。它们是来自泥土深处的风,是麦管里的雾气。它们留下麦粒,在皮肤里发育,而黑色斑点似的轰炸机正在艾草的烟雾里逃避,没有炸弹可投。在水底腐败之前,雪菊正焕发浓郁的芳香,把大颗的汗珠催生出毛孔,它们像蜗牛那样慢慢地爬着,留下透明的路线。不爱入睡的孩子,在等待拥抱,还有爱抚,把小手伸到空中,划动空气,不住地说着什么,没说什么,而沉默的蜘蛛悄悄吐丝,然后下雨了,睡醒的人透过夜色看着睡熟的孩子,看不到表情,只能听到呼吸……于是他把小船推离岸边,感觉腿上贴满了水草,听着汩汩的水声,小心地爬上了船。

……她们开始跳舞时,他睡着了。他蜷缩在那个沙发里,柔软布面让他觉得惬意,意识开始模糊时,他觉得自己的双手挨在一起搁在下巴附近的样子看上去很像是猫的前爪,他闻到指甲里散发出来的植物香气,就是之前他跪坐在地板上一直在撕碎的那些一小簇一小簇的早已干透的枝叶,它们有点扎手,那味道像他小时候在野地里经常碰到的艾蒿的,也有点像苴麻的,或许就是后者的……但所有的感觉与印象也仅止于此,没有更多的了……再之前,电视里有一个印度姑娘在展示绝佳的舞蹈艺术,伴随着手鼓的快节奏鼓点,可能还有前辈女人严肃的眼神、手拍和嘴里发出的"嗒嗒"节奏提示。在一杯黏稠的酒慢慢倒在他的脸颊上之前,他还在越来越深的黑暗里断断续续地回忆一个女人的欢快手舞,还有她那种自得其乐而又兴奋的表情……是谁提到了演员的话题呢?眼神的几个不同程度的落差里有着足够的戏剧性,像鹿的眼睛,平静中隐含警惕的要在河边饮水的鹿。在黑暗渐渐消退时，他动了动舌头，感觉它表面的味蕾在长，在变得粗糙，就像此前他耐心从那些细小的枝上扯下并揉碎的叶簇。他不知道这种无法摆脱的困倦究竟是源自几种酒的混合作用，还是烟草燃烧的熏烤或是那种植物的浓郁香气的作用，或者仅仅是长时间的睡眠不足造成的。他知道那些东西其实没有产生什么真正的影响，因为他已经拥有谁都夺不走的近乎完美的困倦。

……可能是有风，那只鸟不到凌晨三时就叫了。估计是睡在闷热的深夜里，感受到风凉忽至，于是它就忘了时辰，就那样叫了起来。通常它是要到四点左右才会叫的。一直不知是哪种鸟，巢在哪里，只知道就在不远的高处。它的声音不尖锐，也不低沉，听着很温和，有点像年轻女子早起后的嗓音。风在外面吹，可屋子里还是闷热的。转念的工夫，那只鸟又没了声息。热。只好打开电风扇，让它摇头吹。风就一波一波地来，风扇声有点像远处夜班轮渡的。罩子上有细细的黑灰，是去年夏天留下的。那只鸟还会不会忽然又叫起来？可是它始终都没再发声。或许对于它来说，刚才的鸣叫有点像人的说梦话吧，本来就没有真的醒来。

……那些随意而又密集地插满了烟缸的白色烟蒂，有点像某种结晶体，燃烧的痕迹留在了最后，像一头扎下去后留下的阵阵叹息，那些不规则的焦黄斑点，细碎的炭黑色或微白的灰，让它们丧失了活力，陷入粗粝的沉寂里。不远处的空盒里什么都不会再发生。四壁洁白的空镜头，无来无去也无所期待的纯净。记录时间的可以是脸上的油及油上的灰，夜晚的过度延伸导致的正是这样一种不易被觉察的过于缓慢油腻的流动，这淹没的过程比想象的要彻底和深入，只有眼睛感觉到了这种淹没的发生，知道有更多的细胞在死去并悄然脱落，不能再遇到新的早晨。黑暗是弧形的金属，外面的过道像横亘其边缘上的石桥，那人骑着电动车发着那种令人不舒服的低吟来了又去，带走了大桶里盛满的垃圾。此前的睡梦片段里，那个戴着脚铃的姑娘仿佛正在隔壁的楼梯上走动，五色长发湿漉漉地垂在肩头，她的眼睛像马，像琥珀，她光着脚走在铺着灰蓝色地毯的楼梯上，发出低沉的咚咚回响，她穿着过于肥大的衣服，但被她的双臂紧裹在身体上，因为她之前曾穿行在幽暗的广场边上，进入一幢陈旧的楼里，不知过了多久又染着暗红的光斑出现，然后又隐没在另一幢黑洞洞的楼里……她的表情异常淡定，就像能够预言一切的巫师，可是一切的发生又不会对她产生任何影响，与她没有任何关系，她只是看着。在消失之前，她应能看到那个运送垃圾的车子无声无息地穿过广场，就像个过于夸张的硕大亮斑，滑向了更远处的黑暗。

大象

……野生动物园里的一头大象,踩死了驯兽员。几条新闻短信里都如是写道。几个网络媒体先后发来的。一头大象,踩死了驯兽员。据说,可能是大象处在发情期。他在反复看这些信息时,旁边的朋友正低声跟他说话:我其实长期失眠,一个又一个晚上,睡不着,完全睡不着,没有睡意,就是不困……非常焦虑,想过很多办法,都无济于事。后来我想明白了,既然不困,那就不要睡了,看书或是画画,甚至什么都不干,就那么坐着,就这样,焦虑才逐渐消失了……现在我每天经常只睡两个多小时,也习惯了,但我估计别人要是像我这样,是会死的。他听着,频频点头,表示非常理解这种状态。但实际上他脑子里转悠的,还是那条大象的新闻,就是那短短的一行字。尽管后来他的脑海里也短暂出现了一下那个现场，高空俯瞰的视角，大象很小，像个忽然动起来的石头，而那个驯兽员则只是个斑点，然后石头覆盖了斑点……或者，那头大象，只是个他小时候玩过的木制玩具象，而那个驯兽员也只是个木头小人儿，他用它压倒了那个小人儿。这时，他抬头看了眼朋友那瘦削的脸，因为喝了酒，那脸上现出了暗红的光泽，而那双湿润的眼睛正注视着别处。没人知道朋友刚才在对他聊些什么，也没人注意到朋友那忽然静止出神的状态。人们都在忙于跟身边的人说话。即使是那些低头看手机的人，也没有关注到那条大象的新闻，因为还有很多新闻在不断浮现。后来，一个姑娘端着酒杯出现了，向老师表达敬意和谢意，然后说她昨晚做了个梦，在梦里问老师，应该怎样度过人生才算有意义？您说，要永远保有七岁孩子那样的心。听得此话，朋友想了想，端起酒杯，一饮而尽。而这时，正拿着手机的他，又看到同样一条大象踩死驯兽员的新闻，一字不差。

断断续续，睡了醒，醒了睡，都成了碎片，其实完全可以将它们在脑海重新融合。所谓的存在感离死亡很近，都有内心的宁静，只是它面向着生……

洪水

……傍晚或黎明，小城南部的那座古堡里，还能看得清湿润的青石台阶略微有些发蓝。已看不到行人。偶尔有几只鸽子，在下面人家屋顶上晃着脑袋，咕咕地叫着。我们很久没这样一起走走了。我跟儿子。他就要考高中了，而我则忙于工作，每天相处的时间很少，更不用说散步了。他向来不喜欢散步，但今天却答应了，而且始终都很耐心。一路上我们都没说什么，但我还是觉得惬意，原本也没想说什么，只想这么简单地走走。古堡建在一座小山上，周围远近都是丘陵，此时望去，在暗淡暮色或微明晨光里，那些连绵的暗蓝丘陵就像凝固的海浪。什么声音都没有。也没有风。好像有薄雾在升起。后来，他跟我聊起几天前去看那个学校的事，他在那个很大的校园里转了好久,没什么特别的感觉,最后在一个角落里,忽然发现一棵老槐树,孤零零地歪立在那里,挺好看的。后来在树下仰头看时,他发现上面有个巢,像是用草穗混着枝条编的,是喜鹊的,正看时,它就飞了出去,先是飞得很低、很慢,然后才飞起到空中,很像以前梦到的场景。那这个学校呢,我问他,到底觉得怎样?他出了会儿神,没言语。我们继续往上走去。天色并不见暗,也没有比之前亮,仿佛时间凝固了。空气正在变得黏稠。那些远处的暗蓝色丘陵看上去好像有了些变化。我停下脚步,望着。儿子回过头来看我,问我在看什么。我摆了摆手,继续凝望,过了一会儿,我说你看,它们好像在动。他没看出来。它们确实是在缓慢波动。渐渐的,我忽然看明白究竟是怎么回事了,并不是它们在波动,而是暗蓝的洪水正漫过它们!大水涌灌入那些山谷,没多久就升了上来,越升越高,直扑城堡这里。我几步赶上儿子,拉着他向上奔去。刚来到最高处那户人家的矮墙边，水就漫了上来。我们伸手抓住墙头的水泥沿，水就淹过了我们头顶。但只是过了一会儿，我们就又重新露出头来，这波洪水退到几米外，但还在朝上涌动。望着下面一片汪洋，我们都不知该说些什么。后来，不知是日出还是日落，为远处那些丘陵边缘涂上了淡金的边儿。一只白尾喜鹊，不知从哪里飞了来，一头钻进下面湿漉漉的树冠里。

……黄昏时，我们走在小镇里最为热闹的街头。像是什么节日，很多人在闲逛，买烧烤小吃。有些女人手里还拿着几枝鲜花。到处都是喧闹声。我们在人群里慢慢走着。我不知道始终跟在我旁边的人是谁，却又会不时跟他/她说话，当然内容只是指给他/她看什么场景，有时甚至还会嘲笑什么路人。夕阳没入西边天际，把云层染成暗红色，但没多久就隐没了。这座山上小镇的最高处，是幢灰白色的三层平顶楼房，据说里面早就没人住了，所有门窗都已被邻居或者收破烂的陆续拆去，只有那铁栅栏门还在，半敞着，院子里满是杂草，东侧的杂草深处，有辆锈迹斑驳的摩托车，皮座都烂没了。除了野猫和野鸽子，那里再也没有别的有生命的东西了。两年前这里着过一场大火，死了两个人。后来有人试图重新装修，但装上门窗后，不知为什么又停工了。我们看看时间差不多了，就朝那里走去。倾斜的马路走起来有点累。一群男孩在那幢房子外面的空地上踢球。他们把皮球一次次地踢到院墙上，发出沉闷的回响。我们看着他们，不时看一眼远处的群山。大风夹带着湿漉漉的气息扑来了。我们看了看表，刚好七点钟。天有些暗，但还没黑下来，能看到远处奔涌的洪水正泛起白色巨浪。我们招呼那些被惊呆的孩子们进到院子里，然后爬上楼顶。洪水已漫卷整个小镇，并疾速漫上山坡，淹没了那条马路，漫到这幢小楼的二楼，才停止了上涨。望着围绕在四周的这浩瀚无际的阴暗晃动的水体，我们屏住了呼吸，注视着那每一次缓慢的晃动。那些男孩簇拥在一起。那个抱着皮球的男孩在低声抽泣，而其他孩子都不敢说什么。过了片刻，那个皮球滚落到屋顶上，弹了几下，掉到了缓慢动荡的水里，一点点地漂到了远处，变成了黑点。唯一能让人稍微松口气的是，如果仔细看，就会发现水位其实在慢慢回落，没过多久，我们就看到了已完全伏在地的那满院的青草。我们能做的，就是等下去。

时间

……忽然觉得时间马上就要枯竭了。于是就有无数脱离线索的细节开始浮现，在那些与时间全无关系的交错过程里，每一丝光线与每一点阴影都在彼此消解中抵达完美的状态……搭在车窗边上的右手，你想它变成鸽子，它就变成了鸽子，还把影子留在了你的脸上，你觉得从墙后面探出的夹竹桃是放纵的，而它们就会顿时张开那些粉白的脸，可它们又是那么的单纯，一闪而过，就像旁边那个忽然发亮的路牌，隐沙路，它让你联想到这样的场景：北面的河堤上，夏天的烈日下面，一大群正在搬家的蚂蚁，纯黑色的，体态轻盈。

……站在河堤上，看着漫漫而去的混浊水流，似乎看不出在上涨。离警戒线又近了一些，比昨天上升了三个标准单位。那人说，这是正常状态，在我们这里，这就是正常的，没有任何问题，我真不知道为什么他们会慌乱。那我们还有多少时间准备？他认真地看了看你的眼睛，平静地说：很久。你忽然发现，自己其实是在他的办公室里，而当你来到外面时，又意外发现，这巨大建筑物有点像教堂，只是没有尖顶而已，也没有敲钟的人，嗯，什么人都没有。

……那些墨绿的叶子颤动起来，有一些在深处变成了闪亮的碎玻璃，溢出更为明亮的液体，渗入其他的叶子里，然后再引出更多更亮的液体汇聚在一起，经过一段时间酝酿后，忽然涌到了外面，纷纷结晶，散落着发出清脆的回响，原来是阳光，那棵树在东侧，它们碎裂在那些红色的瓦片上，把附近起伏的鸟鸣声都推向了远处……这走廊仍旧是幽暗的，那些寂静的衣物，缀满水珠的桶装水，地板上的纸箱子，还有个彩色的小盘子，闪开的门……所有这些，都在以极为缓慢的方式把此前碎裂的时间恢复常态。

雨集

……午夜的暴雨里，太阳缩成了一团棉絮，里面还有烟草的余烬。那么短促，寂静就恢复了统治，水滴在这里那里纷纷坠落。其实雨早就停了。它们敲啊敲的，可是黑暗本身是不会发出任何声音的。没有期待是多么艰难的事，而期待本身又是多么艰难的事。可能只是洗净脸的那一瞬间，整个宇宙就被反复折叠起来了。就不能像雨水那样简单地滴落一下吗？它们即使落下来，也不会摔得粉碎，下面是多么浩渺的海啊，比任何深渊都要安稳。

……沉闷了大半天，终于雷雨大作。据说某处还有冰雹。坐在馆外的屋檐下，看着下雨，吹着雨气，仿佛进入了一种幻境，与世隔绝了。雨声里，什么声音都没有。时间就在那种有声与无声相交织的状态里分出了许多层次，许多个时段似乎都可以同时共存，以至于你无法知道哪一个是现在进行时的，所有的沙粒都在涌向沙漏的出口，但都没有漏下去，都在缓慢蠕动着。

……听到了不远处的一阵雷声。一阵风从窗口涌进来，很安静。被吹起的窗帘，搭在了电视机上，那些银色的纹络，还有那些粉红的山茶花朵，都在动荡着，是该做梦的时候了，却仍旧清醒着，半点睡意都没有。就像之前该醒着的时候，却又分明在梦里。有些重要的事情确实是有预兆的，在被它触动的那一瞬间，你感觉到一朵乌云正悄悄掠过，就那么盯着它看，看它走远，可你并不相信这是真的，而事实上，它也并没有真的离开，还在那里待着，看你一直走到后来，然后待着。无意中的话也是预兆，我们一起把那棵树砍了吧。谁知道呢？最近的那棵树，你知道，是棵银杏树，有几十年的树龄了,现在正是它最美的时候。

　　……醒来后,发现外面天光暗淡,不知是早晨,还是傍晚。不知是时间的开始,还是结束。有时你会发现,不管在哪里,都很像在一个孤岛上。为了活下去,你不得不去搜集食物,找到山洞,保存火种,记录时间。对着暗中的镜子看自己,那个瞬间里,你会觉得每一秒钟都有可能恍如隔世,身边的物,似乎转眼就可以化作灰尘,或是化石,而看着自己,也并不能知道自己是不是幸存者。当然,你可以在最高处燃起熊熊烈火,但在这茫茫大海里,这点亮光不过是微不足道的斑点,就像在黑暗的巨大城市里的某个角落,自己点上烟,慢慢抽完。

　　……天蒙蒙亮时,会有什么事情发生?那个人站在那里,手搭凉棚,望着远处,那里还有很多雾,可是已能感觉到,早晨正从脚底下泥土里渗出，带着湿润的气息，还有些早晨正从不远处的林子里过来。得站得更高的地方，才能看到远处的平野上雾气是如何散去的。如果运气好，或许就能看到那白额的大宛马正在河边饮水，不过太远了，从这里看去，它只是个灰白的斑点。风还没有吹起来，就像忽然出现的停顿，你只能看到雾在移动，那个斑点在偶尔移动，而其他的都是静寂的。那人的服饰并不华丽，要是靠近看的话，就会发现那素色袍子上有很多精美的花纹，因为色差不明显，要仔细看，才能分辨出微妙的层次感与结构样式，这时候，你需要凝视，过不了几分钟，就会感觉到那些花纹深处的繁盛了，无声无息地。在山下，有户人家，院门敞开着，一个小孩子，正在那里安静地等着什么。

……就是一声雷，很沉闷，在不远处，响了一下。看看天窗，发现灰层上正浮现雨迹，一大点一大点的，迅速汇合。灰层消失了，就能看得清雨点，一闪一闪地落到玻璃上铺展开的样子。密集的雨点声。天色越来越暗,好像贴在了玻璃上。什么事都不想做。就到阳台那里,推开门,坐在黑椅子上。看着外面玻璃屋顶上的雨脚,发现每滴雨点落在玻璃表面溅起的小簇水花都很饱满,时大时小,而玻璃边缘的水流正在迅速地滑落,闪着晶莹的光泽,直到落地时才暗淡。烟很难抽。回到室内,听到雨声越来越大了,以至于远处雷声都显得弱了很多。

……笔直的雨道降落在午夜里,它们从黑暗中来,穿过这一块微亮的灯光,落入了另外的黑暗。在窗口,感觉没有多少风,有的只是雨气,不时涌来。外面已看不到灯光了。错落重叠的建筑物都成了影子。渊深的寂静里回荡着雨点破碎的声音,仔细听来,这声音及那无数雨滴本身似乎都不过是这寂静分解出的细节,其中每个都可以视为寂静本身。你把手伸到外面,接几滴雨在手里,是温暖的。把手收回来,重新张开,是有光的,饱满而又宁静。世界有多大，与我又有什么关系？我不过是个斑点，搁在哪里，并无本质的区别，可以随时隐没在某个缝隙里。现在我终于知道了，这世界原来是如此广阔。你要是能听见外面骤然变大的雨声，就会明白为什么我会如是说了，它们把此前无边的寂静转眼间就消解得无影无踪，似乎满世界都只有不断放大的雨声，可你知道，那并不是无目的的喧哗，而是赞颂，唯一纯粹的赞颂，胜过任何言辞。在某个飞溅的雨点里，我看到一种微白的色调，从它绽开的过程中，我听到复杂的节奏变化，里面包含着无数微妙的和弦音，它们可以用来描述最为热烈的感情，以及这个广阔世界里无形的光线，还有变幻莫测的风，也能描述眼睛，那么幽静。

……其实也就是把一个很小的东西，随意放在一边，然后它就那么站着，顶着块木板，等着下雨。没人知道会不会下雨。天晴了，也黑了，星星点点的，都是孔洞，可以透风。月亮如果出来，就是唯一的门，其他任何地方，都走不通，没有路，没有光。接下来的，就是耐心地把字写在大泽边上，跟耕地似的，留下深浅不一的垄沟，挨着别人走前掘出的枯井。一个人坐在树顶，摸着自己的脑门儿，无声无息。那些所谓的文字是用来换什么的？除此之外，一点痕迹都没留下。老女人话也不多，也不重复，无钱无物，残齿脱尽，家里连只鸡都没活下来，只有燕子还在偶尔飞来。没有雨，也没有酒。孩子们对着洞穴小声说着什么，然后悄悄笑着，这也算是纵情欢乐？大人们在不远处看着，保持沉默。实际上孩子们也没有自得其乐，他们只不过是跑到了语言的外面，面对着夜色里的旷野。

……风吹得舌尖自然卷曲，在采集声音的缝隙里发出阵阵轰鸣，烟在嘴里聚拢不住，极快地飞去，而不远处的草木颜色跟天空一样有些发白，淡薄的灰调云层里还在积蓄水汽。他们站在附近吹风，看这院子，那片空地上，停放着废弃的旧式坦克，还有榴弹炮，都是锈迹斑斑的。它们周围，长着茂盛的野草，要是离近了，你就会发现它们正像波浪似的波动不已，发出极其细微的和声。风把整个世界都吹成了灰白色，然后又吹成了淡淡的黑，这样反复了不知多少回。偶尔出现的寂静里，能看到云层里的山脉，并不陡峭的山坡，几个人在慢慢爬，有些蜜蜂在附近嗡嗡叫，掠过那些被日光烧焦的植物叶簇，你们闻到了某些枯叶上的尘埃味道。风在山后猎猎吹动无数的东西，似乎要把它们的位置统统改变，可眼下这里是寂静的，随着时间推移，你们已深入半山的阴影里，而把阳光留在了后面。没人要说点什么。后来你们都闻到了黏稠的气息从山体深处蒸腾出来，黏附皮肤，时不时地有种密闭的感觉弥漫。听说晚上有强台风登陆，只是还不知何时到这里。站在楼顶的露台上，向空中望去，可以看到很多清冷的乌云正在向西北涌去。

门

……他说玫瑰城的西门对面，就是另一个玫瑰的东门。出租车缓慢行进在狭窄昏暗的马路上，两边停满了车辆。晚上八点多，那些店铺招牌的霓虹灯红光颤动在路边的积雪上，就像劣质的冰激凌。司机看到右侧那个被霓虹灯包裹的小区门，却没找到对面有什么门。我下了车。往左侧黑暗里看去，没过多久，他出现了，像黑暗里剥落的一片影子。那里就是东门啊，他指了指。我顺着他的指向看去，那里只有黑暗。我们走出几十步，才发现那里确实有个门。这就是东门，他说。想不到你的方向感这么差。我有些不耐烦地辩解，上次，也就是五年前，或者六年前，我走的是正门……那里有个喷水池，谁知道还有个东门。穿过黑暗的小路，我们始终踩着冻硬的积雪。三楼,不需要坐电梯。门开着,他母亲站在正厅里,微笑着跟我打招呼。她依然身板笔直。寒暄时,她说今年她九十五岁了,随即又纠正说,哦,是八十五岁。电视机还是以前的,还是在播放NBA,没有声音。来到他的小书房里,他随手关上门。一台合成器键盘,配合桌子上的电脑,用来播放他的作品。这两年,他写了四首曲子,其中一首还没完成。播放前,他想解释一下创作的背景,被我阻止了。他跟以前一样,有些意外。我说,有曲子就够了,你怎么想的,其实并不重要。他靠着门站着。我坐在唯一的椅子上,听着曲子。四首曲子,持续了二十多分钟。我试图从中发现些陌生的东西,可是并没有。我跟他讨论了关于陌生感的问题。后来,他跟我谈一件苦恼的事。我以为还是感情问题,结果并不是。他楼上人家,有个初中生,每天晚上不是在地板上跳来跳去,就是在拍篮球。这让他完全无法专注于音乐。他犹豫着要不要上去,跟家长谈一下。半年前,他曾去过，对方反应颇为冷漠。你为什么不戴上耳麦呢？我平静地问。他犹豫着，没说什么。一个多小时后，他送我出去。在黑暗里出了那个东门，我们在路边等出租车，没再说话。后来，他说太冷了。我说你回吧。看着他的背影晃动着消失在黑暗里，我抽了支烟。出租车过了好久才来。第二天中午，他打车来接我，我告诉他是西门，结果他到的却是北门。我出去的工夫，他来了电话，说司机不想等了，他只好下了车等我。我绕了一大圈，才来到北门那里。我们打了辆车，去另一个朋友那里。途中我们没说一句话。

酒店

……在酒店里，每天都能看到他们。一对孪生兄弟。通常都是在电梯里，门打开，他们出来，或是门打开，他们进来，都穿着成套浅黑制服。当然有时也会在洗手间里遇到他们，两人以同样的姿势站在那里，对着那白瓷小便器。他们侧歪着脑袋，注视着镜子里的自己，就像面试官审视刚通过初轮面试的某个人，不动声色的，最后还莫名点了下头。他们几乎同时走到水池那里，打开水龙头，仔细洗手，然后关闭，其间他们会再次认真打量镜中的自己。他们偶尔沉默，偶尔忽然说起无聊的话题。他们都很白净，体格健壮，走起路来都翘着结实的屁股。他们的表情极少，眼神有些冷漠，假如你面对着他们，几乎感觉不到他们在看你。走路时，他们身体挺直，即使在转弯时也看不出变化。他们走路的姿势，其实很容易让人联想到香港电视剧里的街头巡警，两人一组，在一条固定的路线上，对一切无动于衷地巡视着。

……时空的并置、共振、翻转、折叠及相互渗透，总是出人意料地随机发生。这是什么意思呢？你是在说，这个世界，其实就像一个巨大的魔方空间，或说是无数巨大的魔方空间所组成的空间群，其中每个最小单元的正方体都是独立的空间，有着不同的色泽、温度，被某种神秘的力量不时转动，改变位置，而它所在的那个魔方体也处在一个更大的魔方体里，也在被转动着，改变着位置，以此类推，整个世界就是这样在不断转动、变换位置，每个最基本单位的局部也同样如此。但这样说也仅仅是打个比方而已。实际上的情形要远比这个比喻所折射的状态复杂。说到底这并不只是空间的问题，而是意念层面的问题，或说是生命本身能量如何转化的问题。因为前面所提及的所有与穿越相关的变化、各个层面的魔方体式的转动，都发生在意念里，驱动这一切的是生命能量，它呼应着宇宙的能量，膨胀着，燃烧着，不可阻挡地走向枯竭，不是它本身枯竭，而它所寄托的那个肉身的枯竭，因为任何肉身都有其时间性，而赋予其生命的能量，却是可以永存的。问题的关键是，这并不是一个当下的话题。

……眼前终于出现了那种浮世绘画风的朝霞，在穿窗而入的夕阳余照里展现双重的绚丽。这是她始料不及的。她下意识地眯起眼，后退了两步，小腿靠着床垫，反复观察着这个图景。不，她并未看出有什么异样，除了不同层次的光亮与色彩。当然时间点是个意外，在她放好这个屏风时，夕阳刚好照到了那里，与画面的光线交融。她坐在床沿上，现在已看不到门了，也看不到那个装满各种鞋子的木架，看不到门口的镜子，以及其中反映的厕所门，还有地上那个样子有点夸张的垃圾桶。那个轻盈的屏风并不是遮住了什么，而是制造了一个新的空间。而放在她的床与窗帘之间的落地灯，则给这个新空间提供一个支点。改变那些室内物件的位置会改变整个空间的气场，她百思不得其解。这真的就是风水学要解决的问题吗？作为即兴舞蹈家，她躺在松软的床上，又一次惬意地打量着这个自己的空间，忽然意识到，这个由她造就的空间，恰恰是那种她无法通过即兴跳舞就改变其状态的类型。也就是说，她只能以一种方式来持续改变它，没有别的方式。任何空间都有其一旦改变就再也不可逆转的属性。

……在黑暗里，那人以非常奇怪的方式原地打转，一边念诵，一边撕那经书里的页面。那人把它们搓成细长的纸条，再编起来，变成一根纸绳，随后，把它缠绕在自己的身体上，准确地说是原地打转缠绕起来的……那人希望另一个人也能做出回应，要么接受其审判，要么接受其拯救，当然归根到底这是一回事。那人认为自己在做的就是不断去戳破此人赖以遮蔽自身的有形无形的东西，最终让其赤裸在那里，无处藏身、无可辩驳、无以名状、无地自容……可是另一个人只是被想象出来的幻影，否则那人怎么会如此迫切地等待着回应呢？那人拼尽全力要让这幻影相信其所分析的一切都是真的，承认吧，那人急不可耐地召唤着，接受吧，在某些瞬间那人甚至认为自己已掌控了一切，证据确凿，你再也无法逃避了，现形吧，你这个魔鬼！夸张的话剧舞台腔，中文版哈姆雷特式的诅咒，哦，双脚几乎都要跳起来了，你给我站住！但是，嘘——这个时候，还是会有人出于善意对那些在黑暗里旁观的人们做出那个不要发声的手势的，以最轻微的方式发出那个"嘘"的一声。虽然如此，可那人还是听到了，愣了片刻，然后举起手里的药，温柔地说，其实，我是来救你的，我把省下的这些都给你带来了……你什么都不用做，只要你开口说声你要……但有一点，不要说这个你实际上并不存在，说你只是我想象出来的影子，也别介意之前那些令人难堪的咒骂，你不也是把它们都原封不动地还给我了吗？嘘——谁在嘘？别以为自己可以永远是孩子，这是自欺欺人，企图无视自己的罪过，只有我发现了这一点，你已经老了，随时都有可能化成马路上的一摊烂泥。你不要以为我疯了，喏，请张开嘴吧，不要那么紧闭，还咬着牙。"嘘——"

借车

……他没有车。他喜欢开朋友或同事的车。起初,只是在着急办事时他才会借车,后来,回百十公里外的老家,他也借车。再往后,就是深夜里也会借车,也不说去哪里,开出去很久才回来。在那些被借车的人眼里,他每次借车出行的公里数,都要明显比上次多出很多。回来之后,他从不会为车加上油,更不用说把车洗干净了。他只是把它重新放回到原来的位置,然后把车钥匙还给主人。实际上,这里已没人愿把车借给他了,但也没人拒绝他。于是他们先后学会了一个办法,就是在他把车送回来的时候,去仔细看看里程表和油量表,然后淡定地再把行驶公里数和耗油量告诉他。可他并不在意。他喜欢跟朋友们分享一切,因此从没觉得这是个问题。早在一年半之前,他还是个职业司机,给单位里的领导开车,开的是那种两百多万的奔驰。那时候,每天晚上他都会把车开回到这里,然后仔细地把车洗干净,还要叼着支烟,围着车转上好半天,像在研究它。他特别喜欢有人问跟这车有关的事,比如价格、性能、开在高速公路上的感觉。有时为了让好事的人体验一下这车的好处,他会把车开出去,在内环高架路上奔几圈。要是赶上领导出远门,他就会把车开回老家去,载着亲戚四处兜风。但他最喜欢的事,还是半夜里开车出去兜风,谁也不带,据说有一次直到凌晨四点多他才回来。领导失联后,这车也被法院查封了。他在很长时间里都没能适应没有车的日子。有人担心将来会出现这样的情况:某天他借了某人的车,开出去,再也不回来了。

舅舅

……很久以前的夏天,他第一次去北京。跟妈妈和妹妹,半夜里在北戴河上的火车。没座。过道上坐满了人,你要是站起来,就再也没法坐下去了。凌晨三点多,他已困得不行,犹豫一下,就伏身在旁边座上的那位大叔身上,几乎立即就睡着了。大叔是横躺在座位上的,身前的老婆和儿子是伏案而睡。早晨的阳光在地平线上泛动时,大叔的身子动了,他也醒了,立即站起来,手扶座位靠背,看着外面,远处的金色光线正在迅速地膨胀着。身子都睡僵了,累啊,大叔自言自语,坐起来,活动身子。那年他十六岁。去北京,是要看一位舅舅,顺便逛逛京城。舅舅在火车站外等着。小眼睛、面白、幽默的中年男人,据说在税务局工作。他们家在天坛公园附近的胡同里。有个很小的院子，屋子也小，但透过窗户，能看到碧蓝的天空。这里就像北京城的一个安静的凹陷。他觉得这里更像过去某个时段的北京，而不是现在的。舅妈是个大嗓门的小个子，商场里的经理。他们就一个儿子，比他小两岁，跟他妹妹同岁，长得很高、很结实，喜欢游泳，最爱吃鸡头。他亲眼看到这小子在公园里坐在花坛边上，把一个鸡头变成一小堆细碎的骨头。天坛公园有很多柏树。天不亮就有人在锻炼了，黑黑的，有人在唱歌，有人在招呼伙伴儿……马姐？牛姐？舅舅就顺势跟着叫了一声，猴儿姐？他就低声地笑。他们在舅舅家住了半个多月。有天晚上，舅妈在房间里哭。被舅舅说哭的。妈妈就批评了舅舅，觉得他不宽容。舅妈人多好啊。他们离开北京的那个晚上，舅舅借了辆三轮车，把他买的一堆书，还有他们娘三个，送到了火车站，送上火车。三年后的秋天，他出差去兰州，经北京转车，停留了两天。就住在天坛公园南门外的旅馆里，是平房，大院儿，院里院外都是高大的杨树。夜里起风，落叶声跟下雨似的。那时舅舅家已搬至新楼。舅舅的儿子和女友，请他吃了顿饭。舅舅夫妇去乡下探亲了。后来，听说舅妈得了脉管炎，差点就成了瘫子，要坐轮椅，仕途也就此终了。舅舅的儿子开了家旅行社，生意很好，给舅舅买了套天坛公园旁边的老房子，住着很舒服，还买了辆车。1995年春天，他去北京看展览，妈妈嘱咐去看看舅舅，可后来他犹豫了，没去。但去了天坛公园。那天晚上月亮很圆，他在神道上慢慢地走着，觉得月光有种弥漫的感觉。还碰到位练气功的年轻女人，让他离得远些，以免影响她采气。她说十年后，全世界的气功大师将聚集京城，一起发功，在空中创造一种异象。后来妈妈说，舅妈的腿好了，就是练气功练的，又当经理了。舅舅的儿子呢，生意是越做越大，结了婚，生了个女儿。有了手机之后，妈妈跟舅舅偶尔会发发短信，互致问候。舅舅退休了，过着悠闲的生活，养花，写字。

舅舅很关心他，想知道他的情况。他从没给舅舅打过电话。舅舅跟妈妈，是在1967年"大串联"时在北京认识的。那时妈妈十七岁，舅舅二十一岁。她认了他当哥哥，每个月都会互相写信。舅舅常给妈妈寄她需要的书。那时的人，真的挺单纯，妈妈说。转眼的工夫，妈妈六十岁了。那年四月，舅舅出门看朋友，说是要顺路来沈阳看看妈妈。当时妈妈心脏病发作不久，刚刚恢复，犹豫再三，最后还是发了个短信，拒绝了舅舅的来访。结果舅舅很生气地回了京。这事是后来他听妹妹转述的，妹妹问妈妈为什么要这样？妈妈沉默了片刻，说出了一个谁都想不到的理由：家里太乱了，太破旧了，不想让他看到。

老板

……那家川菜馆的老板,是个新加坡女人。胖,话多,爱哭。特别爱哭。她也喜欢拖欠房租。平时她露面很少,要不是老R找她追缴房租,估计她永远都不会露面。见到老R,她就关上办公室的门,然后放声痛哭。老R早就习惯了,就坐在她对面,默默看着。她每次哭都很投入,浑身颤抖,泪涕横流。通常是一波痛哭过后,接下来就是边哭边诉苦。她说自己是孤家寡人,六亲无助,命运坎坷。她说生意不好,这里人气惨淡,入不敷出,月月都在贴钱。她说身体不好,失眠,心脏病,还会抑郁。哭诉过后,就在那里低着头,不住地叹息。老R就像什么都没发生一样,等她平息下来,把纸巾递给她,然后慢悠悠地说,好啦,现在可以说了,什么时候交房租?她呢,通常会沉默几分钟,然后委屈地答道,下月初,肯定交。但实际上她每次至少还要拖延一个多月。老R每收到她一次房租,都要看她三次痛哭。这么多年来,他就没见过哪个女人像她这么能哭,这么喜欢哭,每次都能如此投入地哭。每次看她痛哭的过程,他都像在研究一个课题,专注地观察着她的每个细节变化。偶尔,他也会被她的痛哭忽然触动,想想自己是否也该这样哭一次?应该也是件痛快的事吧。这是他不可能做到的,尤其是当着别人的面,怎么可能哭得出来呢?而坐在她对面,看着她这样哭,有时候他甚至会觉得,要是神经质点的人,肯定会觉得自己像个死者。另外,他还发现,每次哭过,她的脸在恢复平静的瞬间,都像一张白纸,不是说颜色,而是说那种感觉,就像变成了空白的,仿佛眼睛、鼻子、嘴都变成了透明的,变成了空气。直到他们穿过厅堂时,她的脸才恢复正常,威严而又阴郁,让

老板

那些员工都有些紧张,气都不敢出。进电梯之前,他每次都会忍不住回过头去看她一眼,就像要再确认一下,她是不是真实的存在。

信徒

……他安排人把楼下那家素菜馆的水电都停了。门上有张告示：老板静修，内部整修。他电话告诉那个老板，月底之前，补上房租，否则起诉你。说完就把电话挂了。那家店里，进门就能看到那个佛龛，每天供果烧香。旁边的竹架上，摆着免费取阅的通俗佛学印刷品。据说老板夫妇都信佛。他初次见到老板时，这个胖子手里正拿个转经轮，说着话，手里不住地摇。转得他头疼，就说，你不要转它了。老板被他的眼神刺到，手就停了。什么时候交房租？老板说，我是居士，不会欠房租的。他说这我不管的，说个时间吧。老板说，两周之内。期限到了，还是没交。他又去了。这回碰到的是老板娘。她手里拿的是一大串紫檀木佛珠，正在那里打坐。用他的话讲，就是盘着腿翘着两个脚丫子。他还发现，她戴的那条深灰色名牌围巾，跟那个胖子是同款同式。她说，我们是居士，不会不交房租的。他说你先把脚放下来再说话吧。他盯着她。她只好把脚放下来。我不管你们信什么，是什么，他说。我只想再问一次，什么时候交房租？这个月底吧，她答道。他说好，事不过三。就这样，过了月底，房租仍旧没交。他又给了他们一次机会。他们依然如故，还在电话里跟他讨论人间佛理。他就把水电停了。第二天，素菜馆就关了。那对夫妻再也没露过面。过了几天，他们的手机都停了。

山羊

……他们家就在胡同深处那个弧形拐角里。东侧山墙上有个蓝漆斑驳的小木窗,真的很小,好像也就能伸出个手吧,平时里面还遮了块灰布帘。这是羊圈,平时经过那里,先是闻到羊粪味儿,然后就是此起彼伏的咩咩叫声……那个小窗子里,偶尔还会闪现一只羊眼睛,在暗中温柔地看着你。他们家大门开在南面,即便是关着也挡不住浓重的膻臊味——混合了羊粪、羊奶、羊肉、羊皮跟草料气味后弥漫的热烈气息。要是你碰巧起了大早,路过这里,在五月里的五点钟左右,那你很可能就会被这样的场景吓到:大门忽然敞开,十几只大小山羊,像新鲜奶油似的破开那膻臊的晨雾,慢慢拥出……最后出来的,是他们家的老爷爷,肩上扛了个小猴子。那矮胖的老头儿留着山羊胡子，戴着小白帽，腰里别了根长烟袋锅，红光满面……他们家里无论老少都是红光满面的，就像新生儿的肌肤……据说他们每天都喝很多羊奶……跟在老爷子身后的，是他的重孙、重孙女，五六岁的样子。

对于一九八三年的我来说，他们家就像民间马戏团临时后台的奇幻角落。老爷子会武术，儿孙们也都习武。整个旧街，就我跟奶奶见识过他们练武的场面。奶奶是居委会主任，有一回带我去他们家里，门还没有开，就听到里面传来有人在舞动什么的呼呼风声。门开了，那位老爷子正赤膊舞那把几十斤重的青龙偃月刀。我们进来，他就刷的收刀住手，把大刀拄立在右侧，调息，然后看着我们。我有点晕晕的，先是由于刀风滚滚，后是被院里弥漫的那种浓重气味冲到了。

他们到底什么时候搬来的？奶奶说过，但我忘了。好像是来自甘肃。在我想象中，会冒出小人书里的场景——他们赶着羊群，从那遥远的西北，翻山越岭，穿过平原，曲折来到了东北……一路上，除了羊叫声，没人说话，而他们身后的天边，那些灰白寂静的云，也像羊群，远远的。就这样，他们来到这里，把剃头的老李死后留下的两间房收拾干净，在外面砌了道弧形的比周围人家院墙高出半米多的墙。他们不跟邻居们来往。对于代表街道出面关怀他们的我奶奶，他们也表现冷漠。奶奶背着手，笑着跟他们说了半个多小时。他们从头到尾都很严肃。除了老爷子会适时说出哦、嗯、是、对、好之外，再也听不到别的。最后，奶奶客气地提到了这里的味道，周围邻居都有些不适应。老爷子默默地听着。等奶奶把话都说完，才回了句，是啊。听不出来有什么态度，倒像是在送客了。真没见过这样的人家，奶奶悻悻不已。走出胡同之后，她才长出了口气。

他们家是依然我行我素。那院子里，很少消停。有时是在宰羊，那些声音让人惊心动魄；有时是半夜里羊下仔儿了，院子里就挂上两百瓦的灯泡，远远看去，那院子上方就像多了个亮闪闪的光罩；有时在安静的下午，从墙里忽然传出往白铁桶里挤羊奶的声响……想想看，要是这些场景定格刹那，然后画面淡入次日清晨——那门又一次敞开，里面拥出更大的羊群，会不会有种"阿拉伯故事"的感觉？但这感觉没多久就破灭了。一个周末，我走在胡同里，手里拿着一把弹弓子，四处乱射。在拐弯处，他们家孙辈里的老三老四在那抽烟。他们盯着我的弹弓子。老四叫住了我，我看看。我递给他，还给了他几个石子。他试了试，打落了不远处老槐树的几片叶子，借我玩几天。说完他们就走了。我跟奶奶说了。她说，别要了。我又跟爸爸说了。他说，谁叫你给人家看到呢？但第二天他还是去他们家把弹弓子要了回来。据说那老爷子知道此事后，把老四捆在条凳上，一顿乱棍，屁股都打开了花。我看他们一家子，是记仇的，我爸意味深长地说。从那往后，那两兄弟见到我就会扭头走开。

他们家院子里的西侧仓房前，摆着木制兵器

架，立有大刀、长枪、棍，还挂着朴刀、剑、七节鞭、三节棍、双节棍。后来，他们在后院种了些蔬菜，墙角还有个小茅厕，蔬菜上的都是自家肥料，夏天里，那种味道实在熏人。面对邻居们的投诉，奶奶的回复是，先忍忍吧。忍着吃屎？群众反问。但奶奶的镇定自若，轻易化解了窘境。就这样，他们家被称为"独立王国"。直到一九八四年严打前的那场波及整个西部郊区的械斗，才改变了人们对这家人的看法。当时，建设街上百个小伙子，手持锹把，把旧街几十个小青年打得屁滚尿流，四处鼠窜，有几个被打倒在马路上。就在那些家伙肆无忌惮追打的时候，那位老爷子手执大刀，率领穿着练功服举着枪棒的儿孙们，从胡同里杀了出来。没用半小时，他们就制服了十来个人，都拿麻绳捆上了。据说他们下手很有分寸，那些人都是轻伤。后来派出所还给他们家颁发了个"见义勇为"的奖状，在严打之后发的。邻居们觉得这一家子真是奇人，以后就多宽容点吧，虽说人家也不搭理咱们，但也没必要冷眼相对吧？后来我奶奶几经周折打听到，这位老爷子解放前在一个西北大镖局里当过头把镖师。

有一年秋天，市里搞群众体育运动大会，把老爷子请了去，表演了一套春秋刀。当时在场的一位行家说，这就是传说中的关二爷的刀法，六十四路，春秋刀。那人的腔调、神情，像说书的……说到紧要处，还潇洒地亮了个架势，看着没，这就是回头望月！那天我爸也在。看老爷子耍完那一套大刀，他就叹了口气。出来之后，我就问他，爸，你能跟这老爷子比画两下子吗？他年轻时也是练过武的，跟的是本地有名的苗师傅，练过太祖长拳、长棍、长枪什么的……最乱的那些年，他在厂里闲着没事，就用车床做了条白钢的七节鞭，还做了白钢套环的双节棍、白钢朴刀和白钢剑……平时每天早晨起来，他都会穿着白色练功服，在院子里表情严肃地踢踢腿、翻个跟头、来个金鸡独立什么的。我那么一问，把他问住了。他望着远处出了会神，最后白了我一眼，说了两个字：不能。从那以后，每次看到他在院子里仔细擦那些刀剑的时候，我心里就会涌起一股浊气，直顶脑门。我是不好意思再到外面说我爸会武术了，也不会再拿他做的兵器出去炫耀了。可能只在没事翻翻他订的那些武术杂志时，我才不会用那种刻薄的眼光去看他。后来他也跟我解释过，这武术，有两种：一种是保自己命、要人命的，一种是强身健体、交朋友的。我师傅教的，就是后面的，他年轻时什么都经历过，要人命的，被人要命的……他跟我们说过一句话，功夫越高，命越薄。为什么？因为一遇到高人，轻则致残、重则丢命。低手，你说能碰到什么跟高手过招的机会吗？

我们家搬到城北的那年冬天，那老爷子家来了一帮亲戚，都是西北口音。他们家杀了好几只羊。我奶奶跟着派出所的民警去他们家，给那些亲戚做了流动人口登记。那些亲戚个个破衣烂衫，眼神凶巴巴的，皮肤黑里透红，说话很吵……男女老少来了七口,把那两间房四张炕都塞满了。民警特意提醒我奶奶说,有空儿您就去他们家看看吧。她说放心,但实际上过一个多月,我奶奶才去的。大门是从外面锁上的。这是从来没有过的。就这样,她连着三天早晚过去看,那门都是锁着的。第四天,民警从墙上翻进了院子。这才确认,这一家子人,都搬走了。什么东西都没留,连炕席都卷走了。锁打开后,我跟奶奶进去看了半天,空空荡荡的房子、院子,以及还没散尽的那股味道。在那里站久了,会有种错觉,就好像这里是个坑。没人知道这家人什么时候离开的。当时我脑海里浮现的场景,除了那些兵器,就是那些山羊……如果真像奶奶分析的那样,他们是天蒙蒙亮时走的,且不说那么多的东西是怎么运走的,就说那些羊,二十几只呢,他们是怎么弄走的呢?后来,在我的想象里,关于他们离开的场景,就是寂静的清晨,一大群山羊,无声无息地走出了街口,越来越远,就像映入水洼里的一朵朵灰白的云,然后消失了。

阳台

……早在二十年前，他就已具备当领导的全部姿态：表情的，走路的，手的动作，说话腔调，以及每天穿西装打领带。他的口才好。在他自己看来，如能到个理想的位置，这口才就是刚好够用的，领导并不需要话多；反之，那口才也就无异于缺陷。多年来他的位置变来变去，基本都是平移。后来，他的那套姿态也就逐渐脱落了。余下的只有后来那种阴柔的声音，还有啰唆。他走到哪里，让手下的人觉得最难忍受的，就是那种阴柔的声音。这是他们始终难以理解的。他去的那些地方，不是濒临解体的部门，就是解体部门的人重组的，总是要他面对那些背景复杂的闲人。他厌恶他们，但也清楚，谁也不能把他们怎样。他们就是那种永远多余而又不可撼动的存在。你除了跟他们时不时地谈谈话，还能做什么？就这样，他经常在他们意想不到的时候找他们谈话，永远是正式的。他始终都没能学会如何跟手下闲聊。他们呢，倒并不在乎他到底要说些什么，但确实都受不了被他的声音没完没了地围绕。在那喋喋不休与没有规律的指令之间，他们宁愿选择后者。

我还能对你们做什么呢？他的表情里通常会含有这样的意思，"我可没想过要改变你们，在这个世界上，咱们都一样，谁都改变不了谁，能做的，也就是受着，看谁更能忍……谁受不了，就先……都是明白人，没糊涂人……都是聪明人……"当他对某个手下作如此表述时，有时甚至忽然被自己能瞬间就深刻洞见某种类似于真理的东西而感动那么一会儿。他觉得这就是自己区别于他们的地方。看着对方茫然而无趣的眼光，他觉得自己在某种意义上几乎是个征服者，但这没什么，在对方心里强烈的厌倦感涌上来之前，他会以某种宽容后退一步，"说句真心话，我是个悲观主义者，"这是他的口头禅，"多点什么，少点什么，对我意义不大……"但在他们眼里，这不过是他的诸多借口之而已。对于他这种做人做事的标准始终在变的人来说，谈论任何道理都是没有意义的。他有过真心话？他们经常会这样彼此反问。可能在他的生活里，在他家那套大房子里是有的，当然，被他反复描述过的那个视野开阔的阳台里也是有的，尽管他从来都不会邀请他们去家里参观一下。

不过他确实看上去变得有些悲观了。与他共事的那些人，面对他时，不可能更多地厌倦了。人们最怕的，就是没什么事时被他拉住，到他办公室里，坐在他面前，听他说话，无休无止。可他偏偏又总有很多话想说给别人听。每次长谈要结束时，他给人一种最想说的都还没说出来，可又不得不结束了的感觉，为此他的脸上总是写满遗憾。唯一没有对此流露过什么反感意思的，只有每晚值班的更夫老陈，就成了他的理想听众。晚上到岗后，老陈经常被他叫到办公室，老老实实地坐在他面前，听他说点什么。大家都觉得，这老陈也真是可怜，要受这样的罪。可老陈倒真觉得无所谓，反正闲着也是闲着，有人需要你去当个听众，那也是信任，听着就是了，也算做点好事。人人都需要听众。再者说了，他这里有好烟，还有好茶，只要听他说话，就可以尽情享用，多好。永远都是他说，老陈几乎不说什么，眼神里总是充满了共情的光泽，尽管混浊。

他最近喜欢谈的话题，是家里的那个阳台。"在那里，看风景最好了，"他的表情温和，甚至有点单纯。"你知道的，要说视野，确实不是一般的开阔，在七楼，旁边没有更高的楼了，在阳台上站着，就能看出去很远。在那里，什么都不用做，只是望望远，心情就会变得平静、透亮。这种朝南的阳台，采光很好的，遇到天气好时，能看到远处的厂区……天黑以后，厂区里那些树林似的装置上，有很多成串的灯光闪烁，就跟从天上倒挂的星星似的。"他近来发现，现在朝厂区看的时候，竟会有点喜欢这个工厂的感觉，这是以前没有的，真不知道为什么会这样。老陈沉默了一会儿，慢悠悠地说："我临退休前，也有过这种感觉，嗯，有点像。"

他也沉默了。老陈面无表情地低头喝茶。过了几分钟，老陈看着自己的手指，以及那支没点燃的烟，像在自言自语："别让自己那么累，没事儿，就让自己歇歇，别老在办公室里，早点回家，喝点小酒，在阳台上坐会儿，吹吹风，多好……你看我们家那阳台，也就是个小仓库，连个人都坐不下……"或许觉得说话已不足以表达心境，他告诉老陈，自己最近开始没事儿就写点什么，比如诗，或者类似于诗的句子。这还是年轻时的爱好呢……当年刚进厂时，就喜欢没事儿写点，还发表过，在晚报上。有位老领导，看到以后，就提醒他，"写得不错，但你得清楚，这不是工作，明白吗？"当然，他能理解老领导的好意。这没什么。后来老领导调离了，没过多久，就退了二线。有次单位里请退休老干部座谈，吃饭时两个人刚好挨着坐。老领导喝了点酒，指着他对大家说："说真的啊，他是个诗人。我不让他写，他就不写了，其实是不对的，诗人就是诗人嘛！"老领导搂着他的肩膀，喝了一小杯白酒，"我来朗诵几句吧，你的诗。"他说还是不要了。老领导晃晃脑袋，想了想，就背诵了起来："我不过是办公室里的一棵树，可我从没在树上晾过衣裳……我只是用它挂报纸，还有文件，每个枝上，都有，从没丢过。"众人听了，无不大笑鼓掌。他没办法，只好把一大杯白酒都喝了，后来就干脆抱着老领导，说个不停，一直说到了外面，把老人家送到车里。结果一见了风，他还没来得及从车里退出身子，就吐在了老领导的身上。次日，老领导发短信给他，问候了一下，最后一句是："你还是放不下……"

老陈虽说只是初中毕业，也没什么特长，但在哪儿都没受过累。儿子的工作、结婚用的房子等，都是他早早就安顿好的。他托人做这个轻松的更夫工作，只是想挣点闲钱，抽烟喝酒用，"咱没富过，也没穷过，一切都刚好够用"。他就羡慕老陈这样的活法儿。"这是一种智慧，"他跟老陈讲，"你难道没有觉得，这确实就是一种智慧吗？"老陈摇摇头，笑了笑，"哪里有什么智慧，这就是没出息的人，找了个安稳的活法儿。跟您怎么比呢？您是领导，这么多年了，都是领导，不管在哪儿，不论大小，您都是领导，这不一样的，我是想都不要想的……"

"因为你是个乐观主义者，"他脸有点发红，还有点见汗，"而我呢，我是个悲观主义者。"听到这话，老陈就松了口气，知道这次谈话终于又要结束了。

后来有天晚上，他终于忍不住选了首诗，拿来读给老陈听。诗很长，手写的，在一个黑皮笔记本上，写了三四页。他读得很慢，声音有些僵硬，有点颤抖。他努力把声调压得低沉些，再低沉些。

表情肃穆的老陈，像个雕塑似的，默默听着。听完后，老陈想了半天，又回味了一下，只说了一个字：好。

他把身子略微向前探去，用陌生的眼光盯着老陈的眼睛，看了半天："好？"

"是好，"老陈镇定地说，"我说的是真的，好。"

"其实，"他顿了顿，"好不好，不重要，你能理解我的意思吗？当然了，理解不理解，也不重要……重要的也不是我写了它，而是我不得不写它……我要写的，其实不是我家楼后的那些草，也不是那个又破又旧的幼儿园，不是那些脸上脏兮兮的孩子们，更不是那个煤堆，其实也没有个老奶奶在烧饭，她也不可能是个盲人，不会跟你讲什么乡下闹饥荒时逃难的故事……你知道里面写的究竟是些什么？"老陈没有回答，只是有些茫然地看着他。

"里面写的，只有我的老妈，"他的声音更为低沉了，"我最近这些天，经常想到她的样子、声音。真是想她。这两天,特别想……见到她,在她的面前,待上几天,什么都不说也是好的。我说什么她都爱听。这跟她是不是耳聋没关系,跟她觉得我像个小孩子没关系,她是在心疼你,她拉着你的手,软软的,暖暖的,就够了,就那么简单……你知道怎么能见到她吗?"

老陈看着窗子那里,有些不自然,但仍旧镇定。窗玻璃上有他们的影子,跟白亮灯光混杂着,还有那些天花板上的灯管,看上去都是那么刺眼。老陈记得自己前些天还数过一次,到底有多少根灯管,可现在竟然想不起来了。要不要再数一次呢?

"我觉得,"他停顿了片刻,低声说,"我的那个阳台,真的就是个非常好的地方……一个很单纯,很简单,很明了的,地方,就像什么呢?它就是一个零,一个小点,一个裂缝儿,不管怎样,从那里开始,就可以了,非常直接,一点儿都不啰唆,也不会让人……你说呢?"

无法驯化的,不会取悦的,总是在不远处的未知区域里的,不时独自面对险困境地的,保持饥饿感的,把不安全感变成……

碎片

车慢慢驶过大桥,看两岸雾中的建筑,还有从雾气里逐渐透露的银黄色日光,恍惚间,一时觉得自己是刚刚进入这个城市,一时又觉得是正在离开它。

阳光从雾霾里温煦显现的瞬间,多像醒来后的短暂惘然中听到的第一声问候——微微晃动的枇杷树的枝头,它的鸣音是那么的甘醇,带着栗子的香味儿,可你却叫不出它的名字。

能悠闲地晒着下午三点多的日光,有那么几分钟,已经很好了。

看看那些楼房、广场、马路、店铺,还有或动或静的人，都被这光线染成了金色……这个时候，会觉得，更愿意用全部的言语去换瞬间的凝视，而不需要再做任何诠释。该怎样去理解这样一种近乎凝固的失语状态？

云层里散漫透露出来的阳光，就像悲剧散场后剧场里温暖的顶灯发出的淡橙色光线，演员们已经不在，观众也已离场，它们照射到那些寂静的座位上，让一切陷入另一个梦境里。如此阳光中的静谧时刻，哪怕是像那只几千万年前森林里的青蝇，因为出神地享受美妙的阳光，而被滴落的松脂包裹，最后变成琥珀，也没什么不好的吧。

金色的，即将落下的夕晖里，那两个匆匆走过广场的陌生人，叼着烟，脸庞忽然明亮了那么几秒钟，也很完美。

跟小孩子在一起玩，学猪叫、牛羊叫，甚至

琢磨鲨鱼怎么叫，真是有意思啊。早在天黑之前，雾气就已从东南方缓慢浮现了，天色灰暗……这时你发现，会展中心的那些顶部是灰中泛着白，仿佛即将融化的一层薄薄积雪。

银杏树很美，即使在夜色里，只有远远的暗光，让它呈现暗金色，也丝毫不会影响什么。后来我看见微黄的灯光打在树顶上，还有更高的几缕云，灰白，暗淡。

那些雨珠在车窗玻璃上极缓慢地滑落，忽然看外面一眼的时候，以为是下起雪了。你其实永远也不会知道那一瞬间发生了什么。

又下雪了。一边下着，一边暗下天色，就好像下的不是雪，而是即将到来的黑暗的碎屑。后来能看清雪花了，一片是一片，或者不好称其为片，只能说是一个个斑点，而且稀疏……没有风，它们就这么来了，一个又一个瞬间，比念头具体，又比念头消失得迅速……地上只有泥。

在床上穿毛衣的时候，发现有个熏黄的斑，仔细看了看，才看清是从窗帘缝隙里透射进来的一束光，准确地说，是从对面的窗玻璃上折射过来的。只存在了几分钟，它就消失了。

羽绒服被冬雨淋湿了，像正在悄然溶解的黑色金属，而那一朵朵艳红的汽车尾灯的光，透过满是水汽的玻璃看去真是娇媚无比，像是在为那些碎落在阵阵金色光雾里的雨滴临时做的献祭游戏。

一次又一次的变形。

对于一个孤立的没有前言后语的句子，可以有多少种解释？它悬空而在，周围空气稀薄，光线明净，没有任何杂音和回响。它意味着某种封闭的意愿,就像"请勿打扰"的变体,不需要任何意义上的问候,而且在这里连一个句号都是金属打制的,就像暗锁的钥匙孔。这是不是意味着所有孤立出现的短句都可能是悬崖?

烟

二十支。撕开光滑轻薄的塑料膜，掀开崭新的盒盖，扯去封口处那一小块儿银色锡纸，经过这短暂的破坏，才终于到了这饱满的时刻，无须忧虑，抽出一支，盖上盒子，也可以就那么继续敞开着，这就是世界上最为宁静的故地之一，那缕即将来临的最初烟篆，无论你是否真的将它吸入过身体，都是关于坦然的最好信号，一闪而过。

十九支。停顿的时间由此恢复流动，了无声息的，异常缓慢的，又很具体，这第二支倒是更像第一支，前一支仿佛是额外的馈赠，这一支才是真正的开始。时间还有很多，可以随意。

十八支。跟得很快，那混合了灰白、火红与黑色的惬意的影子。烟在两端升起，烟灰纷纷坠落，火在向根部靠近，其实无须关注这一切的。它的价值里，最主要的，就是遗忘。

十七支。递给了别人。你不会去看它在别人那里如何燃起，然后如何消失。它就像从未存在过的。其实那个人对它也并无多大兴趣，纯属礼貌，他才接过了它，不得不点燃它，因为你已按着了打火机，伸到了他的面前。你知道他不会再伸手到烟盒那里，去拿下一支。无论拿还是不拿，你都会觉得有点遗憾。

十六支。发现盒子里有了顶棚的感觉，那是些密集的质地光洁而又足够轻盈的梁木，在冬天里接受着室内热气。空出了四分之一的地方。有那么一瞬间，甚至觉得你完全可以在那安稳地入睡，像在一间狭窄但舒适的木屋上方的小阁楼里，天窗是倾斜的。

十五支。然后，烟缸里有了五个烟蒂，姿态各异，躺在湿润的咖啡渣上，周围是细碎的灰白烟灰衬托着它们。这个时候，自然而然就会有种停顿的感觉。没有任何负担，也没有任何迫切的需要，几乎是悠闲的，任由眼光飘在别的什么地方，甚至可以什么都不看。还有很多事情没有开始，充满了可能性与不确定性。

十四支。如果真的是这样计数，那它就会忽然变成某种象征，纯属偶然，不可理喻，声音的世界里的嘲讽，泄漏的冰。

十三支。明朗的中年，其实是很多碎片。深不见底，但已是所剩无多。阳光锋利地捕捉着它的每一次细微变化，而你的每次瞬间出神都刚好成为它们的点缀，还有个并不算好用的节拍器，在脑子深处摆动着。

十二支。灰亮的光线，在弥漫。在指间，它待了很久。并没有无限轮回的可能，因此在还有半支时就按灭了它。

十一支。忘了什么时候抽的它了。或许是下午，也可能是晚上，吃饭之前。它在指间一直很自然地燃烧着，直到那缕累积了很长时间的灰柱忽然倒塌，都落到裤子上面，伸手一掸，一片灰白。

十支。来了个朋友，递给他，点上了。他捏着它，几乎没怎么抽。

九支。抽了几口，搁在了烟缸边沿儿上，任由它自己慢慢地燃尽。燃烧到一半的时候，就给它往上挪了挪位置，还可以继续燃下去。最后，在你没注意到的时候，它终于失去了平衡点，翻落了下去，在桌角蹦了一下，掉了下去，落到灰色的地毯上，用那点余热悄悄地烧出了一个黑洞。

八支。一个人站在阳台上，窗户留出一道缝隙。外面那些树冠在缓慢地摇动着，风有点大，不断从窗户缝里涌进来，不时扑到脸上。这样就抽不出烟味儿了。最后，你怀疑风是不是把烟吹灭了，就弹了一下烟灰，结果一小团燃着的烟丝滚落了下去，躺在花纹诡异的瓷砖上，完全变成了凌乱的黑丝。

七支。落单的一支，呛人。咽炎的症状。原因多了。

六支。过了午夜,重新开始,深呼吸。平时不会如此。

五支。阴影浮现了,它们仿佛都被某种异常幽暗的气息掠过了,稀少而冷白的脸。

四支。外面在下雨,带上它,去洗手间,坐在马桶上看书,点燃它,看几行,抽一口,还没看完一页,就抽完了。

三支。睡着了,然后醒来。洗过脸,看到它,忽然觉得还好,还有余地。于是若无其事地,深呼吸,想想别的什么事,看看时间,没问题,还可以再多等一会儿。

两支。令人不安的虚无感,远远超过只有一支的时候,像最后一道防线。真可惜,竟然也会没抽出什么味道。

一支。犹豫了半天,才拿起它,点燃,但很快就没了。